이창호 자전 에세이

꿈꾸는 엔지니어

이 창 호 저

도서출판

성공에는 어떠한 트릭(trick)도 없다.

나는 다만 어느 때든지

나에게 주어진 그 일에 전력을 기울여 왔을 뿐이다.

그렇다.

보통 사람보다 조금 더 양심적으로

노력해 왔을 뿐이다.

– A. 카네기 –

꿈꾸는 엔지니어

초판 1쇄 인쇄 ㅣ 2023년 5월 12일
초판 1쇄 발행 ㅣ 2023년 5월 12일

지은이 ㅣ 이창호
펴낸이 ㅣ 안대현
디자인 ㅣ 부성
펴낸곳 ㅣ 도서출판 풀잎
등 록 ㅣ 제2-4858호
주 소 ㅣ 서울시 중구 필동로 8길 61-16
전 화 ㅣ 02-2274-5445/6
팩 스 ㅣ 02-2268-3773

ISBN 979- 11-93104-00-2 03810

꿈꾸는 엔지니어

엔지니어 출신 이창호 회장의
중국 시장 도전과 성공기
그리고 멈추지 않는 도전과 꿈

들어가기 전에

도전과 꿈의 여정, 아무도 가지 않은 길

"숲속에 두 갈래 길이 있었고…
나는 사람이 적게 간 길을 택하였다
그리고 그것 때문에 모든 것이 달라졌다."

– 로버트 프로스트의 '가지 않은 길' 중에서 –

누구나 인생의 갈림길에서 어떤 길을 갈지 선택을 해야 할 때가 있다. 사소한 순간의 선택이 인생의 운명을 송두리째 바꾸기도 한다. 로버트 프로스트의 시 '가지 않은 길'의 한 구절처럼 말이다. 내게도 지난날 두 갈래 길이 있었고, 그곳에서 나는 남들이 가지 않은 길을 선택했다.

그 때문에 내 삶은 확 달라졌다. 대기업 회사원으로서 평탄한 길을 걸을 수도 있었지만, 안정된 자리를 박차고 나와 가시밭 끝없는 황야의 길로 나섰다. 직접 사업을 시작하겠다고 했을 때, 회사 내 상사 대부분은 소매를 걷어붙이고 만류했다. 어머니도 나를 간곡히 붙잡았다. 그래도 나는 아무도 가지 않은 길을 선택했고 앞만 보고 나만의 길로 돌진했다. 그렇게 20년 동안 쉼 없이 달려왔다.

남들이 가지 않은 황야의 길은 거칠었고 그에 따른 어려움도 많았다. 넓은 중국 땅에서 믿었던 사람에게 어처구니없는 사기를 당하기도 했고, 퇴직금까지 포함된 전 재산을 날리고 빈털터리가 되어 끼니를 거른 적도 있었다. 아이들 등록금도 주지 못했을 만큼 고통스러운 일도 수없이 겪었다.

그러나 그럴수록 더 악착같이 일에 몰두했다. 이런저런 난관 앞에 쓰러졌다가도 이를 악물고 오뚝이처럼 다시 벌떡 일어났다. 제품을 하나라도 더 팔기 위해 눈코 뜰 새 없이 드넓은 중국의 대륙을 발로 뛰었다.

그렇게 중국 전역을 누비고 다닌 결과, 굴삭기 유압 계통에서 한때 업계 최고라는 정점을 찍을 수 있었다. 한창때는 중국 현지 공장을 24시간 쉬지 않고 가동하기도 했으며, 적지 않은 경제적 성과도 거두었다. 결국 쉽지 않은 길이었기에 성취감과 보람은 훨씬 더 컸다. 다른 길에서는 있을 수 없는 다양한 경험도 쌓았다. 그래서 더더욱 의미 있는 선택이었고 도전적 삶이었다.

현대중공업과 함께 중국 시장은 내 인생과 청춘의 무대였다. 지금도 나의 소중한 인생 무대이며, 앞으로도 그러할 것이다. 그러나 지난 20여 년간 국제 정치적·경제적 환경변화로 중국 시장도 많은 변화를 거듭해 왔다. 중국의 고도성장으로 예전처럼 사업 여건도 녹록하지 않다.

그래도 중국은 미우나 고우나 우리의 이웃이며, 중국인들도 영원히 함께 가야 할 동반자다. 정치 외교적 관계가 어떠하더라도 지리적·경제적 인연이 끈끈한데다가 한국과 중국 모두 이미 실시간으로 수많은 정보가 소통되는 세계화 시대의 일원이 되었기에, 이제 우리가 외면하고자 해도 외면할 수 없는 생활무대가 되어 있다.

우리의 미래 세대 역시 앞으로 계속해서 중국인들과 손을 잡고 누벼야 할 경제 무대이다. 따라서 중국이라는 대륙에서 꿈을 펼쳐야 할 운명은 선택이 아니라 필연이다. 이는 중국인에게 한국이라는 무대도 마찬가지다.

2023년 세계 경제는 코로나에 따른 양적 완화와 전쟁의 후유증, 미중 (美中) 대결과 경제 블록화 등의 여파로 다시 꽁꽁 얼어붙고 있다. 불경기에 따라 일자리 구하기도 어려워지고 있고, 불확실성도 커지고 있다.

우리나라도 예외는 아니다. 젊은이들은 신사업에 도전하기보다 안정적인 일자리를 찾으려고 안간힘을 쓰고 있다. 대학 졸업 후에도 한참 동안 입사 시험공부에 매달려야 한다. 그렇게 힘들여 직장에 들어가 10년 몸 바쳐 일하던 사람도 어느 날 갑자기 일자리를 잃는 경우가 비일비재하다.

우리가 아무리 인생을 잘 설계하고 안전하게 대비한다고 해도, 살다 보면 전혀 뜻하지 않는 길로 접어들 때가 있다. 내 의지와는 관계없이 언제든 난관에 봉착할 수 있는 것이 인생이다. 이러한 고난의 언저리에서 이리저리 갈피를 못 잡고 힘들어하는 청춘들에게 도전의 길을 선택한 나의 이야기를 들려주고 싶었다.

이제는 어느 정도 목표로 잡았던 성과도 이루었고 사업도 새로운 항로로 접어들고 있기에, 그간 쌓은 개인적인 경험을 공유하고 나눠야 하겠다는 희망일 수도 있겠다. 이웃과 사회에 가진 재능을 나누고 봉사하는 게 기업을 일군 궁극적 목적이라는 평소의 소신도 크게 작용했다.

이 책은 경상북도 봉화 산골 마을에서 태어나고 자란 '촌놈' 이창호의 자전적 이야기이다. 시쳇말로 흙수저를 물고 태어난 보잘것없는 시골 소년이 사업의 꿈을 꾸고 성장하기까지의 좌충우돌기이다.

돌이켜 보면, 인생의 운명을 바꾼 아슬아슬한 순간들이 너무나 많았다. 공부는 아예 생각하지도 않았던 고교 방학 시절 누나의 부름으로 경험하게 된 한 달간의 서울 생활, 김천 직업훈련원 시절, 군 복무 문제로 맺어진 현대중공업과의 인연과 중국 발령, 그리고 중국에서 경험한 두 건의 사기 사건 등이 주마등처럼 뇌리를 스치고 지나간다.

막상 책을 쓰려니, 내 경험을 글로 옮기는 작업이 생각처럼 쉽지만은 않았다. 도중에도 몇 번이나 펜을 놓을까 망설이고 주저했는지 모른다. 그러나 그때마다 나와 같이 맨주먹에서 일어서려는 젊은이들을 머릿속에 그리며 용기를 내고 다시 펜을 들곤 했다. '그렇다. 이것 또한 하나의 인생 도전이 아니겠는가?' 하는 생각은 언제나 나에게 힘과 용기를 주고 새로운 꿈과 함께 앞으로 나아가게 한 원동력이었다.

사업을 할 때도 새로운 계약을 위해서라면 도전하는 마음으로 어디든지 먼 길을 마다하지 않고 달려 나갔다. 낯선 이들과 손잡고, 새로운 사업 관계를 맺어 하나하나 실적을 쌓아가는 나날이 너무나 좋았다. 그런 도전과 노력은 곧 결실과 성과로 돌아왔다.

이 책을 쓰는 작업도 두 갈래 길 앞에서 새로운 길을 선택하는 하나의 도전이자 꿈이라고 생각한다. 글을 통해 사업뿐만 아니라 인생을 이야기 하며 서로 마음으로 공감하고 소통하고 싶다.

나는 수없이 깨지고 넘어졌다. 시행착오와 후회의 시간도 많았다. 그때 마다 '도전!'을 외치며 다시 일어섰다. 이제 어느 정도 자리를 잡았다고는 하지만 아직도 내 삶은 미완성이다. 여전히 새로운 길을 걷는 도전의 꿈 을 꾸고 있다. 이 책을 쓰는 것도 꿈꾸고 도전하는 내 인생의 한 여정이 다. 황무지를 걸어가는 청년들에게 꿈과 희망, 용기를 주는 등댓불이 될 수 있다면, 이 책을 쓰는 길은 소중한 결실로 이어지리라.

2023. 4.

중국 상해에서 **이창호**

목차

1

산골 촌놈의 꿈

1. 누나의 편지

누구나 지난 일을 되돌아보면, 자신의 인생사를 가른 계기가 눈에 보인다. 마치 거칠고 먼 잡목 숲을 지나 산꼭대기에 올랐을 때 지난 여정의 방향을 결정한 분기점이 눈에 들어오는 것처럼.

숲속을 걸을 때는 중요한 분기점을 모르듯이 지난 인생의 여러 고비를 지날 당시에는 결정적 분기점을 알 수가 없다. 결정적 순간은 아주 사소한 자신만의 생각일 수도 있고 조그마한 사건의 목격이나 경험일 수도 있다. 아니면 주변 사람이 지나가는 바람처럼 무심결에 한 가벼운 말한마디나 농담, 행동이 될 수도 있다. 어떤 전설이나 신화와 같은 이야기,

또는 옆 동네 사람의 일상 중 하나일 수도 있다. 나에게도 별거 아닌 것 같았지만 지나고 나서 보니 중요한 분기점이 되었던 계기가 있었다.

박정희 대통령이 시해당한 '10.26사건'이 발생한 직후인 1979년 11월 어느 날, 서울에서 대입 시험과 공무원 시험을 준비하고 있던 누나로부터 한 통의 편지가 왔다. 누나가 지원을 해줄 테니 방학 때 서울로 올라와 보라는 내용이었다.

당시 나는 시골 봉화에서 고등학교 2학년에 다니고 있었다. 고교 2학년 2학기인 그때까지만 해도 특별한 꿈도 야망도 없었다. 공부는 학교에서 수업을 듣는 게 모두인 줄만 알았고 집에서 책을 본다는 건 딴 나라 이야기였다. 집에 오면 응당 나무를 하거나 농사일을 했다.

졸업 이후에 대한 대책도 없었다.

'고등학교를 마치면 서울에 올라가 가리봉동이나 구로동에 있는 가발 공장, 지퍼공장, 가방공장에 들어가서 일할까, 아니면 아버지와 함께 농사를 지을까?'

이게 내 미래에 대한 꿈의 전부였다. 어릴 적부터 내가 봐온 것은 농사를 짓는 부모님이었고, 내가 전해 들은 넓은 세계라 해봤자 서울 공장에 취직해서 돈을 버는 것밖에 없었기 때문이었다.

평소 부모님도 우리 형제자매들을 대학 공부까지 시키겠다고 생각하지 않으신 것 같았다. 형님 두 분과 누나도 중학교 졸업이 고작이었다. 다행히 누나는 중학교를 마치고, 배움에 눈을 떠서 서울로 올라갔다. 그리고 혼자 힘으로 고등학교를 졸업했다. 누나는 어릴 때 군내 상을 휩쓸 정도로 달리기를 잘했을 뿐만 아니라 스스로 삶을 개척하는 용기도 있었다. 그렇게 서울로 먼저 간 누나는 나에게 더 넓은 세상을 보여주고 싶었던 모양이었다.

그 당시 누나와 나는 긴 편지로 모든 소식을 주고받았다. 그냥 누나 소식이 즐겁기만 했던 다른 편지와는 달리 서울에 올라오라는 누나의 그 편지는 가슴을 설레게 하면서도 한편으로는 막연한 두려움을 함께 안겨주었다. 서울이라는 새로운 세계에 대한 기대와 동시에 어마어마하게 큰 서울이라는 도시의 무게가 주는 심적 부담감이 밤마다 잠을 설치게 했다.

이선희 누님 고등학교 우등생 졸업

겨울방학이 다가올 무렵, 부모님께 누나의 편지에 대해 말씀드렸다.

"아버지, 누나가 겨울방학 때 서울 올라오면 학원 다닐 비용을 대어 준다고, 한 달간 공부하러 오라고 하네요."

"공부는 무슨 공부, 헛된 꿈은 꾸지도 마라. 농사지으면 되지."

"아버지, 한 번만 보내주세요. 저도 서울이 어떤지 알고 싶어요."

"그러면 조건이 한 가지 있다. 겨우내 필요한 땔감을 한 가리(땔감을 아름드리 쌓아 놓은 더미) 해놓으면 보내주마."

"에이, 그걸 언제 다 해요?"

"그러면 가지 말든지…."

"아, 알겠어요. 할게요."

서울에 가고 싶은 욕심에 평소보다 얼마나 부지런히 나무를 했는지 모른다. 편지를 받은 후 시간이 지나면서 어느덧 서울은 나의 꿈이요, 희망이 되어 있었다.

학교를 마치면 땔감을 하러 지게를 지고 한 시간여 걸리는 갈방산으로 올랐다. 당시 겨울방학은 12월 20일쯤 시작됐는데, 방학이 되자마자 열흘 동안은 아침 식사 전 한 지게, 아침 먹고 한 지게, 점심 먹고 한 지게, 이렇게 하루에 서너 지게씩 죽을힘을 다했다. 서울에 가야 한다는 일념으로 오직 땔감만 했다. 어깨에 굳은살이 박이고, 밤마다 거의 쓰러지다시피 했다.

말할 수 없이 피곤했지만, 서울만 갈 수 있다면 그 정도는 아무것도 아니었다. 그동안은 서울이 주는 막연한 기대 때문에 공부할 때보다 몇십 배는 더 부지런을 떨었고, 땔감을 하러 오른 동네 산을 헤매면서도 가슴이 두근거렸다. 봉화 산골 촌놈에게 서울은 희망의 또 다른 이름인지도 몰랐다. 드디어 12월 30일이 되어서야 땔감 한 가리를 다 쌓을 수 있었다. 수북하게 쌓인 땔감을 보고 스스로 대견하다는 생각도 했다.

2. 서울의 충격

땔감을 한 가리 다 쌓은 다음 날, 나는 곧바로 서울로 올라갈 준비를 했다. 서울에 가기 전날은 수학여행을 갈 때처럼 설렘과 기대가 컸다. 밤새 몸을 이리저리 뒤척였다. 드디어 12월 31일, 나는 생의 첫 기차를 탔다. 영주역에서 출발하여 서울 청량리역까지 가는 그 기차는 희망과 꿈, 그 자체였다. 처음 가는 서울 길은 새로운 세상의 문을 여는 기분이었기 때문이다. 그렇게 서울의 문은 조금씩 다가오고 있었다.

청량리역에 내려 서울이라는 낯선 세계의 문을 열고 촌놈은 뚜벅뚜벅 걸어 들어갔다. 누나가 마중 나와 있었다. 당시 기술 하사관이던 큰형님 집에서 한 달간 신세를 지기로 했다. 그때만 해도 형제들이나 친척 집에 얹혀 신세를 지는 일은 흔했다.

그러나 서울의 집은 번듯할 것이라는 기대와는 달리 단칸방이 전부였다. 아, 그때의 당황스러움이란! 게다가 갓 태어난 어린 조카까지 있었다. 좁은 방에서 신세를 져야 한다니 참 민망하고 송구스러웠다. 그래도 형수님은 신혼살림에도 불평 한마디 없이 나를 살뜰히 챙겨 주었다.

초등 4학년 때 저자의 생가에서[부모님, 큰형 이원창, 동생 이호원] (1972)

요즘과 달리 그때는 친척끼리 왕래도 잦았고 친분도 두터웠다고는 하지만, 지금 와서 생각해 봐도 형수님이 무척 불편했을 것 같다. 가족을 뒷바라지하면서도 묵묵히 참아준 형수님, 나라면 그렇게 할 수 있었을까?

한 해가 저물고 새해인 1980년 1월 2일, 누나가 새벽에 잠을 깨웠다. 어두컴컴한 새벽, 평소 같으면 쿨쿨 자고 있을 시간에 첫 강의를 듣기 위해 5시 조금 지나 집에서 나와 143번 버스를 탔다. 목적지는 충정로 경기대학교 입구에 있는 대일학원이었다.

또래의 아이들이 종종걸음으로 커다란 학원에 속속 들어가고 있는 모습이 보였다. 나도 마치 급한 물살에 떠밀리듯 학원 교실에 들어갔다. 오전 6시, 첫 강의가 시작되기도 전에 이미 강의실에는 학생들이 꽉 차 있었다. 기다란 의자에 대여섯 명이 콩나물시루처럼 촘촘하게 앉았다.

강의실을 채운 학생들은 대략 200명은 족히 넘을 것 같았다. 또래의 친구들이 새벽부터 공부하는 장면을 난생처음 보는 순간, 나는 둔중한 물체로 머리를 얻어맞은 듯한 충격을 받았다. 쇳소리 같은 목소리를 내는 학원 강사는 마이크에 흰 붕대를 감고 1시간 동안 숨도 쉬지 않고 폭포수 퍼붓듯 '성문기본영어'를 강의하였다. 수강생들은 모두 책에다 빼곡하게 필기를 해가며 강의에 집중했다. 그렇게 많은 학생이 새벽부터 공부하고 있다는 사실이 놀라울 따름이었다.

'아, 세상에! 이런 별세계가 있다니!'

영어에 이어 둘째 시간은 '수학의 정석'이었다. 영어나 수학이나 분명 우리말로 설명하는데, 무슨 내용인지 나는 아무것도 알아들을 수가 없었다. 단 하나 알 만한 것은 서울 학생들이 아침 일찍부터 저녁 늦게까지 정말 열심히 공부한다는 사실이었다.

'도시 아이들은 저렇게 열심히 하는데, 나는 뭘 했노? 그저 가방만 들고 학교만 오갔네. 세상에 바보천치가 따로 없었네!'

기초가 부족하니 강의 내용이 하나도 머리에 들어오질 않았다. 공부가 안되니 마음이 딴 곳으로 갔다. 지금이나 그때나 컸던 키 덕분에 마침 학원 옆에 있는 영화관에서 미성년자 관람 불가 영화를 볼 수 있었다. '순자야, 문 열어라'라는 제목의 영화였는데, 미성년자들이 보기에는 낯 뜨거운 내용이라 들킬까 봐 가슴이 콩닥거리는 가운데 봤던 기억이 새롭다. 공부가 안되는 데다가 야릇한 영화까지 보고 나니 마음이 더 싱숭생숭했다. 그렇더라도 포기할 수는 없었다.

그때에도 마음이 오락가락할 때는 부모님을 생각하는 버릇이 있었다. 그것이 올바른 선택을 하는 데는 언제나 도움이 되었다.

'그래, 이렇게 옆길로 빠져서는 안 되고, 나도 서울 아이들처럼 지독하게 공부 한 번 해보자!'

이렇게 마음먹은 자신이 스스로 생각해도 대견하고 기특했다.

그때부터 학원 공부가 아니라 학교 공부를 준비해야겠다는 생각이 들었다. 곧장 서점에 가서 3학년 1학기 수업에 필요한 참고서를 샀다. 학원 공부에서 교과서 위주의 공부로 방향을 틀었다. 그건 내 수준에 맞는 탁월한 선택이었다. 서울의 학원 생활 한 달 동안, 영어 단어를 외우고 수학 미분 적분을 푸는 것만 배운 게 아니었다. 시골 학생들이 공부보다 농사에 매달리고 있는 시간에 서울 학생들은 밤잠을 자지 않고 공부하고 있다는 것을 알았다. 시골 친구들이 서울 사대문 안에 못 들어가는 이유를 알게 된 것이 한 달간 서울 생활에서 배운 커다란 수확이었다. 그것은 나를 진로에 대한 깊은 고민에 빠지게 했다.

'이제 나는 앞으로 무엇을 어떻게 할 것인가?'

돌이켜보면, 당시 장래에 대한 이런 고뇌의 시점을 기준으로 내 학창 시절의 전후가 엇갈렸던 것 같다. 아무런 목적지 없이 그저 바람 따라 물결 따라 이리저리 흘러가는 돛단배 같은 시절이 '그 전'이었다면, 서울 학생들처럼 열심히 공부 한번 해보겠다는 목표와 각오를 다진 게 '그 후'라고 할 수 있다.

학교 출석이 학교생활의 전부라고 생각했던 나에게 서울 친구들의 새벽 공부는, 내 인생에 강도 7.0 이상의 지진을 일으키듯 삶을 송두리째 흔들어 놓고 말았다. 한 달간의 서울 생활은 평온했던 나의 시골 생활을 온통 뒤집어 놓았고, 좌표가 없었던 예전의 삶은 공부를 하겠다는 의욕 하나로 무장된 새로운 삶으로 바뀌었다.

이 전후의 분기점에 결정적 작용을 한 계기가 바로 누나가 보낸 한 통의 편지였다. 누나의 이름은 이선희. 언제나 정감 어린 그 이름은 봉화 산골짜기의 깊은 어둠 속에서 잠자고 있던 동생을 서울로 불러 공부에 대한 의욕을 일깨우고, 새로운 길을 터득하도록 이끌었던 내 인생의 등대이기도 했다.

3. "딱 한 번만 믿어주세요."

서울 생활 한 달 후, 나는 청량리역에서 중앙선 열차에 몸을 실었다. 한 달 전 서울로 올라올 때의 설렘은 간데없고, 인생에 대한 무거운 고민이 머릿속을 짓누르고 있었다. 비록 공부를 한번 해보겠다는 각오를 다지긴 했으나, 구체적으로 어떻게 해야 할지 막막하기만 했다.

'에이, 괜히 서울에 왔나?'

영주역에 도착할 때까지 차창 밖을 내다보며 고민한 것은 오직 하나, '무엇을 하고 어떻게 먹고살 것인가?'였다. 결국 공부밖에 없다는 결론에서 벗어날 수는 없었다. 집에 도착하자마자, 거두절미하고 어머니와 아버지를 방에 모시고 넙죽 절을 올렸다.

"어머니, 아버지. 봉화 읍내에 자취방 하나 얻어 주세요. 거기서 공부 좀 해볼랍니다. 믿어주세요."

"쓸데없는 소리 하지 마라. 공부는 아무나 하나? 서울 갔다 오더니 허파에 바람이 단단히 들었네."

안 그래도 방학 때 집안의 허드렛일을 거들지 않고 서울로 떠난 게 불만스러웠던 아버지는 호통부터 치셨다. 아버지의 성화가 얼마나 대단하였는지 어머니는 잠자코 있다가 한참 뒤에야 낮은 목소리로 살짝 물어보셨다.

"너 정말 공부하고 싶나? 누구보다 열심히 할 수 있겠나?"

"예, 한 번만 믿어주세요."

아버지는 한참을 묵묵히 앉아 계시다가 담배를 피워 물었다. 부옇게 퍼지는 담배 연기에 내 마음도 바작바작 타들어 가는 것 같았다. 꼼짝도 안 하고 무릎을 꿇은 나의 모습에 두 분도 어떻게 해야 할지 고민스러웠던 게 분명했다. 나도 내가 그렇게 단호할 줄 몰랐다. 이제껏 게으르게 살아온 날들에 대한 후회가 폭발했는지도 모른다. 아버지는 집에서는 한번도 책을 펼친 적이 없던 자식이 갑자기 공부하겠다고 했을 때 무척 놀라셨던 것 같았다. 아직도 의아해하던 아버지의 표정이 눈에 선하다. 그 당시엔 공부를 안 하면 당연히 농사를 짓는다고 생각하던 시절이었다. 지금 생각해 봐도 열여덟 살에 내린 결정치고는 중요한 결단이었다.

부모님은 의외로 단호했던 나의 태도에 마음이 움직였는지 봉화 장날에 방을 얻어 주셨다. 봉화초등학교 옆에 할아버지, 할머니 내외분과 군청 공무원 부부가 사는 집의 구석방이었다. 1년에 3만 원짜리 방이었다. 두 분이 나를 위해 시골에서는 큰돈을 투자하신 것이다.

3학년 1학기 개학 전날, 쌀 한 말과 이불, 책 보따리를 들고 나는 자취 방에 보금자리를 틀었다. 공부라는 목표가 분명하게 정해진 새로운 인생 이 그렇게 시작되었다. 자취방은 말이 방이지 본채의 처마 밑 공간에 벽 돌을 쌓아 만든 것이어서 겨우 몸 하나 누이면 방 안이 꽉 찼다. 자취방 에서는 공부를 할 수가 없었다. 그래서 이불을 아예 교실 선반 위에 갖다 놓고, 저녁에는 책상과 걸상을 모아 붙인 뒤 이를 침대 삼아 잠을 잤다. 친구 서너 명도 나와 같은 생활을 했다. 아침 일찍 일어나 모두 함께 운 동장을 10바퀴쯤 뛰고 난 뒤에는 각자 자취방으로 가서 옷을 갈아입고 아침밥을 해 먹었다. 그런 다음 도시락을 두 개 싸서 학교로 등교하는 일 상이 계속되었다. 공부와 집안일을 아울러 한다는 게 쉽지 않았지만, 또 래와 같이 생활하니 힘든 줄을 몰랐다. 그때 함께 공부했던 친구들이 생 각난다. 이현재, 변영우, 임종민, 권경호, 금효섭, 장찬, 서재학 등과 함께 형광등이 없는 교실에서 매일 같이 복습과 자습을 하며 꿈을 키웠다.

학교에 남아 밤늦게까지 공부하는데도 평소 책 읽는 습관이 들지 않 아 힘들었다. 책을 잡고 진득하게 앉아 있는 것이 쇠꼴 베고, 장작 패고, 김매고, 추수하는 농사일보다 더 힘들었다. 무엇보다 기초가 부족했기에 서울 학생들이 공부하는 모습을 떠올리며 닥치는 대로 외우기 시작했 다. 수학을 제외한 과목은 외우기가 그래도 수월했다.

한 달이 지나면서부터 서서히 공부가 눈에 들어오기 시작했다. 공부에도 원리가 있다는 사실이 조금씩 와 닿았다. 역시 공부도 머리를 싸매면 안 되는 게 없는 것 같았다. 공부에 묘한 재미가 있다는 것도 맛보았다. 그리고 공부에는 성실함이 필요하다는 것도 깨달았다. 농사꾼의 아들이었기에 성실함의 유전 인자가 핏속 깊숙이 흐르고 있었던 것이다.

공부에 재미가 들어 밤늦게까지 학교 자습을 하고 싶었으나, 형광등이 없어 해가 지면 집에 가야 하는 아쉬움이 있었다. 친구들은 어둑어둑해지면 모두 집으로 갔지만, 공부를 더 하려는 마음에 나는 이것은 아니다 싶은 생각이 들었다. 용기를 내어 직접 학교에 불을 밝혀 달라고 건의했다.

다음날, 교장 선생님은 즉시 백열등을 달도록 조치했고, 그 덕분에 우리는 밤늦도록 공부를 할 수 있었다.

그렇게 열심히 공부했는데도 막상 시험이 다가오니 평소보다 훨씬 긴장되고 떨렸다. 역시 땀과 노력은 나를 배신하지 않았다. 4월 말 고사를 본 결과, 내 성적이 학급에서 중상위권으로 급상승했다. 특히 국어 점수를 97점이나 받았다. 전혀 생각지도 못한 점수였다. 친구들도 놀라고 선생님도 놀랐지만, 가장 놀란 건 바로 나였다. 수학을 제외한 나머지 과목을 평균 80점 이상 맞아 나는 당당히 상위권에 진입했다.

중간고사, 기말고사에서는 성적이 더 올랐다. 여러 선생님들께서 아낌없는 칭찬을 해 주셨고, 여름방학에 조금 더 노력하여 좋은 대학에 가라고 격려해 주었다. 특별히 기억에 남는 은사님은 박원현 선생님, 김일영 선생님, 이병윤 선생님이다. '칭찬은 고래도 춤추게 한다.'는 말처럼 한창 꿈을 향해 도전하는 학생에게 선생님들의 칭찬은 무한한 잠재력을 발휘시키는 힘과 용기를 북돋아 주었다.

선생님들의 격려와 친구들의 부러움을 한 몸에 받으며 3학년 1학기 성적표를 들고 집으로 향했다. 누나가 달리기에서 1등을 하여 부모님을 기쁘게 해 드린 것처럼, 나는 성적으로 부모님을 기쁘게 해 드리려고 총총걸음으로 집을 향했다. 학교에서 집까지 가는 버스가 그날따라 무척 느린 것 같았다. 한달음에 집에 달려가 어머니를 불렀다.

"어머니!"

소리가 너무 우렁찼는지 어머니가 맨발로 뛰어나오셨다.

"어머니, 성적이 올랐어요!"

"그래? 우리 장한 아들!"

어머니는 성적을 확인하지도 않고, 금세 울음이 터질 것처럼 좋아하셨다. 성적표를 확인하는 대신 안방에 들어가셨다. 잠시 후 꼬깃꼬깃 접은 종이돈을 내미셨다.

봉화고등학교 교련 검열 행사 (1979)

"애썼다. 친구들과 짜장면 사 먹어라."

그날 어머니가 준 8,000원으로 함께 공부하던 친구들 10여 명을 불러 모아 봉화 읍내 시외버스터미널 근처에서 짜장면을 배불리 먹었다. 그 당시 짜장면은 우리에게 늘 행복감을 주는 상징이었다. 생일 때도 먹고, 졸업식 때도 먹었다. 좋은 일만 있으면 짜장면이 먼저 떠오르는 건 비단 나뿐이 아닐 것이다.

"야, 짜장면 먹으러 가자!"

그 시대를 살았던 우리 모두에게 짜장면은 행복한 추억의 또 다른 이름이었다.

4. 공무원 시험 낙방

한 학기 바짝 공부하여 좋은 성적을 거두고 여름방학을 맞았다. 아버지는 방학 때는 농사일을 도우라고 하셨다. 고등학교까지만 배우면 되지 무슨 대학이냐며 오르지 못할 나무 쳐다보지도 말라고 늘 말씀하시던 터였다. 이번에는 아버지도 매우 단호한 태도였다. 그러나 이미 공부해야 겠다고 마음먹은 상황에서 아버지의 단호함은 내가 넘어야 할 작은 언덕일 뿐이었다. 내가 다짐한 것을 해보지도 않고 그만둘 수는 없었다.

"아버지, 제가 뭐든 해보고 농사를 지을게요. 이제 겨우 한 학기 공부 했는데, 이렇게 빨리 포기할 수는 없잖아요?"

　나는 농사 외의 길을 찾기 위해 주위를 살폈다. 다행히 멘토는 가까이에 있었다. 다름 아닌 자취방 옆방에 사는 군청 공무원 부부였다. 젊은 부부는 늘 나에게 격려를 아끼지 않았다.

　나는 집안 이야기와 진로에 대해 자주 고민을 털어놓았고, 그분들은 멘토가 되어 여러 가지 조언도 많이 해주었다.

　어느 날 그분이 새로운 정보를 알려주었다.

　"창호 군, 5급 공무원 시험을 쳐 보게. 군청 게시판에 가면 자세한 것이 나온다네."

　"아, 그런 게 있습니까? 감사합니다."

　나는 곧바로 군청으로 달려갔다. 그 자리에서 원서를 제출하고 시험 당일 안동으로 가서 공무원 시험에 응시했다.

　그러나 3학년 1학기 만의 벼락치기 공부로는 시험 합격에 턱없이 부족하였다. 열심히 한다고 했건만, 낙방이 주는 충격은 열아홉 살의 나이가 감당하기에는 너무나 컸다. 둔중한 망치로 얻어맞은 듯 머리가 얼얼하였다.

　발표가 나던 날, 낙방의 고배를 마시고 자취방 수돗가에 앉아 봉화 내성천을 바라보고 있었다. 유유히 흐르는 내성천은 나에게 아무런 위로의 말을 해주지 않았다. 낙방 소식을 듣고 옆방 공무원 부부가 위로차 들러 새로운 정보를 알려주었다.

　"창호 군, 너무 낙심하지 말게. 혹시 김천 직업훈련원에서 훈련생을 모집하는데, 그쪽에 응시하여 기술을 배워보는 게 어떻겠는가?"

　"그런 것도 있어요? 한번 도전해 볼게요."

나는 이때도 주저하지 않고 즉시 원서를 제출했다. 이 시험에는 어렵지 않게 합격하였다. 사실 직업훈련원이 어떤 곳인지, 무엇을 하는 곳인지도 몰랐다. 무엇이든 해야 한다는 절박함 때문에 이리 저리 기웃거려야 했다. 처음 본 공무원 시험에는 떨어졌지만, 김천 직업훈련원 합격을 기점으로 내 인생은 또 한 번 완전히 새로운 방향으로 들어서게 되었다.

5. 김천 직업훈련원과 두 개의 자격증

1980년 10월 4일 아침, 유난히 비가 많이 내렸다. 어머니가 맞춰 주신 구두와 바지, 와이셔츠를 처음으로 입었다. 김천으로 떠나기 전에 옷 보따리를 옆에 두고 부모님께 큰절을 올렸다. 고향에서의 마지막 날이었다. 그렇게 나는 고향 집을 떠났다.

다음 날인 10월 5일, 김천 직업훈련원 입교식이 거행되었다. 450명의 훈련생은 훈련원 설립 후 첫 입교생이었다. 1기 동기생들은 모두 육사 생도 복장 같은 정복에 검은 베레모를 쓰고 나란히 줄을 섰다. 마치 사열 받는 군인들처럼 모두 긴장하고 있었다. 원장 선생님이 입학을 축하하는 훈시를 했다.

"여기 모인 여러분은 김천 직업훈련원의 자랑스러운 1기생이다. 여기에서 공업고등학교 3년 과정을 1년 만에 완수하길 바란다. 그리고 국가가 요구하는 기능사 2급 자격증을 100% 취득하여 대한민국에서 산업의 역군이 되어야 한다. 여기 체류하는 1년 동안 모든 비용은 여러분의 부모님이 낸 세금을 가지고 정부가 무상으로 운영한다. 나라에 감사하는 마음으로 열심히 하도록! 알겠나?”

"예!"

훈련생들의 목소리가 쩌렁쩌렁 교정에 울렸다. 마치 어제인 듯, 그 소리는 아직도 귓가에 쟁쟁하다.

1기 450명은 중졸자, 고교 중퇴자, 고등학교 재학생, 고졸자, 군필자, 전문대 졸업자, 대학 중퇴자 등 각양각색의 사람들로 구성되어 있었다. 그때는 몰랐지만, 직업훈련원이 어떤 곳인지 시간이 흐르면서 점차 알게 되었다. 당시 정부가 추진하던 경제 개발을 위해 산업 현장에서 일할 역군들이 필요했다. 그에 따라 젊은이들에게 기술을 가르쳐 곧바로 산업 현장에 투입하기 위해 설립된 직업 교육기관이었다.

입교식 다음 날 새벽 6시, 구보를 시작으로 하루가 시작되었다. 절도 있는 식사, 학과 출장, 침실 정리 정돈, 공동생활 규칙, 내무반 점검, 저녁 불침번 등 모든 생활이 철저한 군대식이었다. 나는 군 특례로 보충역을 받아서 군대에 가지는 않았지만, 김천 직업훈련원에서 지낸 8개월 동안 3년의 군대 생활을 모두 경험하였다. 한순간도 흐트러짐이 없는 절도 있는 생활이었다. 특히 기억에 남는 것은 육군 중령 출신인 사감 선생님의 가르침이었다. 그분은 절도 있는 생활을 위해서 우리에게 마음을 굳게 먹고 질서에 따르도록 교육했다. 그러한 절도 있는 생활은 나의 각오를 다지는 데 큰 도움이 되었다.

김천직업훈련원 입교 후 모습 (1980.10.5)

훈련원에 고등학교를 다니다가 온 학생은 나를 포함해 두 명뿐이었다. 새벽 6시 기상부터 저녁 10시 취침 점호를 마치고 나면 온몸이 녹초가 되다시피 피곤했음에도 불구하고, 나는 공업고등학교 3년 과정을 단숨에 완수해야겠다는 목표를 세웠다. 매일 숙소 독서실에서 새벽까지 공부했다. 기능사 2급 자격증을 두 개 이상 따서 훈련원에서 강조하는 대로 빨리 이 나라의 산업에 꼭 필요한 역군이 되어야겠다는 생각밖에 없었다.

잠도 하루에 3시간 정도만 자며 뼈를 깎는 노력을 했다. 말이 3시간 자고 공부하는 것이지, 그건 숫자를 넘어선 극기 훈련이었다. 처절한 자신과의 싸움이었고, 단 한 순간도 패배가 허용되지 않는 혹독한 경기였다. 다른 훈련생에게 성적이 뒤처지는 상황을 나의 자존심이 허락하지 않았기 때문이다.

드디어 기능사 2급 시험 날짜가 잡혔다. 그간의 노력을 확인하는 첫 관문이었다. 여기서도 노력과 땀의 결과는 증명되었다.

그동안 갈고닦았던 실력을 유감없이 발휘해 이론시험에 당당히 합격한 데 이어 전기용접기능사 2급 실기시험도 합격했다. 가스용접 기능사 2급 이론과 실기시험도 잇달아 합격했다. 합격 통보서 한 장에는 그간의 눈물 어린 노력이 단 몇 글자로 압축되어 있었다. 직업훈련원에 들어갈 때 목표였던 기능사 2급 자격증을 그 기간에 모두 땄다.

공업고등학교 3년 과정 중 1개의 자격증을 따기도 어려운데, 내가 6개월 만에 해낸 것이다. 잠 안 자며 군대 생활보다도 더 엄격한 생활을 견디면서 이루어낸 성과였다. 그 자격증을 보물이라도 되는 양 나는 소중하게 감싸 안았다. 뜨뜻한 눈물이 흘러내렸다.

그날 이후 모든 자격증에는 수많은 땀과 노력이 깃들어 있음을 알게 되었다. 내게는 단순한 종이 한 장이 아니었다. 새파랗게 부서지는 가스 불빛도, 찌릿찌릿하게 다가오는 전기 용접 때의 감각도 이제는 더 이상 두려움의 대상이 아니었다. 이제는 자랑스러움이었고 자신감이었다.

자격증을 따니 지도 선생님들도 놀라고 나 자신도 깜짝 놀랐다. 그것은 목표를 향한 놀라운 몰입과 집중의 결과였다. 목표가 확실하게 선 순간, 나에게는 멧돼지처럼 저돌적으로 돌격하는 근성과 놀라운 집중력이 생기는 걸 그때 처음 알았다. 내가 타고난 천재가 아니었기에 그것은 한마디로 인간 승리였다. 이 자격증은 취직에 일등 공신이 되어 나는 현대정공에 곧바로 취업할 수 있었다.

2015년에 '국제시장'이라는 영화가 많은 한국 관객의 마음을 사로잡았다. 한국의 근대사를 배경으로 우리의 아버지와 어머니가 어떻게 살아왔는지를 생생하게 보여주는 영화였다. 집안을 먹여 살리기 위해 남자들은 광부로, 여자들은 간호사로 독일에 갔다.

캄캄한 탄광에서 석탄을 캐며 모은 돈을 한국에 보내어 동생들 공부시키고 집을 장만했던 시절을 보며 너나 할 것 없이 눈물을 흘렸다. 누나들은 어땠는가. 간호사로 일하며 병원에서 시체를 닦으며 번 돈을 한국으로 몽땅 보내고 나면, 우리네 누나들은 정작 독일에서 가난한 생활을 해야 했다. 이 땅의 산업 발전은 그 당시 젊음을 나라에 바친 누나들과 형님들이 있었기에 가능했다.

그러한 고생과 희생을 바탕으로 한국의 경제가 터전을 잡은 이후, 기술을 가진 산업의 역군은 어디서나 필요했고 이러한 자격증은 취직의 필수 조건이었다.

6. 잊지 못할 모교 선생님

김천 직업훈련원 과정을 잘 마칠 수 있었던 데에는 모교 봉화고등학교의 따뜻한 배려도 큰 몫을 했다. 당시 직업훈련원 합격증을 막상 받고 보니 학교 출석이 문제였다. 아직 3학년 2학기를 서너 달 더 다녀야 했다. 문제 해결을 위해 박원현 담임 선생님과 의논했다.

"창호야, 인문계 반에서 취업하기 쉽지는 않지만, 3학년 2학기 수업을 듣지 않으면 수업 일수 부족으로 졸업할 수가 없어."

갑자기 앞이 막막했다. 그러나 길이 막히면 돌아가든지 뚫어야 했다.

"선생님, 저는 취업을 해야 하니까 다른 선생님과 의논해서 제가 일할 수 있도록 꼭 좀 도와주세요."

담임 선생님은 김일영 선생님, 이병윤 선생님과 교장 선생님을 찾아가 이야기를 한 모양이었다. 의논 결과, 일수가 허락되는 날까지 학교에 출석하고 나머지는 김천 직업훈련원에 가서 공부하도록 교장 선생님이 허락해 주셨다는 것이다. 나는 평생 이 은혜를 잊지 않겠다고 다짐했다.

"창호야, 기술을 배워서 취직하는 것도 중요하지만, 고등학교 졸업장은 있어야 하니까 시험 기간에는 꼭 학교에 와야 한다."

"예, 선생님."

그렇게 말씀해 주시던 선생님 옆에서 다른 두 분 선생님도 함께 등을 두드려 주셨다. 그때 선생님들의 격려는 오래도록 내 마음에 남아 힘들 때마다 커다란 위로가 되었다.

시험 때가 다가오면, 봉화고등학교 3학년 박원현 선생님의 편지가 훈련원에 도착했다. 낯선 사람들 속에 있는 나에게, 그중에서도 제일 나이가 어린 나에게 선생님이 보낸 편지는 북풍이 불어 닥치는 한겨울의 추위를 녹이는 따뜻한 난로와 같았다. 편지뿐만 아니라, 매번 정기고사 기간이 되면 직업훈련원 쪽으로 공문도 보내어 중간고사와 기말고사를 치를 수 있도록 배려해 주셨다.

참 부끄럽지만 따뜻했던 기억이 있다. 아마도 12월 기말고사였을 게다. 기말고사 시험이 다가와 학교로 담임 선생님을 찾아갔을 때였다.

"창호야, 고생이 많았지? 옆에 의자를 당겨서 앉아라."
"예."

봄 소풍 때 故 김일령 선생님과 함께 (1979)

"훈련원 생활이 힘들지? 밥은 잘 먹고 잠은 제대로 자나?"

그 말씀에 그동안 억지로 참고 견디어온 시간이 생각나서 울컥 눈물이 쏟아졌다. 눈물을 훔치며 의자를 당겨 앉으니까, 선생님의 책상 위에는 벼락치기로 공부할 수 있도록 시험 출제와 관련 있는 내용들이 상세히 표시된 자료들이 보였다. 멀리 직업훈련원에서 공부하고 있는 제자를 생각하는 선생님의 마음이 확 느껴졌다. 겉으로 보기에는 오랜만에 만난 제자와 상담하는 것처럼 보였지만, 선생님은 나를 옆에 두고 영어 시험 공부를 시키고 있었던 것이다. 선생님 옆에서 마음속 깊이 다짐했다.

'선생님, 제가 앞으로 잘 모시겠습니다.'

그건 내 진심이었고, 지금도 흔들리지 않고 변하지 않는 약속이다. 학교에서 60~70명이 넘는 학생들을 챙기면서 멀리 떠나보낸 나까지 세심하게 챙겨 주시는 선생님, 자격증 공부에다 학교 공부까지 해야 하는 부담을 덜어 주려는 선생님은 그렇게 영원한 내 마음의 보금자리가 되셨다. 훈련원이 군대와 같다면, 학교는 어머니 품과 같이 따뜻하고 훈훈했다. 한 사람의 제자까지 소홀함이 없이 아껴 주셨던 스승님들께 진심으로 감사드린다.

2

굴삭기 인생

1. 나의 첫사랑, 현대중공업

김천 직업훈련원을 졸업하자마자 3월 초 나는 첫 직장인 울산 현대정공(현재 현대모비스)에 출근했다. 현대정공 울산공장의 주 생산품은 컨테이너와 1톤 포터의 짐칸, 그리고 토목 공사장에서 틀을 잡아 주는 구조물인 아시바 등이었다. 입사 이후 풋내기 사원으로서 나는 뭐든지 열심히 배우려고 노력했다.

그러던 중 출장을 가게 되었다. 첫 출장지는 서울의 아현동 고가도로 공사 현장으로, 현대정공이 한국에서 처음으로 발주한 공사이기도 했다. 아시바 공사는 합판이 아닌 얇은 철판으로 해야 한다. 나는 그간 직업훈련원에서 배웠던 기능을 현장에서 한껏 발휘하며 실전 경험을 쌓아갔다.

이렇게 현장에서 엔지니어로 성장하는 동안 병역 문제에 부닥치게 되었다. 당시 직업훈련원을 이수하고 산업 현장에서 5년 동안 의무적으로 일하면 병역이 면제되는 특례병과가 있었다. 입영통지서가 날아올 나이가 되자, 정식으로 군대에 가야 할지, 아니면 특례병과를 지원하여 방위산업체에 근무해야 할지 고민했다.

그러던 어느 날, 현대중공업 정문 앞에 위치한 현대백화점에 물건을 살 일이 있어 가게 되었다. 마침 현대중공업 정문 앞을 지나는데, 게시판에 현대중공업이 방위산업체 특례병 단원을 모집한다는 광고가 눈에 확 들어왔다.

'아! 바로 이거구나.'

광고를 보자마자 나는 곧바로 현대중공업 인사 담당자를 찾아가 특례병 지원 서류를 제출했다. 며칠이 지나지 않아 합격 통보가 왔다. 자연스럽게 그동안 다니던 현대정공을 떠나 바로 옆에 있는 현대중공업으로 일터를 옮기게 되었다.

이렇게 하여 바로 지금의 나를 만들어 준 첫사랑, 큰 꿈을 가지게 해 준 현대중공업과의 인연이 맺어졌고, 내 삶의 깊은 뿌리가 되었다.

현대중공업의 첫 배치 부서는 선체 건조부였다. 선체 건조부는 배를 완성하기 위해 블록 도크 내에서 선체의 블록과 블록을 연결하는 곳이다. 블록과 블록을 연결하는 조립을 거치면 비로소 배가 완성되는 것이다.

이곳에서 매일 잔업과 철야를 하며 조금이라도 봉급을 많이 받는 쪽으로 일을 선택했다. 당시 배 건조 작업장에서는 안전사고가 지금보다 훨씬 많이 발생했다. 졸다가 추락하는 사고도 비일비재했다. 안전에 대한 인식이 높지 않았던 때였다. 나 또한 사고가 가장 큰 두려움으로 다가왔다. 게다가 실제로 배 위에서 가스가 폭발하여 인부가 다치는 상황을 눈으로 직접 지켜보기도 했다. 가끔 꿈에서 사고 장면이 떠올라 자다가도 벌떡벌떡 일어나는 때도 있었다. 죽음이 멀리 있는 것이 아니라 바로 나에게, 내 주위에서 일어날 수 있다는 사실이 너무나 두려웠다.

그래도 잔업 수당을 조금이라도 더 벌기 위해 밤늦게까지 남아서 일했고, 그러다 보니 철야 작업으로 이어지기가 부지기수였다. 몸뚱이가 일에 적응하자, 무엇이든지 일감이 닥치는 대로 일만 했다. 상사들도 일이 있을 때마다 무조건 일을 마다하지 않는 이창호를 불렀고, 나 역시 한 번도 할 일을 거절하지 않고 열심히 뛰었다.

나는 오직 일만 했다. 일, 일, 일….

2. 잃어버린 첫 월급

그렇게 힘들게 일한 뒤의 첫 월급날. 노란 봉투에 액수가 적힌 월급봉투를 받아 든 순간, 얼마나 감개무량했는지 모른다. 월급봉투를 들고 고향 마을로 펄쩍펄쩍 뛰어가고 싶었다. 당시 월급은 7만 원 정도였던 것 같다. 지금은 하루 일당에도 못 미치는 수준이지만 당시에는 꽤 높은 액수였다. 너무나 마음이 설레서 그랬는지 월급봉투를 받자마자 혹시 누가

현대중공업 오자불 기숙사 생활 시절 (1985)

볼까 봐 얼른 점퍼 속에 넣었다. 무게랄 것도 없이 깃털처럼 가벼웠지만, 봉투를 품고만 있어도 마음은 마냥 든든했다.

그런데 회사 정문을 걸어 나오다가 세 개의 컵을 뒤집어 놓고 주사위가 들어 있는 컵을 맞추면 돈을 두세 배로 주는 야바위꾼을 보았다. 하나의 주사위가 있는데 모두 보는 앞에서 하나의 컵으로 주사위를 덮고는 텅 빈 다른 두 컵의 안쪽도 확인시켜 주었다. 그렇게 하여 빠른 속도로 몇 번 컵을 이리저리 섞은 뒤 주사위가 든 컵을 찍는 도박이었다.

여러 사람 틈에 서 있다가 보니, 주사위가 들어 있는 컵을 맞추기가 어렵지 않아 보였다. 실제 돈을 따는 사람도 있었는데, 그때는 그게 바람잡이인 줄 몰랐다. 돈을 걸었으나 될 듯 말 듯 하다가 하나도 안 맞았다. 잃은 돈에 대한 보상심리와 오기가 겹쳐 슬슬 열이 올랐다. 그렇게 계속 돈을 걸었다가 3만 원을 날리고 말았다. 월급 절반 가까이 되는 큰돈이었다. 그런 바닥에는 숙맥인 촌놈이 야바위꾼들의 간교한 수법을 어떻게 알았겠는가?

기숙사로 돌아왔다. 남은 돈이라도 잘 관리해야겠다고 마음먹고 회사에서 나눠준 겨울 점퍼의 안쪽을 칼로 쨈 뒤에 월급봉투를 안에 넣었다. 옷을 갈아입고 오랜만에 혼자만의 시간을 갖고 싶은 마음이 들어 울산 방어진 앞바다를 산책했다. 먼 수평선을 바라보며 첫 월급으로 무엇을 할지 행복한 고민을 하기도 했다. 관행에 따라 먼저 부모님께 속옷을 사 드리고, 형님과 누나에게도 선물을 해야겠다는 마음이 들었다. 은사님께도 연락을 드리고, 같이 수고한 동료들에게 맛있는 것을 대접해야겠다는 생각도 했다. 생각만 해도 웃음이 절로 났다. 종종걸음으로 다시 숙소로 돌아와 월급봉투를 만져보고 싶은 마음이 간절했다.

그런데 '어라?' 점퍼 속에 고이 모셔 둔 월급봉투가 아무리 뒤져도 손에 잡히질 않는 것이다. 몇 시간도 아니고 몇 분 사이 봉투에 발이 달려 도망간 것일까? 가슴에 무언가가 쿵 내려앉는 기분이 들었다. 그토록 힘들게, 잠까지 줄여가며 죽자 살자 번 돈이 바람에 날아간 깃털처럼 사라지고 만 것이었다.

몇 날 며칠을 월급봉투의 행방을 쫓았다. 별의별 생각이 다 들었다.
'동료 중 누군가 점퍼에 넣은 돈을 본 것일까, 아니면 월급날을 노리는 전문 도둑이 들어와 일부러 훔쳐 간 것일까? 그 전에 이미 내가 어디 흘린 것은 아닐까?'

계속 나 자신을 자책하는 것 말고는 뾰족한 수가 없었다. 거대한 도크 안에서 다시 시작된 한 달간의 기다림은 몹시도 힘들고 괴로웠다. 그렇게 기다리고 기다리던 월급봉투가 감쪽같이 사라지고 나니 가끔 작업을 하는 와중에도 눈앞에 월급봉투의 허상이 떠오르기도 했다.

더 큰 괴로움은 돈이 없어 한창 혈기 왕성한 나이에 아침밥을 굶어야 하는 일이었다. 점심은 회사에서 제공했다. 저녁도 잔업을 하면 회사 식당에서 먹을 수 있었다. 그러나 아침은 먹을 방도가 없었다.

선체 작업을 하는데 허기가 지면 곧바로 사고로 이어질 수도 있었다. 그래도 명색이 엔지니어인데 그냥 굶을 수는 없었다. 숙소의 전기배선을 빼내어 양극과 음극을 젓가락에 하나씩 연결한 다음, 물을 부은 양철 세숫대야에 젓가락을 넣으면 물이 끓었다.

거기다가 라면을 두세 개씩 넣어 아침을 대신했다.

그렇게 한 달이 지나고 두 번째 월급날이 다가왔다. 첫 월급봉투에 대한 쓰라린 경험을 안고 있었기에 누구보다 결연히 봉투를 거머쥐었다. 마치 주변에 나의 월급봉투를 노리는 마귀가 있는 듯하여 어쩐지 비장한 마음까지 들었다.

지금에서야 돈 7만 원에 세상이 무너진 듯했던 그때의 모습을 떠올리고는 웃고 넘길 수 있지만, 당시에는 정말 큰 충격이었다. 그렇게 두 번째 월급을 받고서야 첫 월급의 소망을 이룰 수 있었다.

3. 검은 줄의 계급장

현대중공업에 입사한 이후 가장 많이 들었던 말이 사고 사례들이다. '70년대 중반까지만 해도 매일 죽어 나가는 사람들이 한두 명씩 있었을 정도로 안전사고가 많았다.'는 말이나, '안전사고 희생자들이 하도 많아 종합운동장에 널려 있기도 했다.'는 선배들의 위협적인 얘기에 얼마나 주눅이 들었는지 모른다. 그러다 보니 나도 모르게 안전사고와 관련된 일에서는 예민하게 반응하게 되고, 특별히 조심하며 늘 긴장 속에서 일할 수밖에 없었다. 또 여러 안전사고를 직접 눈으로 목격하면서 어떻게 하면 선체 건조 작업에서 벗어날 수 있을까 고심했다. 생각하면 할수록 대학에 진학하여 진로를 바꾸는 것밖에는 방법이 없다는 결론을 내렸다.

대학에 가야겠다고 결심하게 된 동기는 하나 더 있다. 당시 대학을 졸업한 사원들의 안전모에는 검은 테두리 줄이 그려져 있었다. 그러나 고졸인 나의 안전모에는 아무런 줄도 없었다. 밋밋한 하얀 안전모와 검은 줄이 있는 안전모. 고졸과 대졸, 신분과 직위의 차이를 표시하는 검은 줄이 너무나 부러웠다. 계급장과도 같았던 안전모의 그 검은 테두리 줄이 나에게 또 다른 도전 의식을 자극한 것이다.

곧바로 나는 새로운 도전에 나섰다. 그전에는 낮에도 일, 밤에도 일이었다면 진로를 결정하고 나서는 낮에는 일하고, 밤에는 공부하는 생활로 일상이 바뀌었다. 밤에는 오직 기숙사 독서실에서 공부만 하는 주경야독의 삶이 시작되었다. 김천 직업훈련원 생활이 이제는 현대중공업 훈련원으로 바뀐 셈이었다.

정말로 코피가 터져 가면서 대학입시를 준비하여 학력고사에서 받은 점수는 218점이었다. 중상 정도는 되는 점수였으므로 가고 싶었던 동국대 국문과에 쉽사리 들어갈 수 있으리라 생각했다. 산업 현장에서 기술자로서 일하고 있었지만, 사실 내 마음속으론 책을 가까이하고 싶었고, 글을 멋지게 쓰고 싶은 욕심이 있었다. 그래서 고민도 별로 하지 않고 선뜻 국문과에 입학원서를 제출했다.

그러나 결과는 실망스럽게도 낙방이었다. 또 낙방이라니? 그렇게 열심히 공부했던 그간의 노력이 모두 물거품이 되는 것 같아서 속상했지만, 이미 버스는 지나갔고 물은 엎질러졌는데 어떡할 것인가?

길이 막히면 다른 길을 찾아야 하는 법. 불합격에 연연하지 않고, 나는 방향을 틀었다. 울산전문대학 기계과에 원서를 넣고 합격하였다. 그곳에서 배움과 일을 동시에 하며 나의 길을 걷기로 다짐했다.

4. 왕 회장의 발길질

회사에서 생활하면서 학교에서는 몰랐던 사실 하나를 발견했다. 내 성격이 무척 내성적이라는 것이다. 직장생활을 하다 보면 윗분들에게 고마워해야 할 일이 생기는 경우가 많았다. 윗분들은 늘 나에게 호의적이어서 그때마다 고마움을 표현하고 싶었지만, 우물쭈물하거나 부끄러워서 얼굴부터 뻘겋게 변하기 일쑤였다. 이 성격을 고치지 않고서는 사회생활을 하려면 힘들겠다는 생각이 들었다.

또 당시에는 부서별로 작업장의 문제점 개선이나 비용 절감 방안 등을 제안하는 분임 발표회가 정기적으로 열렸다. 커다란 차트를 넘겨 가며 발표하는데, 경험이 없던 나로서는 도저히 용기가 나지 않아 감히 나설 엄두를 내지 못했다.

이런 내성적인 성격을 고쳐 보려고 일과가 끝난 후의 시간을 이용해 6개월 과정의 웅변학원에 등록하여 다니기 시작했다. 내성적인 성격뿐만 아니라 그보다 더 부족한 통솔력도 키워 보고 싶은 욕심이 있었다. 대인 공포증, 무대 공포증을 없애고 사람들 앞에 자신 있게 나설 수 있도록 이론과 실전을 집중적으로 교육받았다. 사람들 앞에 당당하게 서서 말하고 싶었기에 웅변학원에서도 남들보다 더 많이 배우려고 열심히 노력했다.

그러던 어느 날이었다. 배 위에서 작업을 하고 있었는데 그날따라 가랑비가 부슬부슬 내렸다. 그때 '왕 회장'이라 불리는 정주영 회장이 직접 작업장을 살피기 위해 배 위에 나타났다. 정 회장은 우산도 쓰지 않고 비를 그대로 맞으며 선체 작업장 이곳저곳을 살피고 다녔다. 나의 시선은 정 회장의 일거수일투족에 말뚝처럼 꽂혀 있었다.

그런데 어느 순간, 정 회장이 갑자기 수행 중인 담당 본부장을 구둣발로 걷어차는 게 아닌가? 그 장면이 두 눈에 그대로 들어왔다. 선체 구조부에서는 한 치의 오차도 없어야 하는데, 문제가 있다는 이유 때문이었다.

나는 마음속으로 깜짝 놀라면서 정신이 번쩍 들었다. 그것은 단순한 구둣발이 아니라 일할 때는 뭐든지 철저하고 똑바로 하라는 엄중한 경고라는 생각이 들었다. 내가 차인 것보다 더 무섭고 간담이 서늘해졌다.

어떻게 보면 폭력적이라고 생각할 수도 있겠지만, 선박 제조하는 작업 과정에서의 조그만 부주의가 인명사고로 이어지는 경우가 너무나 많고, 한 치의 오차가 대형 사고나 손실의 원인이 된다는 것을 알고 있었기에 정 회장의 구둣발은 나에게 매서운 회초리처럼 다가왔다. 정 회장도 한 회사의 대표로서 그렇게 행동하기가 쉽지 않았을 것이다. 그분에게 불도저처럼 밀어붙이는 리더십이 있었다고 들었지만, 그날의 충격은 나의 뇌리 깊숙이 각인되었다.

리더는 허점을 절대로 허용하지 않아야 한다. 그 이후 나 자신이 일을 게을리할 때마다 '왕 회장'의 구둣발에 차인다고 생각하며 철저하고 완벽하게 일하는 습성을 익혔다.

웅변학원에서 통솔력을 이론을 통해 혼자 배우고 있던 나에게, 현대그룹 창업주인 정주영 회장은 사업자로서의 강력한 리더십을 몸소 현장에서 보여주었던 셈이다. 왕 회장의 매서운 카리스마가 사회 초년생인 나에게는 너무나 대단하게 느껴졌다.

리더가 갖추어야 할 강력한 통솔력을 6개월의 학원 생활에서 배운 것이 아니라, 순식간에 날아든 '구둣발'에서 온몸에 전율을 일으키면서 배운 날이었다. 어떤 기업을 만들더라도 위기를 극복하는 데는 강력한 통솔력이 필요하다는 점도 피부로 생생하게 느꼈다.

그때 나는 만약 사장이 된다면 정 회장처럼 현장을 많이 보고, 느끼고, 행동하는 리더의 모습을 보여주어야겠다고 다짐했다. 지금도 그 '구둣발'의 위력이 생생하다.

5. 굴삭기와의 첫 인연

그날 왕 회장으로부터 받은 '구둣발' 가르침 덕분인지, 넘치는 의욕 속에 직장 일과 학업을 병행하는 주경야독의 생활은 순조롭게 흘러갔다. 대학 2학년 때에는 선체모형실에 배치받았다. 수주받은 배의 모형을 나무를 이용해 100만분의 1 크기로 만들어 본 뒤 선박 제조 방향을 검토하는 곳이었다.

3학년 때 좀 더 깊이 있게 공부하기 위해 울산대학교에 편입했다. 열성적으로 일한 대가인지는 몰라도 회사에서는 내가 졸업할 때까지 일과 배움을 병행할 수 있도록 성심껏 배려해 주었다. 그뿐만 아니라 다른 여러 부서를 두루 돌며 다양한 업무를 익히고 경험을 쌓을 수 있는 기회도 주어졌다.

1985년 말, 현대중공업은 신규 사업 부서인 건설장비사업부를 신설했다. 건설 붐으로 건설장비에 대한 수요가 크게 늘고 있을 때였다. 당시 창립 멤버는 모두 25명이었는데. 나도 그중의 한 명으로 발령 나서 중장비 생산기술 업무까지 접하게 되었다. 현대중공업 입사 5년 만에 처음으로 이론과 실기를 겸하는 생산기술 업무를 시작하게 된 것이다. 내가 굴삭기와 첫 인연을 맺게 된 계기이기도 했다. 건설장비의 주축이 굴삭기였기에 주로 굴삭기 생산을 다룰 수밖에 없었다.

굴삭기는 주로 유압을 이용하여 큰 힘을 만들어 움직이는 건설 중장비다. 전기를 이용하면 속도는 빠르나 힘이 약하기에, 속도는 느리나 힘이 강한 유압을 이용하여 흙을 파내어 옮기거나 무거운 물건들을 들어 올리는 것이다. 건설장비를 만드는 엔지니어로서 자연스럽게 굴삭기의 원리와 구조를 공부하고 익히는 기회가 찾아온 것이었다.

굴삭기의 생명은 유압 제품과 엔진이다. 인간의 신체와 유압 제품을 비교해 보면, 굴삭기의 중요한 기능이 무엇인지 알 수 있다. 메인 컨트롤 밸브(MCV, Main Control Valve)는 머리에 해당하고, 펌프(pump)는 심장이며, 스윙 모터(swing motor)는 하체와 상체를 연결하는 고리이다. 그리고 주행 모터는 대당 2개가 들어간다. 이는 사람의 다리와 신발 역할을 한다. 붐(boom)은 어깨에서 팔꿈치까지이고, 아암(arm)은 팔꿈치 아래에서 손목까지이고, 버킷(bucket)은 손바닥에 해당한다.

선진 외국의 다양한 굴삭기들도 대부분 살펴볼 수 있었다. 불도저를 생산하는 미국 〈드레샤〉사와 흙을 뜨는 타이어형 중장비를 만드는 미국

〈볼스타〉사, 소형 중장비를 만드는 일본 〈IH〉사, 대만의 〈스키드로드〉사의 장비들도 두루 경험할 기회를 얻게 되었다. 이렇게 굴삭기와 나는 떼려야 뗄 수 없는 인생의 인연이자 운명으로 맺어지고 있었다.

그렇게 승승장구하던 가운데서도 한때 현대중공업을 떠나야겠다고 생각한 적이 있었다. 1987년 6월, '6.29 민주화 선언' 이후 전국을 휩쓸기 시작한 대규모 노사분규 때문이었다. 민주화와 함께 봇물 터지듯 일기 시작한 노사분규는 점차 과격하게 변했다. 현대중공업도 노사분규의 태풍을 피하지 못했다. 현대중공업이 '노사분규의 메카'로까지 불릴 정도였다. 현대중공업 노조는 다른 회사들에도 영향을 줄 만큼 영향력이 대단했다. 노조원들의 강력한 힘이 피부로도 느껴졌다. 그러나 노사분규가 장기화 국면으로 접어들면서 도무지 일을 진행할 수가 없었다. 하루 이틀도 아니고 서너 달이 지나자 노사분규에 진저리가 쳐졌다. 그때 처음으로 이직을 생각하고 대우자동차 해외공장에 응시원서를 냈다.

대우자동차에서 합격 통보서가 오자마자 현대중공업에 사표를 제출하고 연수원에 들어가기 위해 서울로 올라갔다. 서울 구로동에 있는 연수원에서 이틀째 연수를 받고 있을 때 현대중공업의 선배로부터 연락이 왔다. 사표 처리가 안 되었으니 되는대로 빨리 돌아오라는 것이었다. 나 자신의 미래와 안전을 위해 이직을 결심했지만, 이제껏 나를 키워 주고 배려해 준 회사에서 꼭 필요하다는 연락을 받자 주저할 수 없었다. 정도 아니고 의리도 아닌, 그저 은혜에 대한 보답이었다. 끊어질 뻔했던 굴삭기와의 인연은 아슬아슬하게 다시 이어졌다.

6. 공포의 전화벨 소리

1990년, 드디어 서울 계동의 현대빌딩 사옥에서 일할 기회가 주어졌다. 발령 부서는 현대중공업 기술영업부였다. 울산에서 서울로의 이동은 나에게 새로운 세상을 열어 주었다. 1979년 겨울, 누나의 편지 한 통으로 한 달간의 서울 생활을 경험한 이후 11년 만이었다.

서울 발령은 11년 전 그때처럼 우물 안 개구리가 세상에 처음 나오듯 다른 세상을 경험하게 해주었다. 게다가 기술영업부는 해외에 굴삭기를 비롯한 중장비를 판매한 후 보증 기간 동안 사후관리와 신제품 설계, 고객사에 대한 기술지원을 하는 곳이어서 업무 역시 나에게는 새로운 도전의 영역이었다.

사무실로 출근하기 시작하면서 서울로 왔다는 기쁨도 잠시, 낯선 업무를 어떻게 수행할까 고민이 깊어졌다. 해답은 남들보다 일찍 출근하여 더 열심히 업무를 익히는 길밖에 없었다. 새벽같이 출근하여 어제의 일을 확인하고 오늘 해야 할 일을 꼼꼼히 챙겼다. 하나의 실수라도 줄이려고 나름대로 최선을 다했다.

서울 생활은 울산과는 속도감부터 완전히 달랐다. 일단 사원들의 걸음 걸이가 빠르고, 뭔지 모르게 모든 것이 빨리빨리 돌아갔다. 애교스럽고 상냥한 서울 말투에 적응하기도 낯설었다. 내가 무슨 말을 하면 사람들이 다 웃는 것 같았다. 표준말을 하려고 나름대로 애쓰는데 상대방들은 참 신기한 모양이었다. 그래도 시간이 흐르니 이래저래 모든 상황에 적응할 수 있었다. 딱 한 가지만 빼놓고는 말이다. 그것은 다름 아닌 전화였다.

일찍 출근하면 텅 빈 사무실 이곳저곳에서 전화벨 소리가 울렸다. 아침 일찍 울리는 전화는 대개 세계 각국에서 걸려 오는 딜러들의 다급한 전화였다. 그 가운데 90% 이상이 유럽과 미국에서 걸려 오는 전화였으니, 나로서는 난감하고 당황스러운 일이 아닐 수 없었다. 영어로 응대해야 했기 때문이었다. 전화벨 소리는 마치 적군들이 저벅저벅 소리 내며 거침없이 쳐들어오는 구둣발 소리와도 같았다. 전화벨이 울리기만 해도 화들짝 놀라거나 가슴이 두근거리고 심장이 뛰었다. 서울로 발령이 나기 전에는 영어를 사용할 일은 거의 없었는데, 갑자기 영어로 전화를 받아야 하는 상황에 부닥치니 그 답답함과 두려움이 오죽하겠는가. 그렇다고 사무실에 사람이 버젓이 있는데 안 받을 수도 없었다. 결국 망설이다가 수화기를 들었다. 그러나 '헬로'라고 한마디 인사를 하고 나면 더 이상 말을 이을 수 없었다. 아침 일찍 걸려 오는 딜러들의 전화가 나를 공포로 몰아넣기 시작했다.

피한다고 피할 수 있는 일이 아니었다. 그렇다고 마냥 두려움에 떨기보다는 차라리 영어를 향한 정면 돌격이 더 낫겠다는 생각이 들었다. 그날, 나는 곧바로 생존을 위한 영어 회화 공부에 도전장을 던졌다.

다음날부터 새벽 5시에 출근했다. '정철 영어 카세트테이프' 24개를 들고 다니면서 매일 새벽에도 듣고, 퇴근길에도 들었다. 또 매주 외국 영화를 두 편씩 보며 내용도 통째로 외우기 시작했다. 그것도 모자라서 증산동 집에서 삼성동에 있는 영어 학원까지 '사이드 바이 사이드(Side By Side)'라는 교재로 새벽 강의를 들으러 다녔다. 1시간 30분 강의를 듣기 위해 새벽에 그 먼 곳까지 하루도 빠지지 않고 다녔더니, 얼마 후부터 영어에 조금이나마 귀가 열리고 자신감도 붙었다.

그렇다고 딜러들의 전화를 거침없이 받고 유창하게 대화하는 정도는 아니었다. 머리로는 이해가 되지만 영어보다 우리말이 불쑥불쑥 먼저 튀어나왔다. 그러면 상대방은 언제나 높은 톤으로 'what?'을 반복했다. 딜러들은 자기가 하고 싶은 말을 하고, 나는 내 뜻을 한국식으로 전달했다.

그렇게 매일 전화를 받다 보니 영어의 뜻은 몰라도 억양으로 대충 이해되는 부분도 있었다. 영어를 매일 공부하면서 전화벨 소리에 대한 노이로제가 점차 줄어들었고, 담당자가 오면 알려 주겠다고 말하고 메시지를 남기는 일 정도는 할 수 있게 되었다.

영어를 공부하면서 새삼 느낀 점이 하나 있다면, 당시의 우리나라 영어 교육 방식의 문제였다. 중학교 3년, 고등학교 3년, 대학교 4년 모두 10년 동안 영어를 배웠는데 도대체 전화상으로 입도 벙긋 못하는 현실이 말이 되는가? 바닷고기처럼 싱싱하게 살아서 퍼덕퍼덕 뛰는 영어를 배워야 하는데, 간고등어처럼 소금에 팍팍 절인 영어만 배웠기 때문이 아닐까? 왜 이리 영어가 죽어서 내 입에서 안 나오는 거야?

아무리 이론을 배워도 실전에서 연습하고 써먹지 않으면 말짱 헛일이었다. 10년을 책에서 배우는 것보다 단 하루라도 절박한 현실에 부딪치며 익히는 '생존 영어'가 훨씬 효과적이었고 유익했다. 교실에서 영어 점수를 올리는 것보다 먹고사는 문제가 확실히 사람에게는 더 절실하게 영향을 미친다는 사실을 알았다. 그렇게 영어 실력과 서울 생활은 결국 살아남아야 한다는 본능에 따라 적응하고 발전하고 있었다.

7. 정글 속 해외 출장

1991년 12월 2일, 48일간의 기나긴 해외 출장길에 올랐다. 그동안 며칠씩의 해외 출장은 종종 있었지만 이렇게 긴 출장은 처음이었다. 싱가포르와 말레이시아, 태국, 필리핀, 호주, 뉴질랜드, 파푸아뉴기니 등 7개국을 혼자 다니며 현대중공업이 판매한 굴삭기의 사후관리를 하는 일이었다.

첫 방문지인 싱가포르로 향할 때부터 잔뜩 긴장되었다. 싱가포르 창이 공항에 도착하니 중국계 말레이시아인이 마중 나와 있었다. 평균 30도가 넘는 후텁지근한 날씨와 빡빡한 일정 때문에 번화하고 깨끗한 도심을 관광할 엄두는 내지 못했다. 싱가포르에 이어 보름 동안 말레이시아, 태국, 필리핀 출장을 마쳤다. 여름날의 동남아시아 출장 여정은 한마디로 인내의 연속이었다.

그 당시는 우리나라 보통 사람들이 해외여행을 한다는 건 생각지도 못하던 시절이었다. 해외로 간다는 사실만으로도 설레고 좋았다. 그러나 말도 통하지 않고, 기후도 맞지 않고, 입맛도 맞지 않는 해외에서 장기간 일을 계속한다는 건 기대했던 것만큼 좋지는 않았다. 한국에서 해외로 출장을 간다고 하니까 부러워하던 사람들이 생각났다. 뭐든지 생각과 실제는 얼마나 큰 차이가 있는지 모른다.

드디어 무더운 나라들을 떠나 호주행 비행기에 몸을 실었다. 한여름 찌는 무더위의 동남아시아 지역과는 달리 조금 선선하면서도 쌀쌀한

호주의 날씨가 무척 상쾌하게 느껴졌다. 날씨가 좋으니 그나마 출장 업무를 수행하기가 동남아보다 훨씬 쉬웠다. 그저 딜러들에게 판매한 굴삭기에 어떤 문제점이 있는지 꼼꼼히 파악한 후 설명하고, 몇몇 고객사를 직접 방문하여 그것들을 일일이 확인하면 됐다. 나는 확인 작업을 거치면서 딜러들이 발견하지 못했던 부분들을 일일이 찾아내어 가르쳐 주었다. 그랬더니 딜러들은 '원더풀', '땡큐'를 연발했다.

다시 뉴질랜드로 옮겼다. 이곳에서도 관련 업체들을 방문했다. 출장지는 다르지만, 업무는 똑같았다. 지금 개인이 아니라 회사를 대표하여 출장을 왔기에 그에 맞는 책임감으로 업무를 수행하니 고객들의 반응과 만족도가 매우 좋았다. 항상 출장의 목적을 머릿속에 저장해 놓고 수시로 꺼내어 확인하는 버릇도 한몫했다. 지금도 나는 장소가 어디든, 누구를 만나든 가장 중요한 만남의 '목적'을 잊지 않도록 애쓰고 있다.

다시 호주 시드니로 돌아와서 드디어 마지막 출장지인 파푸아뉴기니로 향했다. '아, 이제 좀 있으면 조국으로 돌아가겠구나.' 하는 생각에 마음이 푸근해졌다.

파푸아뉴기니 모레스비 공항에 도착하니, 어렸을 때 TV에서나 보던 풍경이 그대로 눈앞에 펼쳐졌다. 타잔 영화에서 보았던 정글처럼 공항 주변 외곽에는 울타리 하나 없이 원시적인 정글이 그대로 드러나 있었다. '우와!' 하는 탄성이 저절로 튀어나왔다.

공항 입국 심사대에 들어서자 습한 지역 특유의 냄새에 뒤섞인 낯선 향내가 진동했다. 어느 나라든 그 나라의 독특한 냄새가 있게 마련인데, 여기에서는 향불 냄새에 적응해야 했다. 주민들은 대개 슬리퍼만 신고 다녔고, 아예 신발조차 신지 못한 사람도 적지 않았다.

공항에는 중국계 말레이시아인이 마중을 나왔는데, 나를 호텔로 안내 하고는 황당한 이야기를 했다.

"사실 딜러가 작업하는 곳은 바니모(Vanimo)라는 지역인데, 거기까 지 가려면 비행기를 타야 하고, 비행기를 구하려면 며칠이 걸립니다."
"네?"
"우선 우리가 연락할 때까지 호텔에서 기다리세요."
황당했다. 일하러 출장을 왔는데 일할 곳에 갈 비행기가 없다니…. 기가 막혔으나 할 말도 없었고, 영어가 짧다 보니 답답한 내 속만 타 들 어갈 뿐이었다.

"이곳은 치안이 좋지 않으므로 호텔 밖으로 절대 나가지 말고, 수영장 에서 지내세요."
이렇게 말하다가 나의 기막힌 표정을 읽었는지 그는,
"참, 여기에서 약 150km 떨어진 곳에 '아리랑 식당'이라는 한국식당 이 있습니다. 거기에 전화하면 호텔까지 차로 데리러 옵니다."
라는 말을 하고는 전화번호를 주고 떠났다.

'이런 황당한 일이 있나?' 그나마 머나먼 이국 정글 속에서 한국식당 이 있다는 소식은 사막에서 오아시스를 만난 듯이 반가웠다. 곧바로 식당에 전화를 걸었더니 호텔로 데리러 오겠다고 했다. 얼마 후 쏘나타 승용차가 도착했다. 이 얼마나 오랜만에 보는 한국인인가! 정말 반가웠다.

운전사는 '아리랑 식당' 안주인이었다. 남편은 한라건설 임원이었는데, 1985년 한라건설이 파푸아뉴기니에서 산림 목재 채취권을 따냈을 당시 부임했다가 퇴직한 후 현지에 눌러앉아 한국식당을 운영한다고 했다. 기나긴 해외 출장 여정 끝에 밀림 속에서 한국인을 만나 우리말을 하는 것만으로도 충분한 위로가 되었다. 한국에서는 늘 보는 사람이고 늘 하는 우리말이지만, 타국에서 '아리랑 식당'이라는 간판을 보자 눈물이 날 만큼 반가웠다.

그런데 세상에, 김치찌개 한 그릇이 36기니달러였다. 당시 미화 100달러가 80기니달러 조금 넘었을 때니까 값이 어마어마하게 비쌌다. 하지만 낯선 곳에서 한국 음식을 먹을 수 있다는 사실만으로 행복했다. 무려 왕복 300km를 이동하여 사 먹은 미화 45달러짜리 파푸아뉴기니의 김치찌개! 내 생애 가장 비싼 김치찌개였다.

호텔에서 사흘이 지났을까, 바니모로 가는 비행기가 예약되었다는 연락이 왔다. 그건 약 15명이 탈 수 있는 소형 비행기였다. 모레스비에서 바니모로 가는 밀림 속 정글은 그야말로 장관이었다. 타잔 영화에나 나오는 정글 숲 그대로였다. 잠시나마 타잔이 되어 '아아아~' 하고 소리를 지르고 싶었다. 정말로 6시간이 지루하지 않을 만큼 멋진 경치였다.

바니모 공항은 해안에 있어서 보이는 곳곳이 한 폭의 그림이었다.

인간이 손대지 않은 자연 그대로의 모습이 너무나 아름다웠다. 거울처럼 맑은 물과 아름드리나무들이 펼쳐져 장관을 이루었는데, 그처럼 크고 굵은 나무들은 처음 보았다.

가이드가 안내한 숙소에는 신기하게도 한국산 에어컨이 설치되어 있었다. 당시만 해도 파푸아뉴기니는 대한민국과 교류가 거의 없었던 나라였고, 면적도 한반도의 3배가 넘었다. 이렇게 넓은 밀림의 나라에 한국의 '금성(현 LG전자)' 에어컨이 밀림 속에 설치되어 있다는 사실만으로도 가슴이 벅찼다. 한국에 있을 때는 당연하던 것이 타국에 오니까 모두 감동으로 다가왔다. 한국인 식당 주인이 그랬고, 김치찌개가 그랬고, 금성 에어컨이 그랬다. 처음으로 대한민국이 세계 속에서 어떤 모습으로 존재하고 있는지를 내 눈으로 확인할 수 있는 기회였다. 그리고 나의 존재감도 그리 작지 않다는 것을 느낄 수 있었다.

8. 폐기장에서 찾은 해법

파푸아뉴기니의 바니모 지역은 중국계 말레이시아인이 벌목권을 갖고 있었다. 벌목하기 위해서는 다양한 장비들이 필요했는데, 이곳 밀림 지역에까지 여러 나라의 유명한 장비들이 들어와 각축전을 벌이는 상황이었다. 이미 캐터필러, 히타치, 고마츠, 현대중공업의 굴삭기 휠로더(Wheel Loader)와 볼보의 40톤급 이상 트럭 등 세계적인 중장비의 집결지가 되어 있었다.

현대중공업의 경우, HL35(휠로더) 3대, HL360LC 2대, HL420LC 1대 등 모두 6대의 중장비가 들어와 있었다. HL35(휠로더) 어터치에 흙이나 모래 등을 떠올리는 버킷(bucket)을 떼어내고 통나무를 집어서 옮기는 장비인 대형 집게를 장착하여 고객에게 인도하고 조종법을 가르쳐주는 역할이 출장 목적이었다. 그런데 현장에서 안 사실은 현대중공업이 주문받은 장비를 처음 만든 뒤 시험 운전도 해보지 않은 채 수출을 먼저 했다는 것이다. 기막힌 일이었다.

장비를 열어 버킷을 분리해 봤더니 집게를 장착한 부분의 호스와 연결되는 피팅(fitting)의 크기가 서로 맞지 않게 조립되어 있었다. 현지에서 장비를 조립하여 고객에게 보여주고 시험 가동을 거쳐 사용에 문제가

파퓨아뉴기니 출장 시 현지인과 함께 (1991.12)

없는지 확인한 후 사인을 받아 돌아가는 게 나의 역할이어서, 시험 가동을 하려면 어떻게든 장비 연결 피팅을 구해야 했다. 그러나 정글 속에는 도저히 구할 방도가 없었다. 짧은 영어 실력으로 이리저리 수소문한 결과, 그곳 캠프에는 중장비 200여 대가 움직이고 있었는데 그중 캐터필러가 전체의 60~70% 이상 차지하고 캐터필러 수리 공장이 있다는 사실을 알아냈다.

문은 두드리면 열리는 법이다. 손짓과 발짓을 다 동원해 겨우 수리 공장을 찾아 제일 먼저 장비 폐기장부터 찾았다. 수리 공장이 있으면 여러 개의 부속품과 장비가 있기 때문이다. 마치 우리 집이 아닌 남의 집에 가서 필요한 물건을 찾는 것 같은 이상한 상황이었지만, 절박한 심정으로 '남의 집이라도 여기저기 뒤지다 보면 뭔가 나오겠지.' 기대하며 샅샅이 뒤졌다. 한 시간쯤 뒤졌을까? 궁하면 통한다고, 다행히 내가 찾는 것과 유사한 형태의 피팅을 찾아냈다. 피팅을 갖고 와 우리 제품에 장착해 보니 나사 표면에 빙 둘러 판 나선형 홈인 나사산이 맞지 않았다.

'에이, 이게 뭐람? 찾는 것보다 내가 만드는 게 차라리 빠르겠다.'라고 생각하며 다시 수리 공장 선반으로 갔다. 그리고는 옛날 직업훈련원과 울산 건설장비사업부 시절 배운 기억을 더듬으면서 직접 나사산을 만들었다. 그렇게 내가 새롭게 만든 피팅을 연결하였더니 장비에 꼭 맞게 장착되었다.

'휴, 살았다.' 하며 안심하는데, 또 다른 문제가 생겼다. 이번에는 휠로더의 힘이 고객이 요구하는 중량에 미치지 못했다. 몇십 톤 되는 무게를 힘이 부족하여 들어 올릴 수가 없었다.

또다시 고민에 빠졌다. 짜증이 나기보다는 우리 회사 이미지가 먼저 걱정되었다. 현대의 장비가 이곳에 와서 작동이 안 된다면, 회사 이미지에는 그야말로 치명적인 타격을 입게 된다. 온 힘을 다해 현대의 실수를 막아야 한다는 책임감이 솟구쳤다. 현장과 수리 공장을 수십 번 오가면서 땀이 비 오듯 흘러도 덥다는 생각이 전혀 들지 않았다. 다만 새로 나사산을 만들고 중량을 채우기 위해 내가 이제껏 배운 모든 지식과 경험을 동원하는 일로 머릿속이 복잡할 뿐이었다.

'아니다. 이렇게 급할 땐 본사에 도움을 요청할 수밖에 없다.'

이렇게 생각하며 긴급하게 서울 사무실로 전화를 걸어 담당 이사와 부장에게 상황을 설명했으나, 그분들의 대답은 너무나 냉정했다.

"현지 사정은 현지에 있는 사람이 제일 잘 아니까 어떻게든 그 일을 마무리하고, 그 일이 마무리되기 전까지는 절대 한국으로 들어오지도 마세요."

회사가 장비 테스트도 제대로 하지 않고 수출한 것도 문제였지만, 아무런 경험도 없는 사람에게 장비 수리와 인도를 책임지고 하라니, 참으로 기가 막히고 황당했다. 그때가 울산에서 서울 기술영업부로 발령받은 지 10개월도 채 안 되었을 시점이었다. 솔직히 그 짧은 시간에 업무 파악도 쉽지 않았는데, 관련 기술까지 알기란 불가능한 일이었다.

그래도 어쩔 수 없었다. 막중한 책임을 떠맡고 나니, 이제는 이 난관을 혼자서 뚫고 나갈 수밖에 없었다. 안 되는 일에 불평만 늘어놓기보다는 할 수 있는 일을 찾는 게 현명한 대처 방법이었다.

'그래, 회사가 나를 믿고 하는 지시이니 나 이창호가 뚫어보자.'

혼자라고 생각하니 오히려 마음이 담담해졌다. 현장에서 유압 회로도를 펼쳐 놓았다. 무더운 뙤약볕 아래 종일 혼자 앉아 실습과 이론을 겸한 연구에 몰두했다. 일단 현지 고객이 만족할 만한 결과를 만들어내는데 집중하기로 방향을 잡고, 내가 그동안 배우고 익힌 내용을 전부 동원해 하나하나 실행에 옮겼다. 펌프 압력을 육각 펜치로 반 바퀴 돌려 압력을 상승시켜 보니 붐 상승과 집게 오므림이 자연스럽게 되고, 전진과 후진이 부드럽게 이뤄졌다.

딜러 책임자를 불러 테스트한 결과를 보여주고 나서 약 30분간 현지 실습을 했다. 그러고는 딜러 책임자에게 내가 한국에 돌아가서 여기에 문제가 일어난 부품을 다시 한 세트 보내줄 때까지 장비를 가동하지 말라고 당부했다.

내가 할 수 있는 한 최선을 다해 무사히 임무를 완수하고 귀국길에 올랐다. 비행기에 오르니 겨우 다리를 제대로 뻗을 수 있었다.

서울로 돌아온 뒤 해외영업 본부장께 귀국 인사를 하러 들렀더니, 본부장이 나를 격려하면서 파푸아뉴기니 딜러로부터 받은 텔렉스 내용을 보여주었다.

"귀사가 보내준 Mr. Lee는 아주 유능한 엔지니어입니다. 현지 기술진이 본 평가는, 낙후된 현지 수리장의 공구와 기계가 제대로 갖춰지지 않았는데도 불구하고 완벽하게 장비 점검을 마치고 장비를 인도해 주었습니다. 장비를 다 완성한 후에는 시험 운전까지 마쳐 우리가 안심하고 사용할 수 있도록 해주었습니다. 그러나 한 가지 아쉬운 게 있다면 영어가 부족하다는 점입니다. 앞으로 좀 더 자연스러운 의사소통을 위해 영어 실력을 겸비한다면 훌륭한 엔지니어가 될 것으로 보입니다."

파푸아뉴기니 딜러 사장이 보내온 감사 편지였다. 그 편지를 보고 창 피하기보다는 자랑스러웠다. 결코 헛된 고생이 아니었다는 걸 확인했다. 또한 영어 공부를 더욱 열심히 하는 자극제가 되었으며, 열심히 애쓴 결 과는 반드시 있다는 것도 알게 되었다. 뭐든지 배우고 경험한 건 위기에 서 그 빛을 발했다. 어른들이 뭐든지 부지런히 배우고 익히라고 하였던 말뜻도 알 것 같았다.

그 뒤 30여 개 나라에 출장을 다니면서 더욱 많은 해외 업무 경험을 쌓을 수 있었고, 예상치 못한 일이 생기면 파푸아뉴기니 일을 생각하면 서 어떻게든 현장에서 문제를 풀려고 노력했다.

9. 영등포의 장인(匠人)들

내가 초년병임에도 불구하고 파푸아뉴기니를 포함한 오랜 해외 출장 에서 성공적으로 임무를 완수할 수 있었던 기술적 비결은 영등포 중기 시장에서도 찾을 수 있다.

지금은 재개발과 공장 이전 등으로 규모가 크게 줄었지만, 내가 서울 로 발령받아 일했던 90년대에는 서울 여의도에서 영등포역으로 가는 도 로와 한강성심병원 사이에 있는 영등포 중기 시장의 규모가 대단했다. 거기에서는 탱크도 만들어낼 수 있다고 할 정도로 기술력도 뛰어났고, 각종 중기 부품도 없는 게 없었다. 중기계를 다루는 엔지니어에게는 살아 숨 쉬는 현장 학교나 마찬가지였다.

당시는 현대중공업도 굴삭기를 만들기 시작한 지 얼마 되지 않은 시점이었으므로, 나는 상사들의 심부름으로 자주 중기 시장을 방문했다. 그곳에는 현대 임원들의 옛 동료분들이 독립하여 운영하는 대리점이나 작은 부품 공장들이 즐비했다. 대부분 공업고등학교를 졸업한 뒤 우리나라가 산업화의 길로 들어섰던 70년대와 80년대 공장 현장에서 기계와 함께 잔뼈가 굵은 베테랑 장인(匠人)들이었다.

50대와 60대가 주축이었던 영등포 시장의 장인들은 기계와 각종 부품에 대해서는 컴퓨터보다 정확한 척척박사였다. 대리점 앞문을 통해 들어가 이야기를 나눈 뒤 뒷문을 열면 큰 야적지가 나오는데, 각종 중기계 부품들이 산더미처럼 쌓여 있는 게 퍽 인상적이었다.

더 놀라운 건 그들이 잡동사니처럼 널려 있는 그 많은 부품 더미들 가운데서 필요한 부품을 귀신같이 찾아낸다는 사실이었다. 현장 경험으로 치면 남들에게 뒤지지 않는다고 자부하고 있었던 나였지만, 베테랑 사장들 앞에서는 명함도 내밀 수 없는 피라미에 불과했다. 자신들의 옛 동료였던 현대 임원들의 소개로 왔다고 말하면, 제작 기술이나 영업 노하우도 아낌없이 가르쳐 주었다.

중기 시장에 있는 현대나 삼성, 대우와 같은 대기업 대리점에서는 순정부품을 취급하지만, 가격이 비싼 관계로 중고 부품이나 조그만 공장에서 만든 카피 제품을 찾는 고객들이 많았다. 그래서 무슨 베어링, 무슨 중공업 등의 이름으로 별도의 공장을 운영하며 값싼 부품을 직접 만들어 영업하는 장인들도 적지 않았다.

예를 들어 굴삭기에서 흙을 파는 장치인 버킷(bucket)의 끝단 부위는 이빨처럼 생겼다고 해서 '투스 포인트(tooth point)'라고 하는데, 작업을 하면 계속 땅바닥과 마찰하기 때문에 쉽게 닳아 없어지는 소모성 부품이다. '투스 포인트' 순정부품은 마찰 부분의 강도를 높이기 위해 철에다가 망간을 섞어 만들지만, 문제는 가격이 비싸다는 점이다. 망간을 빼고 만들면 고객들이 원하는 가격에 부품을 제공할 수 있는데, 이런 역할을 중기 시장 기술자들이 하고 있었다.

나중에 그 사장들과 친분을 쌓고부터는 회사 일이 아니더라도 개인적으로 찾아가 부품이나 영업 방식에 대해 이것저것 많은 기술과 노하우를 배울 수 있었다. 그때 배운 부품 지식과 기술은 홀로 나간 해외 출장에서 고객을 만족시키는 데 톡톡한 역할을 했을 뿐 아니라, 나중에 중국에서 개인 사업을 시작했을 때 시장을 개척해 나가는 데에도 없어서는 안 될 일등 공신이 되었다.

기름 냄새와 철 냄새 가득한 작업장에서 희끗희끗한 머리에 기름때 묻은 작업복을 입고 기계와 함께 한평생을 보낸 영등포 중기 시장의 장인(匠人) 선배님들. 우리나라 산업화의 역군이면서 나의 현장 스승이기도 했던 1세대 장인들에 대한 고마운 마음은 영원히 잊을 수 없을 것이다.

3

중국에 발을 딛다

1. 갑자기 난 중국 발령

서울 기술영업부에 전출을 와서 가장 좋았던 일은 30여 개 나라로 출장 다니면서 전 세계를 경험한 기회였다. 여기다가 굴삭기와 휠로더의 고장을 진단하는 '하이퍼 닷(Hyper dat)'이라는 장치를 만들어 전 세계 딜러들에게 공급해 준 것도 큰 보람이었다.

당시 '하이퍼 닷'을 공동 개발한 서울 문래동 D사의 김태용 사장은 나와 동갑이었다. 대기업 회사원 신분으로서 김 사장을 보고 나서 그때 처음 나도 사장이 돼야겠다고 생각하게 되었다.

사장이 되고 싶다는 일념에 사로잡히자, 나는 가장 빨리 사장이 되는 방법을 고민하기 시작했다. 당장 사장이 되는 방법은 제과점 빵집 운영이었다. 그런데 빵집을 하려면 우선 빵 만드는 기술과 자격증이 필요했다. 그래서 직원들이나 식구들 모르게 저녁이면 회사 업무를 마치고 약 7~8개월 동안 제빵 학원에 다니면서 제빵사 자격증을 취득했다.

이어서 1997년 3월부터는 무역업무도 공부할 겸 퇴근 후에는 인천에 있는 B정밀에 가서 일을 도와주기도 했다. B정밀의 김 사장이 무역업무를 좀 도와달라고 해서 시작한 일이었다.

그해 6월 어느 날이었다. 현대중공업 기술영업부 부서장으로부터 갑자기 호출이 왔다. 중국으로 발령이 났으니 8월 26일 자로 북경으로 가라고 다짜고짜 지시했다. 마른하늘에 날벼락이라고, 정말로 생각지도 못한 일이 터졌다.

며칠간 심각한 고민 끝에 퇴사를 결정하고 회사에 사표를 제출했다. 물론 아내를 비롯한 누구하고도 상의하지 않고 내린 독단적인 결정이었다. 이제는 뭐든 더 이상 회사원이 아닌 나만의 일을 해야 할 때가 왔다고 판단한 결과였다. 사실 내 나름대로 제과점과 무역회사를 세울 준비를 하며 마음을 굳게 먹고 있던 터였다.

막상 사의를 표명하고 나니 부서 부장과 이사의 만류가 만만치 않았다. 며칠 뒤에는 부장과 이사가 나를 회의실로 부르더니 내가 보는 앞에서 사표를 찢어 버리는 것이 아닌가. 회사를 그만두겠다고 쓴 사직서를 찢다니! 그때 두 상사의 입장도 기가 막힐 노릇이었던 모양이다.

"자네 입장도 있겠지만, 기술영업부에서 6명을 올려 자네 하나만 승인이 났는데 사표를 내는 게 말이 돼?"

"다른 사람들도 많은데 하필이면 접니까? 저는 제 사업을 할 겁니다."

단호하게 내 뜻을 밝혔다.

"그래, 다른 사람들도 많지. 그런데 그 사람들은 해외 발령 토플 시험 점수가 650점 이하여서 심사 대상에서도 제외되었어. 그러니까 일단 가 봐."

부장과 이사도 단호했고, 몹시 화가 난 표정이었다. 누구나 선망하는 발령인데, 부하가 굴러온 호박을 차 버리니 얼마나 답답했으면 그랬을까 나중에 이해가 되었다.

"자네는 이제껏 회사 일을 열심히 하더니만, 왜 이렇게 중요한 상황에서 고집을 부리는가? 정 그렇다면 일단 중국에 가서 2년 동안 일해 보고, 그때 가서 도저히 아니라고 생각되면 그만두고 자네 사업을 해도 늦지 않을 거야."

그들은 달래는 듯 나를 다그쳤다.

"많고 많은 나라 중에서 하필이면 중국으로 보냅니까? 미국이나 유럽이면 기꺼이 가겠습니다만."

이렇게 꼬박꼬박 말대꾸하며 의견을 밝힐 정도로 그만큼 그 당시 나만의 사업을 하면서 사장이 되고 싶다는 꿈은 절박했다. 또 공산주의 국가인 중국행에 대한 걱정도 적지 않았다.

그때만 해도 우선 중국은 치안이 좋지 않다는 인식이 컸을 뿐 아니라, 자식 교육 문제도 적잖이 걱정되었다.

게다가 그 당시엔 중국의 생활 문화 수준이 낮았으며, 수교가 된 지도 얼마 되지 않아 북한 사람과 만나야 할지도 모른다는 심리적 불안감까지 들어서 선뜻 가고 싶은 마음이 들지 않았던 것도 사실이었다. 그러나 두 상사의 끈질긴 권유와 설득으로 결국 나는 중국 발령을 받아들였다.

1997년 8월 26일, 나는 북경지사로 나가게 되었다. 우선 한 달간 중국 각지에 출장을 다녀본 뒤 최종적으로 결정하겠으니 시간적 여유를 달라고 회사에다 끈질기게 부탁했다. 회사는 나의 제의에 동의해 주었다. 그렇게 회사와 협의를 마친 후 마침내 나는 중국에 발을 디뎠다.

북경, 상주, 무한, 창사, 귀주, 남녕, 광주, 남창, 안휘, 서주, 대련, 심양, 장춘, 하얼빈, 대경까지 바쁘게 돌아다녔다.

통역 한 명과 함께 약 한 달간 현대가 직접 수출한 장비와 합작사인 강소성 상주(常州)시에 있는 〈상주 현대〉가 제품을 생산 판매한 고객과 대리점을 순회 방문하는 일정이었다.

대부분 기차를 이용하고, 중간중간 비행기로 이동하면서 중국 곳곳을 둘러보았다. 한 달간의 출장을 마치고 서울로 돌아온 뒤 나는 중국에 가기로 마음을 굳혔다. 중국 생활이 만만하지 않을 거라고 예상했지만, 그래도 나에게는 좋은 경험이 되리라는 확신도 섰기 때문이었다. 중국어 공부도 그때부터 시작했다.

그런데 현대중공업 마북리 연구소에서 중국어 연수를 받고 있던 1997년 11월 3일, 아버지께서 세상을 떠나셨다는 부음이 왔다.

한평생 우리 가족의 생계를 책임지며 논밭을 갈고 광산 속에서 온갖 먼지를 마셔야 했던 아버지, 내가 어렸을 때 아버지의 자리는 봉화 갈방산처럼 높고 넓었다.

어른이 되어 보니 아버지란 이름이 얼마나 고독한 존재인지 새삼 알 수 있었다. 아버지가 점점 왜소해지는 게 안타까웠다. 예전처럼 다시 불호령을 하고 호통을 치는 패기가 있었으면 좋으련만, 아버지는 점점 초라한 노인이 되어가고 있었다.

이런 생각을 하면서도 그렇게 갑자기 돌아가시리라고는 전혀 예상하지도 못했던 터라 아버지의 죽음이 나에게 주는 충격은 너무도 컸다. 지금 생각하면, 아버지는 더 오래 사실 수도 있었을 텐데 너무 자신의 건강을 돌보지 않으셨던 것 같다. 결국은 3~4년 전에 선고받았던 암이 폐로 전이되어 67세의 이른 나이에 생을 마감한 것이다.

아버지의 장례를 마치자마자 곧바로 연수원으로 돌아와 중국어 공부에 매진해야 했다. 아버지께서 하늘에서 도와주신 덕분인지 무사히 중국어 시험을 통과할 수 있었다.

2. 사장을 꿈꾸며 사표를 내다

중국 생활 4년째인 2001년 6월, 현대중공업 중장비사업부 유관홍 본부장이 중국에 출장을 왔다. 낯선 땅에서 우리 가족을 만난 듯 반가웠다. 악수를 할 적에는 따뜻한 감동마저 일었다.

사업 보고를 마치고 귀국자 면담을 할 때 본부장이 물었다.

"이 부장, 올해가 해외 지사 4년째로 임기 완료되지요?"

"예, 그렇습니다."

"이 부장이 그간 고생이 많았고, 실적도 높아 좋은 평가를 받고 있어요. 그래서 본사에서 장비 판매 후 사후관리 담당자로서 AS부 이 부장

현대중공업 퇴임 선배님들 상하이 초청
[왼쪽부터 오성민 회장, 저자, 박규현 부사장, 김수경 전무, 김종진 총재] (2014)

이 1년 더 연장하여 근무하라는 명을 전합니다."

"네? 사전 귀띔도 없었고 이렇게 갑자기 말씀하시니 당황스럽습니다."

유 본부장도 미안한 표정이 역력했다.

나는 처음 중국에 올 때부터 사업을 하겠다고 마음먹은 터였고, 중국에서 4년 동안 일하면서 내 사업을 준비하고 있었다.

"본부장님, 죄송합니다만 개인적인 사정으로 12월 말 임기를 마치고 본사로 복귀하겠습니다. 곧바로 사표를 내고 중국에서 작은 사업을 하려고 합니다."

"아니, 뭐라고요? 무슨 사업을 할 생각입니까?"

"예, 현재 중국 내 로컬 굴삭기의 시장 점유율이 2%에도 못 미칩니다. 중국에서 생산하기가 어렵고 해외 구매가 어려운 로컬 제품을 소개하는 사업을 할 생각입니다."

내가 그간 구상한 사업 계획을 설명하자 유 본부장은 난감한 표정을 감추지 못했다.

"그럼, 이렇게 하면 어떻겠습니까? 이 부장 뜻대로 본사로 복귀하여 먼저 사표를 쓰세요. 그 후 중국 〈상주 현대〉 굴삭기 공장에 현지인으로 채용되어 3년만 AS 업무를 더 하면 어떻겠습니까? 그 후에 사업을 하는 것도 괜찮지 않을까요?"

4년 전에도 사업을 말리더니, 4년 후에도 또 사업을 말리는 것이었다. 나도 조건을 제시했다.

"본부장님, 3년 계약 좋습니다."

그러고는 현지 채용 조건으로 희망 연봉, 자녀의 국제학교 등록금 지원, 집과 차량을 지원해 주도록 요청했다. 제시한 조건이 엄청난 것은 사실이었으나, 사업을 미룬다면 그만한 정도는 요구해야 한다고 생각했다. 본부장은 '이건 좀 심한 요구가 아니냐.'는 듯이 안색이 변하였고, 표정도 일그러졌다.

"돌아가서 고민해본 후 답변을 줄게요."

1차 협상이 끝났다.

그러던 8월 어느 무더운 날이었다. 이번에는 중국으로 발령받기 전 담당 부서장이었던 오성민 부장이 출장을 왔다. 사직 건에 대해 간접적으로 말을 돌리며 이야기를 이어갔다.

"지난번에 본부장이 출장을 왔을 때 주재원 임기가 끝나면 그만둔다고 했다는데 맞나요?"

"예, 그랬습니다만…."

말꼬리를 슬며시 내리는데, 사표를 못 쓰게 설득하라고 지시받은 느낌이 들었다. 하지만 이미 내 뜻이 확고하게 정해진 뒤였으므로, 나는 어느하나도 양보하지 않고 유 본부장에게 말한 그대로 요구 조건을 반복했다.

그해 10월에 유 본부장이 또다시 중국으로 출장을 왔다. 나는 사업 계획을 더 구체적으로 밝혔다.

"본부장님의 뜻을 알고 회사의 고충도 이해합니다. 40대 초반에 21년 3개월 동안 정이 든 현대중공업을 떠나는 저의 심정도 홀가분하지만은 않습니다. 이곳에서 뼈가 굵었는데 떠나는 발걸음이 어찌 가볍기만 하겠습니까? 그렇지만 저는 다가오는 10년, 20년 안에 중국과 한국의 경제교류가 활발하게 될 가능성을 이곳에서 보았습니다. 이제 저도 사업을 해서 꿈을 펼치고 싶습니다. 이른 시일 안에 후임자를 보내주시면 감사하겠습니다."

진심을 담아 본부장을 설득했다. 말로는 내 뜻을 충분히 알겠다고 하면서 회사 입장도 생각해 달라는 근엄한 표정이었다. 후임자를 보내 주겠다는 말은 없이 또다시 간곡하게 부탁했다.

"이 부장, 자네 뜻은 알겠네만 한 번만 더 생각해 보게."

그래도 나의 뜻을 조금도 굽히지 않았다. 본부장이 한국으로 돌아가기 전날 밤, 주재원 전체 식사 자리를 마련했다. 그 자리에서 나눈 숱한 말 중에 유독 이 말은 기억한다.

"이 부장의 연말 본사 복귀를 사실로 만들겠소."

그렇게 고마울 수가 없어 나는 고개를 숙였다.

3. 나의 첫사랑 현대여, 안녕

드디어 11월 초, 한국에서 후임자가 중국으로 부임해 왔다. 12월 말까지 두 달 동안 업무 인계를 했다. 업무 인계 서명을 마치고 본사 중장비 사업 운영지원부로 발령받았다. 입국 후에 퇴사 절차를 밟기로 확정된 것을 의미했다.

퇴사가 결정되면서 사업에 대한 구상으로 내 머리가 더 복잡해졌다. 그럴 때마다 나는 꿈을 생각했다. 오랜 꿈을 이루기 위해서는 웃어른들의 만류도 뿌리치고, 정든 사람들과 헤어지는 아픔도 감수해야 한다는 각오로 4년의 중국 생활을 정리했다. 이제 복잡한 인수인계도 끝나고 본사에서 퇴사를 결재받는 절차만 남았다.

2002년 1월 14일 월요일, 울산 현대중공업 본사에 출근했다.

21년 전, 새로운 세상에서 일한다는 기대와 설렘으로 흥분되어 첫 출근을 할 때와는 기분이 사뭇 달랐다. 그동안 정들었던 회사, 나에게 많은 기회를 준 고마운 회사를 떠나기 위해 출근을 하니 한 걸음 한 걸음 내디딜 때마다 묵직한 느낌이 들었다.

사표가 주는 의미심장함, 마운드에 홀로 선 마무리 투수만이 느낄 수 있는 무거운 책임감 등이 가슴에 가득했다.

먼저 운영지원부 부서장에게 사직서 사인을 받고 나니, 윤혁 이사의 사인을 받으라고 했다. 한 시간도 안 되어 유관홍 본부장의 결재까지 끝났다. 이것으로 나의 현대중공업 업무는 모두 종결됐고, 나는 더 이상 '현대맨' 신분이 아니었다.

그렇게 사직서를 받아 달라고 했으면서도 막상 그간의 정과 인연을 사인 몇 번으로 간단하게 끝낸다고 생각하니, 이상하게도 시원섭섭한 느낌이 밀려왔다. 나의 청춘이 묻힌 길고 긴 세월의 추억이 채 한 시간도 안 돼 싹둑 잘려버린 기분이었다.

되돌아보니 21년 3개월 동안의 현대중공업 생활은 나에게 많은 것들을 베풀어 주었고, 인내와 고뇌를 통해 나를 성숙시켜 주었으며, 꾸준한 노력으로 새로운 도약의 길을 걷도록 만들어 준 소중한 경험이었다.

모든 결재를 끝내고 돌아서는데 섭섭함이 발목을 잡고 놓아주지 않았다. 사람들과만 정이 들었던 게 아니었다. 회사 구석구석에 담긴 이야기들이 갑자기 맨발로 나에게 달려오는 것 같았다. 주체할 수 없는 그리움, 고마움, 아쉬움이 뒤범벅되었다. 나도 모르게 중장비사업부 옆 연수원 테니스장 소나무 아래로 달려갔다. 다행히 아무도 없었다. 그냥 털썩 주저앉아

엉엉 울었다. 태어나서 그렇게 펑펑 울어본 적은 그때가 처음이었다.

현대중공업은 나의 첫사랑이었다. 일편단심이었다. 스스로 사표를 내긴 했지만, 그래서 더더욱 많은 눈물이 쏟아져 나왔다. 한참을 울고 나니 속이 조금 풀어졌다. 눈물이 복받쳐 오를 때는 그냥 그렇게 하는 게 좋은 치료법인 것 같았다.

유관홍 본부장이 점심을 같이하자고 연락이 왔다. 그간 참으로 많은 도움을 준 상사이다. 주전 앞바다가 보이는 횟집에 마주 앉았다. 이왕 사업을 하기로 했으니 최선을 다하라며 격려와 조언도 아끼지 않았다. 비록 일로 맺어진 관계였지만, 두터운 정이 흠뻑 묻어났다.

"이 부장, 이왕 시작한 것 열심히 하게. 그리고 중국이 아무리 기회의 땅이라고 하지만 굴삭기 OEM 납품 사업을 하려면 많은 시간과 돈이 필요하네. 중장비사업부의 유압 부문에 문의하여 도움을 받게.

그리고 한라중공업 부도 후 재고로 쌓인 실린더를 중국에 판매하는 방법도 찾아보게."

그러고는 유압부 부서장을 불러 도면을 챙겨 주라고 지시했다. 회사를 도와주지 않고 떠나가는 직원에게 진심 어린 도움을 주는 것이 고마웠다. 짧은 만남이었지만 진심을 주고받을 수 있는 시간이었다.

오후에 중장비 박규현 부사장을 비롯한 여러 선후배와 동료들의 환송을 받으며 중장비사업부를 떠났다. 정문 쪽에 있는 회장 사무실로 가서 김형벽 회장에게 인사를 드렸다. 못내 아쉬운 표정을 지으며 열심히 하라는 격려를 잊지 않았다.

후에 김형벽 회장이 지인들에게 '사표 쓰는 놈이 회장 사무실에 인사 하러 온 놈은 이창호가 1호야. 그놈, 참….'이라고 말했다고 들었다. 모든 사람의 만류를 뿌리치고 떠난다고 하지만 고맙다는 인사는 해야 하지 않 겠는가.

중장비 생산관리 부서장이었으며 나의 보고서에 항상 예리한 조언을 해준 통합구매부 김수경 본부장, 1985년 조선사업부 4.5 도크에서 만나 중장비사업부에 나를 보내 준 하종윤 전무에게도 인사를 드렸다.

"이창호, 이제 목표를 세웠으니 큰 곳에 가서 꿈꾸는 사업을 마음껏 펼 쳐 보게. 자네는 참 우직하고 성실했네. 반드시 좋은 날이 있을 것일세."

하직 인사를 하는데 떠나는 자에 대한 정이 엿가락처럼 죽죽 늘어났 다. 두 손을 잡을 때마다 말보다 진한 정이 전해졌다.

'울산이여, 안녕.

파도 소리여, 안녕.

그리운 현대인들이여, 모두 고맙습니다.'

만일 그 당시 현대를 떠나지 않았다면, 2014년 현대중공업이 3조 5천 억 원의 적자로 인원을 감축할 때 나는 동료들과 같이 쓸쓸한 50대 중반 을 맞이했을 수도 있었으리라.

4. 아버지와 어머니, 왕 회장에게 고한 꿈

- 아버지 산소에서 -

현대중공업에서 사직서가 처리된 직후, 가장 먼저 경북 봉화군 법전면 고향 마을에 잠들어 계시는 아버지를 찾았다. 아버지가 늘 다니시던 산모롱이를 지나 아버지가 좋아하시는 막걸리와 포를 사서 산소 앞에 놓고 큰절을 올렸다.

"아버지, 넷째 아들 창호입니다. 아버지, 오늘 제가 현대중공업에 사표를 내고 왔습니다. 1981년 현대중공업 입사서류를 작성할 때 만 5천 원 세금 내는 사람의 보증이 필요했는데 그때 우리 동네에 만 5천 원짜리 세금 내는 사람이 없었지요. 보증 설 사람을 구한다고 아버지께서 이리 뛰고 저리 뛰며 애쓰시던 모습이 눈에 선하네요. 결국 법전면장이 보증을 서 주어 현대중공업에 취직하게 되었지요. 참 가난한 세월이었어요. 아버지."

가난했던 그 시절, 보증서 하나 만들 수 없어 애태우던 때를 떠올리니 눈물이 왈칵 쏟아졌다. 아무것도 모르고 순박하게 지내던 옛 시절을 되돌아보면서 중국이라는 세계에 눈을 뜬 나 자신을 비춰보니 더더욱 회한에 사무쳤다. 눈물을 마구 훔치며 막걸리를 한 잔 부어 올려드렸다.

그리고는 아버지와 단둘이 원 없이 이야기를 나누었다. 물론 아버지는 말씀이 없었다. 아마 살아계셨어도 그때만큼은 아무 말씀이 없었으리라.

산속의 바람은 차가워 지나가는 사람은 없었고, 혼자만의 얘기는 계속
됐다.

"아버지, 제가 현대중공업에 21년 3개월을 다녔어요. 오래 다녔지요?
그런데 아버지, 제가 이제 우물에서 벗어나려고 합니다. 넓은 대륙에서
기업의 대표가 되고 싶은 꿈을 이루고 싶습니다. 그래서 아버지께 이렇게
인사드립니다. 아버지, 저는 사업을 해서 돈을 많이 벌고 싶고, 좋은 일도
하고 싶습니다. 당당히 사장이 되고 싶습니다. 아버지 아들이 성공해서
아버지를 꼭 기쁘게 해 드리고 싶습니다. 사업이란 게 힘들고 어려운 긴
터널을 통과해야 한다는 걸 알고 있습니다. 지금까지 힘난한 해외 출장
을 다니면서 힘든 일도 많이 겪었고, 마무리도 잘했습니다. 아들 이창호
가 농사 말고 사업도 잘할 수 있다는 것을 꼭 보여 드리겠습니다."

눈물에 가려 희뿌연 뒷산을 바라보니 나무지게를 지고 가는 아버지가
보이고, 어린 아들 이창호도 보였다. 마치 타임머신을 탄 것처럼 나는 20
여 년 전으로 돌아가 있었다. 눈앞에는 현대중공업 시절의 힘들었던 일
들이 마치 영화 필름 돌아가듯 옛 고향 산천의 모습과 겹치며 주마등처
럼 흘러갔다.

문득 아버지 앞에서 기계를 수리하다가 죽음 직전까지 갔던 일과 함
께 터키에서의 아찔한 경험도 떠올랐다.

태양이 내리쬐는 터키의 38도 열기 속에서 5일 동안 하루 12시간씩
장비 점검을 할 때였다. 터키의 HMF사 딜러에게 판매한 R330LC에 전

기 문제가 발생했다. 쉬지도 못하고 장비를 점검하며 수리하고 있는데, 갑자기 고객이 권총을 겨누었다. 실탄이 장전되어 있어 한순간에 죽을 수도 있는 긴박한 상황이었다. 뜨거운 열기로 모든 게 멈춘 것 같았다. 눈알을 굴릴 수도 없었다. 너무 긴장되어 꼼짝하지 않고 두 손을 들었다. 그것밖에는 생각나는 게 없었던 순간, 느닷없이 '타~앙!' 총성이 울렸다. 귀청을 찢는 총성과 함께 정신이 혼미해지면서 갑자기 사방이 숨소리조차 들리지 않을 정도로 고요해졌다. 몇 초나 지났을까? 다행히 통증이 있거나 피가 흐르지는 않았다. 총알은 굴삭기 버킷 쪽으로 발사된 것이었다.

'후유, 세상에 말로 하지. 내가 놀고 있는 줄 아는 건가? 땀을 뻘뻘 흘리며 고치는 게 안 보이는 거야?'

너무나 놀란 나머지 나는 그저 속으로만 중얼거릴 뿐이었다.

그런 일들까지도 겪었는데, 무슨 사업인들 못 하겠는가! 예전에 김종진 전무가 교육할 때 하던 말도 생각났다.

"수리는 소 뒷걸음치다 고치는 거야."

당시에는 전기, 전자 쪽에 문제가 발생했을 때 전기회로도나 유압회로도가 실물과 다른 부위가 많았다. 그만큼 수리에는 정답도 없고, 이래저래 고심하다가 보면 어느 순간 저절로 수리가 된다는 뜻이었을 것이다. 하지만 나처럼 수리하다가 죽음이 눈앞에 온 경험을 한 사람은 아무도 없었을 것이다.

1987년도의 대규모 노사분규도 파노라마처럼 떠올랐다. 128일 동안 지속되었던 노사분규 때 파업노조원들이 중장비사업부 사무실에 진입해 볼트와 너트 부품과 배설물 봉지를 마구 던졌다. 전쟁이 따로 없었다. 아군끼리의 치열한 전투였다. 타협이 안 되고 장기전이 되다 보니 서로 간 불신의 벽만 높아졌다.

　나의 상사였던 유철진 본부장, 신중만 전무, 박규현 부사장, 김종진 전무, 고인이 된 최재식 이사, 미국으로 간 이광수 부장 등과 같이 자리를 사수해야 했다. 노조원들이 난장판으로 만든 공장 바닥을 이창원 과장, 권영철 대리와 함께 한마디 말도 하지 않고 정리했다. 누구는 던지고, 누구는 치우는 일이 반복되었다. 당시 이 궂은일을 누군가 해야 한다면 그것은 당연히 내 몫이라고 생각했다.

　그것만이라면 다행이었다. 사무실 직원들이 공장 안으로 들어가기도 어려웠다. 그런 상황에서 매일 미국 딜러의 주문을 이행해야 했다. 노조원들이 잠든 새벽, 정균섭 차장과 오토바이를 타고 중장비사업부에 진입했다. 특공 작전 수행하듯이 신속하게 필요한 부품을 포장하여 DHL이나 UPS를 통해 미국 시카고, 유럽 암스테르담에 보냈다. 영화 같은 장면들이었다.

　"아버지, 저는 이미 죽을 고비도 몇 번 넘겼어요. 숱한 어려움 속에서도 21년 동안 회사에서 소임을 다했어요. 이제 멋진 사업가로 시작해 보렵니다. 제 나이가 이제 마흔하나입니다. 일을 시작하기에 적당하지요? 아버지."

　다시 아버지 앞에 큰절을 올린 뒤 담담하게 산에서 내려왔다.

'아버지는 내 뒷모습을 보실 것이다.'

애써 당당하고 자신 있게 걸어 내려왔다.

- 어머니의 손을 잡고 -

아버지 산소에서 내려와 고향 집에 계신 어머니를 찾았다. 아버지께는 담담하게 말했는데 어머니한테는 조심스러웠다. 그래도 어머니는 벌써 내 모습에서 뭔가 눈치를 채신 것처럼 보였다. 이 땅 어머니들의 자식 향한 더듬이처럼 예민한 게 또 있을까. 차가운 어머니의 손을 꼭 잡았다. 최대한 자신감 넘치는 투로 말을 꺼냈다.

"어머니, 그저께 현대중공업을 그만뒀어요. 이제 중국에서 멋진 사업을 한 번 해볼게요."

어머니는 아무 말 없이 앞산의 아버지 묘소 쪽으로 고개를 돌렸다. 그러고는 긴 한숨을 내쉬고는 한참 동안 말이 없었다.

"창호야. 사업하지 말고 한국으로 돌아와서 조그마한 직장 다니든지, 직장생활이 어려우면 영주 외삼촌과 같이 정비소 하나 차려서 어미 옆에 있어라."

어머니의 그때 말씀은 2005년 3월 27일 어머니의 부고를 들을 때까지 마음속에 무겁게 남아 있었다. 자식으로서 효도란 무엇일까? 물론 돈만은 아니었다. 2002년 1월 15일 그날, 하얗게 눈 덮인 시골 논밭을 보며 약속했다.

'어머니, 사업을 하면서 제가 비록 돈을 많이 벌지는 못해도 자주 찾아

뵙겠습니다. 돈이 아니라 자주 얼굴을 보여 드리는 것으로 효도를 다 하겠습니다. 좋은 일과 나쁜 일, 슬픈 일과 힘든 일, 어떤 일이 있든 부모님이 보고 싶으면 언제든 달려오겠습니다.'

그 후 어머니가 세상을 떠나는 날까지 나는 자식으로서 도리를 다하도록 노력했다.

종종 이런 적도 있었다. 상해의 출근길에서 불현듯 부모님이 생각나면 바로 차를 돌려 공항으로 달려가곤 했다. 대구 공항에 내려 곧바로 택시를 타고 가서는 아버지 산소에 문안을 드린 후 어머니를 찾았다. 아들의 늦은 점심을 위해 어머니는 앞마당의 가지와 고추를 땄다. 찬물에 설렁설렁 씻어 가지 냉채를 만들어 주시면, 풋고추와 된장과 식은 밥으로 점심 한 끼를 먹었다.

그냥 그렇게 어머니가 보고 싶으면 달려갔고, 어머니는 '수백만 원 돈보다 엄마와 함께 수수한 밥상 같이하는 게 효도'라고 하시며 얼굴 가득한 주름살을 펴며 웃으셨다.

자식이 그리도 좋으실까? 지금 생각해 보니, 나름대로 효도한다고는 했지만 너무나 부족했던 것만 같다.

- 왕 회장님, 더 큰 회사를 만들겠습니다 -

어머니를 뵌 다음 날인 2002년 1월 16일, 새벽에 눈을 떴다. 인사를 올릴 또 한 분의 모습이 떠올랐다. 몸소 빈틈없는 업무의 중요성을 가르쳐 준 고(故) 정주영 회장이었다. 그분에게도 인사를 올려야겠다는 생각이 문득 들었다.

아침 일찍 막걸리 한 병과 포 하나를 사서 경기도 하남시 창우동 검단 산 자락을 찾았다.

현대중공업에 입사하여 얻은 행운 중 하나가 '왕 회장'을 만난 것이다. 그분과 얼굴을 자주 보며 깊은 이야기를 주고받지는 못했지만, 그 일거수일투족은 나에게 삶의 지표이자 등댓불이었다.

현대중공업에 입사한 이후 들곤 했던 정 회장의 칼날 같은 어록은 고스란히 내 가슴에 남았다.

언변이 뛰어나지는 않았지만 현장 경험에서 우러나오는 그분의 말씀은 마치 여름날의 시원한 생수와 같았다. 들으면 들을수록 정신을 번쩍 들게 했다. 나태해지는 내 삶을 혼내는 채찍질 같았다.

그분은 '이봐, 그거 해보기나 했어?'라는 말을 즐겨 쓰셨다. 본인의 경륜에서 우러나오는 자신만만한 그 말을, 언젠가는 후진들에게 나도 당당하게 할 수 있는 날을 꿈꾸며 그분을 내 삶의 '롤 모델(role model)'로 삼았다. 그렇게 늘 존경하고 흠모했기에, 사업을 한다면 꼭 어르신같이 배포 있는 사업 일꾼이 돼야겠다는 포부도 품게 되었다.

막걸리 한 잔을 따라 묘소에 뿌리고 한 잔을 더 따라 상석에 놓았다. 큰절을 두 번 올렸다.

"회장님, 어린 저는 현대중공업이 뭐 하는 회사인 줄도 모르고 입사했습니다. 그리고 이만큼 성장했습니다. 21년 3개월 동안 키워 주신 은혜 잊지 않고, 저도 회장님처럼 국익에 도움이 되는 나라의 일꾼이 되겠습니다."

혼자 말하는데,

"이보게, 자네 많이 컸네. 열심히 하게나."
하는 격려의 말씀이 들리는 것 같았다. 아니, 그런 격려가 듣고 싶어 그
먼 길까지 달려갔는지도 몰랐다. 겨울바람은 여전히 차가웠지만, 가슴속
에선 뜨거운 기운이 차올랐다.

아버지한테는 눈물을 흘리며 힘들고 어려웠던 과거 일들을 떠올리며
말했다면, '왕 회장'에게는 미래의 설계와 포부를 털어놓았다.
"회장님, 삶으로 보여주신 사업의 표상을 저도 한번 만들어 보겠습니다."
굵은 마침표를 꾹꾹 찍으며 말을 이었다. 눈물은 나지 않았지만 결연
한 각오를 다졌다. 짧지만 굵은 사나이의 결심을 올려 드렸다. 돌아서 정
문 쪽으로 내려오면서 다시 한번 산소 쪽을 바라보았다.

'회장님, 조만간 현대중공업보다 큰 회사를 만들어 보여 드리겠습니다.'
그때 마음속으로 올렸던 약속을 사업하는 내내 결코 잊은 적이 없었다.

그 이후 친구나 지인들을 만나면,
"내가 사업 시작할 때, 고(故) 정주영 회장님 산소에 가서 막걸리 한 잔
부어놓고 왔어. 그리고 조만간에 현대중공업보다 더 큰 회사 만들겠다고
말씀드렸지."
하고 말하곤 했다.
그때마다 친구들로부터 '야 인마, 또라이 같은 소리 하네.' 하는 비웃음
소리를 들어야 했다. 그러나, '또라이의 꿈'은 아직도 진행 중이다.

4

두 번의 사기 사건

1. 금덩어리에 눈멀다

중국 상해에 있는 제성유압 내 사무실 책상 위에는 커다란 금덩어리 두 개가 있다. 다름 아닌 금부처와 금사자 두 점이다. 이 금덩어리 두 점은 보물로서의 가치가 아니라 나의 아픔을 간직하고 있다. 아무리 잊으려고 애써도 지워지지 않는 어리석고 아픈 상처이다. 처음에는 너무 수치스러워 감추고자 했으나, 이제는 그것을 아예 잊지 않기 위해 그 아픔의 상징물을 내 책상 위에 놓고 산다. 다른 골동품 두 점과 함께.

1999년 3월 초, 현대중공업에서 1997년 8월 북경지사로 발령받은 뒤 강소성 〈상주 현대〉 부장으로 근무하고 있을 때였다. 어느 날 낯선 사람이 불쑥 나를 찾아왔다. 중국에서 현대 장비로 공사장을 굴착하던 중 골동품 200점과 금궤(금부처, 금사자, 금돈 등) 150kg 상당의 유물을 발견했다고 말했다. 그러면서 중국 내에서 팔면 발각될 우려가 있으니 이것을 해외에 매각해 보라고 권했다.

"이 부장님은 영업에 뛰어나니 팔 수 있는 능력이 있다고 믿고 이렇게 왔습니다."

그 말에 귀가 솔깃해졌다. 그는 이어서 금사자 샘플 한 개를 보여주었다.

"이 샘플이 금인지 확인하러 갑시다."

공장 한쪽으로 가더니 도끼로 샘플의 한쪽을 잘랐다.

"부장님이 아는 중국 금방에 가서 반지를 만들어 달라고 해보세요. 그래야 진짜 금인지 아닌지 확인할 수 있잖아요. 우리도 확인해 봐야 하고요."

그간 굴삭기 영업을 하며 뭐든지 꼼꼼하게 확인하는 습관을 길러온 터여서 실제로 금방에 가 분석을 의뢰했다. 그 결과 99.9% 금이라는 사실을 확인할 수 있었다. 곧바로 금덩어리 10kg과 골동품 3점을 중국 돈인 인민폐(人民幣)로 15만 위안(원화 2,500만 원 상당)을 지불하고 사들였다. 혹시 누가 볼까 봐 금덩어리와 골동품들을 장롱 깊숙이 꼭꼭 숨겨놓았다.

그날 이후, 일보다는 이 금덩어리들을 어떻게 팔아야 하는지에 더 골몰했다. 집에 가면 금덩어리들이 잘 있는지 확인하는 게 첫 번째 일이었고, 너무 오래 두면 도둑이나 강도질을 당할지 모른다는 두려움까지 들기도 했다. 판매처를 섭외하기 위해 거래처나 현대 딜러들에게 은밀하게 부탁해 놓기도 했다.

그러던 어느 날, 현대 딜러로부터 필리핀의 마피아 조직과 선이 닿는 인물을 소개받을 수 있었다. '이제 이것들만 제대로 팔 수 있다면 회사 생활을 그만두고도 편하게 살 수 있겠지.' 마음속에는 이런 생각들이 끊임없이 일어나며 미래의 환상을 부풀리고 있었다.

드디어 회사에 휴가를 내고 가족과 함께 말레이시아 쿠알라룸푸르로 갔다. 공항에서 가족들은 말레이시아에서 관광하며 지내라고 내보낸 뒤 나 혼자 필리핀으로 날아갔다.

공항에는 딜러를 통해 약속한 일행이 실제로 나와 있었다. 사실 그 당시에는 그들이 위험할지도 모른다는 생각을 전혀 하지 못했다. 오로지 물건을 팔아서 돈을 챙겨야 한다는 욕심이 생기자, 다른 어떤 생각도 들지 않았다. 물건을 팔아서 빨리 거금을 챙기면 그만이라는 마음뿐이었다. 돈에 눈이 어두우니 아무것도 보이지 않았고, 판단력도 흐려졌다.

그들은 승용차로 도심을 벗어나 교외에 있는 널찍하고 아름다운 별장으로 나를 데려갔다. 2박 3일 동안 호화롭고 융숭한 접대를 받았다. 마치 영화 속 장면과도 같은 화려한 접대였다. 그런 상황에서도 머릿속에는 금덩어리를 현금화하는 환상에만 사로잡혀 있었다.

어느 정도 분위기가 무르익자 리더로 보이는 사람이 나에게 몇 월 며칠 상해 앞바다에 유람선을 띄우겠으니, 그때 신호를 보내면 금덩어리 선적을 준비하라고 했다. '이제 고생 끝이다!' 마음속으로 뛸 듯이 기뻤다. 그렇게 하기로 약속하고 가족이 있는 쿠알라룸푸르로 돌아왔다. 골동품은 일본 골동품 업자를 만나 매각했다.

그렇게 7일간의 일정을 마치고 상해로 돌아왔다.

그런데 일이 너무 술술 잘 풀리자 문득 이상한 생각이 들었다.

'어떻게 이렇게 쉽게 돈을 벌 수 있단 말인가?'

불현듯 다시 한번 정밀하게 확인해 봐야겠다는 생각이 스쳤다. 장롱 깊숙이 숨겨 두었던 금덩어리 10kg을 꺼내 정밀하게 분석해 보기로 했다. 혼자서는 확인할 방법을 몰라 한국에서 금방을 하는 김 모 사장을 급히 상해로 불렀다.

김 사장과 함께 집에서 금인지 아닌지를 확인하기 위해서 금을 가스 불로 빨갛게 달구어 욕조에 담그기를 수십 번 반복했다. 혹시나 불이 날까 봐 조심스럽기도 했다. 이러다가 혹시 다른 사고는 나지 않을까 무척 긴장되었다. 김 사장은 색상에 변화가 없고 이리저리 검사해도 금인 것 같기는 하다면서도 뭔가 이상하다고 했다. 그러고는 이 방법으로는 정확한 분석이 불가능하니 한국에 가서 정밀 검사를 하겠다고 했다.

한국에 보내기 위해 금덩어리를 반지 한 개 정도의 크기로 잘랐다. 비지땀을 흘리며 금덩어리를 자르는 데 묵직한 진동 때문에 손바닥이 떨어져 나갈 듯 아팠지만, 횡재의 꿈 앞에서는 아무것도 아니었다.

그런데 한국으로 돌아간 김 사장으로부터 실망스러운 소식이 전해져 왔다. 이틀 동안 정밀하게 분석할 결과 14K 이하로 나온다는 것이었다. 결국 금이 아니라는 말이었다. 김 사장은 나에게 순금 여부를 확인하는 방법을 알려 주었다.

"이 부장, 먼저 염산과 빨간 벽돌을 마련하소. 그리고 빨간 벽돌에 구슬 크기만 한 구멍을 판 뒤 거기에 금덩어리 조각을 넣고 염산을 부어 봐요. 그러면 금 이외의 것은 없어질 겁니다."

그가 시킨 방법대로 계속 확인했다. 돈을 얼마나 많이 주고 산 것인데, 그게 99.9% 금이 아니고, 14K 미만이라니…. 가슴이 염산보다 더 부글부글 끓어올랐다. 그래도 애써 마음을 가라앉히고 밤새도록 금덩어리를 넣고 염산을 붓는 작업을 반복했다. 꼬박 밤을 새워 검사한 결과, 금덩어리는 하나도 없고 검은 철만 덩그러니 남아 있었다.

어떻게 인간의 탈을 쓰고 이렇게 사기를 칠 수 있단 말인가?

나는 그동안 정상적인 제품으로 열심히 발품을 팔아가면서 영업만 했던 성실한 회사원이었다. 그런 나를 표적으로 삼아 미끼를 물게 하다니 억울하고 원통하기가 이를 데 없었다. 너무나도 분하여 며칠간 잠도 제대로 잘 수 없었고, 사기꾼을 잡아서 실컷 패주고 싶은 감정이 불같이 일었다.

그런데 시간이 흐르고 분노가 사그라지면서부터는 그런 어처구니없는 사기행각에 속은 나 자신의 욕심이 한없이 부끄러워지기 시작했다. 이

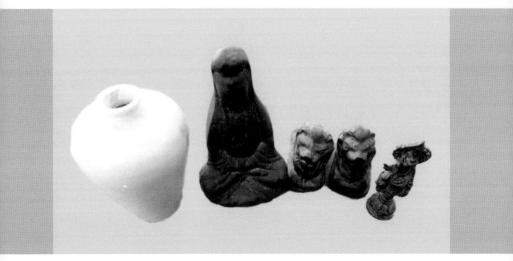

1999년 3월에 받은 금덩어리가 시간이 흘러 변해 버린 모습

부끄러운 나의 자화상을 죽을 때까지 가슴에 간직해야겠다고 다짐했다.

'그래, 실수가 없는 사람이 어디 있는가? 이런 경험을 잊지 않고 무엇이든지 직접 확인하지 않으면 안 되는 습관을 길러 앞으로는 헛된 것에 마음을 빼앗기지 않으면 되지 않겠는가?'

오히려 그만한 일로 얻은 것도 많다고 스스로 위로할 수밖에 없었다.

이 사건은 결국 몇 년이 지난 후 회사 조직 내 중국동포(조선족) 출신 통역이 꾸민 일이었음이 확인되었다. 가짜가 판을 치고, 눈을 뜨고 있어도 코를 베어 가는 세상이라는 현실을 새삼 실감했다. 결과적으로 내가 어리석은 사람이었던 셈이다. 성실하게 노력하기보다는 손쉽게 일확천금을 얻고 싶은 욕심이 앞섰다고 고백한다. 수치스러운 이 일을 굳이 밝히는 이유는 누구든 중국에서 사업을 할 때 절대 손쉽게 돈 벌려고 하지 말고, 단단히 정신 차리고 제대로 땀 흘려 일하라는 반면교사의 교훈을 전하기 위해서다.

그 이후 지금까지 15% 이상 남는 일이라고 하면 그건 사기라고 간주하여 일단 그런 부류의 사람과는 거리를 두고 있다. 왜냐하면 그 정도 남는 장사는 결코 쉬운 일도 아니려니와 내 손에까지 들어올 일이 없기 때문이다. 솔깃한 돈벌이 제안은 단시간에 많은 돈을 벌고 싶어 하는 사람을 낚는 덫이라는 사실을 명심해야 한다. 돌다리도 두드려 보고 건너라고 했다. 돈의 달콤한 유혹은 언제나 그럴듯하게 포장해서 멋지게 배달된다는 것을 잊지 말아야 한다.

오늘도 사무실에 나와 금덩어리를 보며 다시 한번 지나간 기억을 더듬고 뼈아픈 경험의 가르침을 되새기고 있다.

2. 두 업자의 정교한 농간

중국에서 독자적인 사업을 하기 위해 강소성 〈상주 현대〉에서 근무하던 중국인 동업자와 함께 상해에서 〈한창 무역 유한공사〉를 설립한 직후인 2002년 2월, 두 명의 낯선 사람이 사무실에 불쑥 찾아왔다.

알고 보니 2001년 11월경 본사 김 모 부사장의 지시로 요령성 대련으로 출장 갔을 때 그들을 잠시 만난 적이 있었다. 그중 한 명은 당시 〈현대 자동차 서비스(HMS)〉에서 중국 고객에게 판매한 14톤짜리 특수 장비 한 대를 인도하기 위해 갔을 때 만난 김 모라는 사람이었다.

그는 반갑다며 도착하자마자 말문을 열었다.

"반갑습니다. 사실은 한국에서 대우, 볼보, 현대 장비를 4대 수입했어요. 그런데 마땅히 판매할 사람이 없어서 판매를 부탁하러 왔어요."

그 당시만 해도 한국의 완성 장비가 중국에 잘 팔리는 시절이었고, 나도 사업 초기라 자금이 궁핍하던 시기였다. 굴삭기 유압기를 주문자위탁생산(OEM) 방식으로 만들어 판매하는데, 초기 영업비용에 많은 돈이 들어갔던 터여서 다른 사업 거리까지 물색하는 중이었다.

머뭇거릴 이유가 없어 나는 흔쾌히 응했다.

"아, 고맙습니다. 장비 판매는 자신 있어요. 장비를 상해로 보내주면 팔아보겠습니다."

"아, 그런데 한 가지 문제가 있어요. 제가 장비를 현금으로 매입하여 수입하다 보니 관세를 낼 여력이 없어요. 4대 통관 관세로 한화 5천만 원이 필요한데, 혹시 조달해 줄 수 있습니까?"

"내가 관세를 대신 완납하면 장비 4대를 상해로 보내줄 수 있습니까?"

"아, 그야 당연하지요. 저도 빨리 팔아서 돈을 회수해야 해서 한시가 급한 상황입니다."

이게 웬 떡인가 싶었다. 즉시 계약서 한 장 없이 5천만 원을 송금하였다.

그런데 장비는 오지 않고 시간이 흐를수록 그의 변명이 자꾸 길어졌다. 오늘 준다, 내일 준다고 미루더니 하루는 전화가 왔다.

"많이 기다렸지요? 미안하게 됐습니다. 상해로 보내는 게 쉽지 않네요. 드디어 오늘 장비를 선적하려고 하는데, 사실 장비 구매에 돈이 좀 부족해서요. 그 돈을 넣어주면 곧바로 선적하겠습니다."

그렇게 그 말을 그대로 믿고 몇 번 보낸 돈이 모두 3억 8천만 원이었다. 돈 액수를 계산하는 순간, '아차, 이거 사기 아닌가?' 하는 생각이 문득 들었다. 두 달이 지난 시점이었다. 그즈음에 그는 트레일러에 장비를 실어 보냈다고 전화한 뒤에 잠적해 버렸다. 그러나 사흘이 지나도 장비는 도착하지 않았다. 전화는 이미 불통 상태였다.

두 달 만에 거금의 사업자금을 눈뜨고 사기당한 것이다. 그들은 내가 21년간 직장생활을 하며 모았던 돈과 퇴직금 전부를 순식간에 앗아갔다. 아내가 모아 둔 푼돈까지 깡그리 날아갔다. 첫 번째 사기를 당한 후 그렇게 맹세했건만, 중국에서 두 번째 사기를 당하고 만 것이다.

사기를 당하고 나니 영업은 뒷전이고 사람 찾는 게 급선무가 되었다. 조금이라도 돈을 받아내야 했기 때문이다. 곧바로 북경을 거쳐 천진으로 갔지만, 사람도 없고 전화 연락도 되지 않았다. 대낮인데도 하늘이 캄캄하게 보였다. 그래도 주저앉을 수는 없었다.

이곳저곳 수소문 끝에 김 모의 가족이 사는 북경 왕징의 주소를 알아낼 수 있었다. 아파트를 찾아가니 내장 공사도 마무리하지 않아 시멘트 블록이 그대로 드러나 있는 집에서 아이들만 살고 있었다. 끼니도 제대로 잇지 못하는 것 같았다.

아이들의 눈망울을 보니 가련한 생각이 솟았다. 그 와중에서도 내 사정은 잊은 채 주머니에 있던 돈을 집안에 던져 주고 나와 버렸다.

그렇다고 사기꾼 일당을 찾는 작업을 멈출 수는 없었다. 이들을 찾느라 거의 폐인이 되다시피 했던 8월쯤 일당 중 한 명이 한국에 있다는 사실을 알게 되었다.

한국에 들어온 뒤 경북 경산에서부터 서울 미아리까지 이들의 종적을 좇은 끝에 드디어 김 모를 찾아냈다. 이제 됐다 싶어 마음이 놓였다. 그도 안쓰러운 표정을 지으며 어쩔 수 없는 사정을 이리저리 둘러댔다. 그 말을 그대로 믿고 호텔 주점에서 술이나 한잔하며 문제를 풀어보자는 제안을 그대로 따라 양주를 계속 마셨다.

그런데 나중에 술이 깨고 보니 김 모는 이미 도망가고 없는 상태였다. 또 속은 것이다.

사기꾼들은 교묘하게 나의 약점을 헤집고 몰래몰래 기어서 들어왔다. 손쉽게 큰돈을 벌 수 있다는 미끼에 눈먼 사이, 그들은 나를 보기 좋게 알거지로 만들고 흔적도 없이 사라졌다. 그게 사기꾼들의 전형적인 패턴이었고, 나는 어리석게도 그 그물에 걸려 보기 좋게 농락당한 것이다.

좀 더 차분하고 냉정하게 생각해야 했다. 술에 취하게 한 뒤 몰래 도주한 걸 보니 돈을 받을 가능성이 난망하다는 생각이 들었다.

그 이후 오랫동안 무척이나 힘들었다. 나 자신의 어리석음을 자책하며 숱한 밤을 뜬눈으로 지새우기도 했다. 일하는 가운데서도 불현듯 사기당한 게 억울하다는 생각이 자꾸만 떠오르고 몸의 열이 거꾸로 치솟아 너무나도 괴로웠다. 허구한 밤을 억울함으로 이를 갈기도 하고 분통을 터뜨리기도 했지만, 이미 엎질러진 물이었고 정신과 몸만 망가지고 있었다.

3. 가족들의 고통

사기 사건의 고통은 나 혼자만 당하는 게 아니었다. 하루아침에 알거지가 된 가족들의 생활도 벼랑 아래로 떨어졌다.

돈을 다 날린 그해 큰아이 정현이는 고등학교 1학년이었다. 국제학교에 다니던 아이의 학비를 댈 재간이 없어 중국 로컬 학교로 옮겨야 했다. 국제학교는 1년 학비가 원화로 3천만 원 정도였고, 중국 로컬 학교는 1년에 2백만 원 정도였다.

"정현아, 미안하다…."

"아빠. 왜?"

"아빠가… 사기를… 당해서… 돈을… 몽땅…."

억울하고 분한 마음에 목이 메었던 탓인지 더 이상 말을 이을 수가 없었다. 아들은 말하지 않아도 모든 사태를 알아차린 듯했다.

가족들에게는 웬만하면 어려운 사정을 내색하지 않으려고 안간힘을 썼지만 나도 모르게 온몸에서는 절망과 좌절과 분노의 냄새를 풀풀 풍기고 있었다. 사기꾼들을 찾아다니느라 넉 달 동안이나 중국과 한국 곳곳을 미친 듯이 헤매고 다니며 마치 시궁창에서 빠져나온 생쥐처럼 심신이 완전히 만신창이가 되어 있었으니, 한솥밥을 먹는 자식이 어찌 모를 수 있겠는가?

죄인보다 처참하고 아빠로서 면목이 없었지만, 사정을 그대로 얘기할 수밖에 없었다. 아빠의 사정을 이해하고 아무렇지도 않은 듯 중국 로컬 학교로 옮기겠다고 하는 어린 아들을 보니 가슴이 더 미어졌다.

그때 알았다. 사기를 당한다는 것은 단순히 돈의 문제만은 아니라는 사실을. 성실하게 일해 왔던 내 인생과 사장이 되어 성공하겠다는 꿈까지 송두리째 사기당한 것이고, 평온했던 가정과 든든했던 아버지 자리도 빼앗겨 버린 것이었다. 믿음직했던 가장의 체면과 자존심마저도 일순간에 사라지고 말았다.

아들을 전학시켜 놓고 보니 이번에는 아파트 집세가 문제였다. 당시 월세 120만 원짜리 집에서 살고 있었는데, 아주 싼 월세 집을 찾아 옮겨야 했다. 묵묵히 이삿짐을 챙기는 아내 옆에서 딸 예지는 눈물을 훔치며 훌쩍이고 있었다. 어린 딸의 눈물을 보고 나니 애써 억누르고 있던 감정을 더 이상 추스를 수가 없었다. 나도 모르게 눈시울이 붉어졌고 소중한 온 가족의 삶이 통째로 뽑혀 나가는 기분이 들었다. 아버지의 실수로 한창 사춘기인 아들과 딸에게 저런 고통과 상처를 입히다니, 절망과 고통에 숨을 내쉴 때마다 심장이 갈기갈기 찢어져 너덜거린다는 기분마저 들었다. 나의 삶은 이렇게 통째로 내던져지고 말 것인가. 사기 사건의 후유증은 너무나 컸다.

이런 상황에서도 마지막 힘이 되어준 기둥은 아내였다.

내가 힘들어할수록 아내는 마치 아무 일도 아닌 것처럼 얼굴을 애써 편안하게 관리하고 있었다. 싫은 내색도 거의 하지 않았다. 속으로는 얼마나 울고 가슴에 멍이 들었을까마는.

그 이후인 2006년쯤 안 일이지만, 이런 시련의 영향 때문이었는지 아내의 건강도 상당히 안 좋아져 있었다. 한국에 들어가서 정밀 조직검사를 하고 수술 여부를 결정해야 할 정도였다. 남편은 나락에 떨어져 발버둥 치고 있지, 기가 푹 죽은 두 자식에게는 제대로 입힐 것 못 입히고 먹을 것 못 먹였으니, 그 모정이 얼마나 아팠겠으며 어찌 병이 나지 않았겠는가?

참으로 아내는 마음고생을 많이 했다. 아이들 뒷바라지에 애도 무던히 썼다. 매일 바쁘게 돌아다니느라 남들 흔히 가는 주변 유원지 한번 제대로 놀러 가지 못했다. 바빠서 정신없이 일할 때는 아내를 까마득히 잊었다가도, 집으로 돌아올 때면 짠한 마음이 수없이 일었다.

아내와 나는 현대중공업에서 함께 근무했던 사내 커플이다. 아내는 울산의 중산층 집 둘째 딸이었다. 아내를 처음 본 순간부터 아버지는 슬기롭고 살림도 야무지게 잘할 거라며 며느리 삼아야 한다고 하셨다. 그 당시로서는 아버지의 말씀을 거역할 수 없는 분위기였지만, 솔직히 나도 아내를 염두에 두고 있었다. 인사과에 있는 아내의 고등학교 성적표를 몰래 보았는데, 성적이 매우 좋았다. 2세를 생각해 아내를 선택했다. 아내도 내가 키가 커서 2세를 생각해 선택했다고 한다.

이후 30년 세월이 넘도록 아내는 집을 지키며, 자식들을 잘 가르쳤다. 필요한 회사 일도 묵묵히 도와주었다. 참 무던하게 오래 참고 기다렸다.

박복례. 이름처럼 참 소박하고 복이 많은 사람이다.

마음속으로 늘 고마웠지만, 나의 무뚝뚝한 성격 때문에 살가운 말 한 마디 해주지 못한 게 나이 들고 보니 미안했다. 말 대신에 그냥 손을 꼭 잡아 주었던 기억은 있다.

4. 나는 엔지니어, 사랑하는 기계가 있다

사기 사건으로 인하여 나락에 빠져 헤매고 있을 때, 나는 깨달은 게 하나 있다. 눈물과 고통, 원한의 감정도 시간이 흐르면서 눈처럼 녹고 정화된다는 사실이다.

눈이 녹으면 새싹이 돋듯이 나의 마음속에서도 새로운 사업 의지와 투지의 마음이 돋아나기 시작했다. 맨바닥에 떨어지고 보니까 절망과 낙심에 오래 빠져 있을 수 없었다. 넋을 놓고 있는 것이 사치라는 생각도 들었다. 살기 위해서는 지푸라기라도 붙잡는 심정으로 뭐든지 해야 했다.

그렇다. 나는 엔지니어다.

기술이 있고, 아직 젊은 몸이 있다. 사기꾼을 원망해봤자 당초에 계획한 목표를 달성할 수 없다는 생각이 번쩍 뇌리를 스쳐 갔다. 이를 악물고 이제부터는 처음 계획한 굴삭기 OEM 영업에 몰두하자고 마음먹었다. 다시 사업을 구상하니 지나간 시절과 기계와의 인연이 줄줄이 머릿속에 떠올랐다.

1981년 10월 현대중공업에 입사하여 1997년 말 현대중공업 북경지사 부장으로 발령받기까지 나는 능력 있고 부지런한 엔지니어로서 인정받았다. 끊임없이 기계와 기술을 연구하고 성실하게 노력한 덕분이었다.

사람이 건강하기 위해서는 올바른 음식물 섭취와 적당량의 운동이 필요하듯이, 기계도 원활하게 잘 돌아가게 하려면 정기적으로 점검하여 윤활유를 주입하고 그 상태를 항상 눈여겨보아야 한다. 부품이 고장 나면 그 원인을 면밀하게 분석하여 오작동이 없도록 관리하여야 한다. 이렇듯 기계도 사람을 대하듯 끊임없이 관심을 가지고 주의를 기울여야 오래 작동할 수 있다.

사람도 자주 만나 이야기해야 친숙해지듯이, 기계도 끊임없이 돌보다 보면 사람처럼 친밀하게 말을 걸어온다. 의사가 사람의 아픈 부위를 먼저 대화를 통해 진단하고 치료하듯이, 엔지니어도 기계와 끊임없이 친숙한 대화를 하고 이를 통해 기계가 원활하게 작동하도록 돌보는 일을 한다. 엔지니어에게 기계는 애인이고 보물이다. 그런 만큼 엔지니어들은 자기가 다루는 기계를 자신의 일부분처럼 애정을 느끼게 된다.

기계는 또한 나의 스승이기도 했다.
기계를 다루고 연구하면서 나 자신을 관리하는 법까지 덤으로 얻을 수 있었기 때문이다. 생산량을 늘리기 위해 기계를 무리하게 운용하면 기계 부품은 반드시 고장 난다. 사람에게 휴식이 필요하듯 기계도 쉼이 필요하고 정기적으로 이상 유무를 점검해야 한다.

그렇기에 나는 절대로 무리하게 운동하거나, 과음하거나, 과식하지 않는 습성을 몸에 익혔다. 엔지니어로서 삶을 정기 점검하고, 내 삶의 부품도 소중히 다루며 철저하게 자기를 관리하고 노력하는 습관도 몸에 배었다. 바로 기계의 가르침 덕분이었다.

이런 생각에까지 미치고 보니 내 청춘의 동반자는 기계였고 나는 타고난 엔지니어라는 사실을 새삼 절감할 수 있었다.

그때부터 나락으로 깊이 추락한 마음속에서

'그래 나는 엔지니어야, 나에게는 사랑하는 기계가 있고 기술이 있다. 기계가 바로 나의 미래다.'

라는 의식이 강렬하게 일어나기 시작했다.

그러자 까닭 모를 강한 에너지로 몸 전체가 충만해지고 당장이라도 공장에 달려 나가 기계를 안아 만지고 싶은 열망이 뜨거워졌다. 갑자기 사기 사건도 엔지니어 이창호를 살리기 위한 값진 교훈이 아닐까 하는 생각이 들기도 했다.

지금까지 기계와 함께 살면서 부단히 나태함과 싸우며 안주하고 싶은 유혹을 뿌리쳐 왔듯이, 앞으로의 여정도 기계와 손을 잡고 갈 수밖에 없는 것이 엔지니어로서의 내 운명이었다.

5

맨주먹으로 대륙을 누비다

1. 중국인과의 동업

중국에서 독자적인 사업을 실행하기로 마음먹은 시기는 중국 생활 4년째인 2001년이었다. 중국 현대중공업 지사에서 일하는 동안 중국에서 무엇인가 할 수 있겠다는 자신감이 생겼다. 나에게는 21년간 현대중공업에서 배운 굴삭기 기술에다가 그동안의 영업활동에서 터득한 영업 기법이 있었다.

또한 특유의 부지런함으로 영업하다 보니, 중국인들을 설득하는 입심이 강할 뿐 아니라 그들과 호흡도 잘 맞았다. 더욱 놀라운 건 나의 몸 안에 천성적인 영업 기질의 DNA가 있다는 사실이었다. 그렇게 하여 40살이 된 해 나는 중국 시장에 과감하게 도전장을 던지게 되었다.

2001년 가을, 본사에 사직 의사를 전달한 뒤 후임자에게 인계를 마치고 2002년 새해 초부터 상해로 들어가 본격적인 사업 준비를 했다. 가장 먼저 같이 일할 사람이 필요했다.

중국인 친구를 찾아갔다. 강소성 〈상주 현대〉의 AS 부서에서 같이 근무하다 그만두고 중장비 부품 사업을 하는 '친선'이라는 친구였다.

"여보게, 며칠 전 나도 사직서를 제출했네. 앞으로 중국 굴삭기 OEM 공장이 커질 것으로 예상되는데, 자네 생각은 어떤가?"

"나도 그런 흐름은 진작 간파했었네."

"그럼, 같이 일할 생각은 없는가?"

"자네라면 같이하고 싶네."

"그럼, 서로 뜻이 통하니 이 바닥에 함께 뛰어들어 보세."

사실 우리는 이미 2001년 11월에 상해에서 만나 농담 반 진담 반으로 훗날 내가 사표를 쓰면 동업하기로 약속을 한 적도 있었다. 그러기에 일이 쉽게 풀렸다.

쉽게 의기투합이 되자, 일은 일사천리로 진행됐다. 회사 이름은 〈한창무역 유한공사〉로 정하고, 상해 고북로(古北路) 까르푸 건너편에 있는 '보석 APT'에 사무실을 마련했다. 2002년 1월 20일, 이렇게 본격적인 사업이 시작되었다. 이 사무실에서 야심 차게 사업에 발동을 걸기 시작할 무렵, 앞에서 말한 중장비 사기 사건에 휘말린 것이었다.

그런데 사업 초창기에 이 사기 사건에 앞서 예상 못했던 또 하나의 크나큰 난관이 있었으니, 바로 친정 격인 현대중공업 측의 조직적인 사업 방해였다.

2. 거대한 돌부리, 현대중공업의 선전포고

〈한창 무역〉은 처음엔 굴삭기를 비롯한 중장비의 부품 판매 사업으로 시작했다. 당시 중국은 개혁개방 정책이 본격적인 탄력을 받아 전국 곳곳에서 건설 사업이 벌어졌기 때문에 중장비가 턱없이 부족한 시절이었다. 굴삭기도 대부분 한국과 일본 등으로부터 수입해 사용하고 있었기에 소모성 부품도 모두 한국과 일본에서 수입하여 사용할 수밖에 없었다.

사업이 기지개를 켤 무렵인 2002년 3월 초 어느 날, 〈상주 현대〉의 강용식 총경리로부터 전화가 왔다.

"이창호 사장, 당신이 하는 부품 사업은 우리에게 방해가 됩니다. 구체적으로 말하면 중국 시장에서 현대의 부품 사업에 많은 저해 요소가 된다는 말입니다. 우리 회사 굴삭기 판매부 AS 부서 담당 업무를 알고 있을 겁니다. 그러니 지금 이 사장이 가지고 있는 현대 부품 재고 판매를 〈상주 현대〉가 할 터이니 부품 사업을 그만두세요."

황당하기 짝이 없는 날벼락 같은 소리였다. 나도 가만히 있을 수 없었다.

"아니, 강 총경리님. 이게 누구의 지시입니까?"

라고 따지듯이 물었다.

"지난주 해남도(海南島)에서 중국 현대 대리점 회의가 있었어요. 그때 김○○ 부사장이 전 중국 대리점 사장들에게 지시했습니다. 이 사장에게 AS 부품을 구매하거나, 개인적으로 만나면 대리점을 취소시키겠다고 공식 발표를 했어요. 그뿐만 아니라 〈상주 현대〉에 근무하는 한국과 중국의 임직원 모두에게 이 사장과는 전화는 물론이고 소통금지령까지 내렸어요. 그러니 우리의 지시를 따르는 것이 좋을 겁니다."

세상에나! 현대중공업 부사장이나 되는 직책 높은 사람이 한낱 엔지니어인 이창호가 중국에서 부품 사업을 하는 것에 그렇게도 부담을 느꼈단 말인가? 모든 대리점 사장과 임직원들에게 소통까지 끊으라고 지시하다니.

그런 전화를 받고 나니 거대한 바위에 부딪힌 듯 눈앞이 아득하고 황망했다. 겨우 사업을 하겠다고 걸음마를 뗀 상태였다. 그런데 첫발부터 커다란 돌부리에 걸린 셈이다. 하긴 내가 그 회사에서 성장했고 그 회사에서 일한 덕분에 중국 인맥도 넓은 것은 사실이다. 그렇다고 그 큰 회사가 일개 엔지니어를 상대로 어마어마한 선전포고를 하는 걸 보니 참으로 기가 찼다.

사실 사업 시작 직전부터 현대중공업이 나의 사업에 제동을 걸지 모른다는 불길한 예감이 없었던 것은 아니었다. 2002년 1월 16일, 서울 김포 공항에서 상해 홍차오 공항으로 가는데 현대중공업 중장비사업부 인사팀 강지석 부장으로부터 전화가 왔다. 아침 회사 조찬회의 때 중장비사업부 윤혁 이사가 본부장님께 한마디 하셨단다.

"이창호, 저리 쉽게 사직 조치하면 안 됩니다."
"어제 윤 이사도 사직서에 결재하셨잖아요?"
"사직 조치를 하면 안 되는 이유가 분명히 있습니다. 이 부장이 중국에서 한국으로 부임하기 전 회사 설립과 사업 구상까지 완료했습니다. 앞으로 현대중공업에서 중국 시장의 AS 부품 판매에 상당한 부분을 장악

할 것인데, 그 일을 누가 합니까? 이창호만 한 적임자가 어디 있습니까?"

"아니, 이사님. 그렇게 걱정되고 앞으로의 중국 상황을 잘 알면서 사직서에 왜 사인했습니까?"

말로만 전해 들어도 눈에 선한 아침 회의 풍경이었다. 상황을 전해준 친구의 말은 고마웠다. 그러나 이런 말에 흔들리고 싶지 않았다. 이 정도 뒷담화는 각오하고 있었다. 그러나 아무리 그렇더라도 대기업이 이렇게 한 개인을 상대로 사업을 조직적으로 방해하리라고는 꿈에도 생각하지 못했다.

아무리 혼자 분통을 터트리고 발버둥을 쳐봤자 아무 소용이 없었다. 황야에 나온 개인 이창호는 골리앗 앞에 선 다윗처럼 미미한 존재일 뿐이었다. 현대중공업의 등쌀에 더 이상 견디기가 어려웠다. 지속적이고 조직적인 방해 작전에 어쩔 수 없이 나는 백기를 들고야 말았다.

2002년 3월 말, 가지고 있던 부품들을 수입 가격의 70%만 받고 매각 처리했다. 손실이 엄청나게 컸다. 그러고는 부품 사업을 접고 굴삭기 유압기 OEM으로 방향을 틀었다.

이것이 내 사업 인생에서 첫 번째 맛본 실패의 쓴 잔이었다. 그때는 밤마다 통증이 뼈를 깎아내는 듯이 심했다. 부품 매각으로 인한 손해에다가 영업활동에 들어가는 고정 비용을 어떻게 충당해야 할지 고민하지 않을 수 없었다.

그때 나는 앞으로 성공하기 전까지는 절대 현대중공업을 방문하지 않겠다고 입술을 깨물며 다짐했다. 그동안 친하게 지냈던 현대 선후배와 동료들과도 연락을 끊고, 오로지 나만의 길을 생각하기로 했다.

3. 끼니도 굶고 출장, 출장, 출장

현대중공업의 조직적인 영업 방해에다가 충격적인 사기 사건까지 겹쳐 사업 초기에 부딪힌 설상가상의 어려움은 이루 말할 수 없었다. 전 재산 4억 원을 몽땅 날리고 중국에서 흔해 빠진 만두조차 사 먹을 돈이 없었다. 돈이 없으면 돈이 있을 때보다 먹고 싶은 것도 더 많아지고, 허기도 더 자주 찾아온다. 정말로 허기진 배를 움켜쥔 적이 적지 않았다.

그래도 엔지니어의 정신으로 마음을 다잡고 정신 차려 보니, 잃은 것은 돈 4억 원뿐이었다. 사랑하는 가족, 내 몸이 기억하는 엔지니어 기술, 굳은살이 박일 만큼 쌓아온 내공, 내 뼛속 깊이 흐르는 성실함, 목표를 향한 굽힘 없는 도전 정신은 고스란히 남아 있었다.

이 얼마나 다행스러운 일인가! 하늘이 무너져도 솟아날 구멍은 있다. 그 어떤 절박한 경우에라도 한 줄기 희망은 있는 법이다. 돈은 날아갔지만, 여기서 결코 좌절할 수가 없었다.

나만 바라보고 있는 처자식과 부모님이 있었고, 무엇보다 내 나이는 겨우 마흔이었다. 앞길이 창창한 나이였다.

그때부터 나는 아침마다 '나는 잘할 수 있다!'를 되뇌었다. 고(故) 정주영 회장의 자서전 『시련은 있어도 실패는 없다』도 큰 힘이 되었다. 그리고 나에게는 천금을 주고도 살 수 없는 건강한 육체와 몸에 익힌 뛰어난 기술이 있지 않은가?

굴삭기 유압기 OEM으로 사업 방향을 정하고, 나의 도전은 다시 시작되었다. 잠시 입었던 양복을 벗어 던지고, 엔지니어 작업복으로 갈아 있었다. 먹고살기 위해 영업할 거리가 있는 곳에는 닥치는 대로 출장을 다녔다. 너무나 절박한 삶이었으므로, 이리저리 뛰는 일만이 내가 할 수 있는 유일한 수단이었다. 열심히 뛰어야 아픔도 잊을 수 있었다. 억울함과 원통함을 잊기 위해서라도 미친 듯이 뛰었다.

이제 영업은 단순한 돈벌이가 아니라, 나와 세상과의 치열한 전쟁이었다.

출장을 다닐 때도 비행기에서 기차로 바꾸었고, 기차도 급행에서 완행으로 바꾸었다. 한 업체를 방문하기 위해 20시간을 기차로 타고 가서 1시간 미팅하고 돌아오는 일이 예사였다. 24시간 내내 기차만 타고 다닐 때도 있었다.

그러니까 잠은 거의 기차에서 자고, 끼니는 기차 안에서 도시락으로 때웠다. 그때 밥을 후다닥 먹어 치우는 버릇이 아직도 남아 지금도 밥을 빨리 먹는 편이다.

어렸을 적 호박꽃과 해바라기꽃 등을 찾아다니며 꿀을 모으는 호박벌을 자주 보곤 했다. 고작 2.5cm밖에 안되는 호박벌은 꿀을 따 모으기 위해 아침부터 저녁까지 쉬지 않고 날아다니는데, 1주일이면 1,600km나 된다고 한다. 원래 호박벌은 날개가 작고 가벼운 데 비해, 몸집은 크고 뚱뚱하여 날기가 어려운 생체 구조이다. 그런데도 오직 꿀을 모으겠다는 집념 하나로 그렇게 날아다니는 것이다.

나도 그랬다. 내성적인 성격에 시골 출신으로 공부도 썩 잘하지 못했던 촌놈이 오로지 다시 일어서겠다는 일념으로 호박벌처럼 정신없이 뛰고, 타고, 날아다녔다.

사업체에 찾아가 바닥에서부터 다시 시작할 때 색안경을 낀 주위의 시선을 적지 않게 의식했던 것도 사실이다. 그러나 타인의 이목에 신경 쓰다 보면 내 삶의 방향이 흔들린다. 무슨 일이든 처음 시작한다는 마음으로, 또한 나만의 방식으로 중국 고객들과의 관계를 성실하게 열어갔다.

삶에 가뭄이 들어 말라죽을 것 같은 위기도 있지만, 뿌리가 땅속 깊이 쉼 없이 뻗어나가다 보면 언젠가는 반드시 물줄기를 만나는 법이다. 그 질긴 시간은 참으로 지루하게 흘러갔다. 그 시간 동안 할 수 있는 건 나의 기술을 각 업체에 성실하게 나누며 신뢰를 얻는 일뿐이었다.

집안 살림 비용뿐만 아니라 회사의 모든 비용도 줄이며 극도로 허리띠를 졸라매었다. 처음에는 화장실 청소를 직접 했다. 직원들이 출근하기 전에 맨손으로 화장실 변기를 닦았다. 용역을 들여 화장실 청소를 할 여력이 없었다. 그래서 좀 더 일찍 사무실에 나와서 더러운 곳을 직접 쓸고 정리했다.

그래도 견딜 만했다. 가족들을 생각하며 날마다 입술을 깨물었다. 가장이라는 위치가 고난의 항해를 할 때는 얼마나 더 외로운 자리인지 그때 절감했다. 기차 안에서 쪼그리고 잘 때에도 좌절하지 않았다.

시간이 지나면서 고통과 어려움보다는 오히려 외국 땅에서 성공하는 꿈이 더 자주 머릿속에 떠오르기 시작했다. 성공이 내게로 굴러오는 꿈이 아니라, 내가 성공 속으로 당당하게 걸어 들어가는 꿈을 꾸었다.

4. 첫 주문의 감격

사기 사건에 휘말려 있던 와중에서도 죽기 살기로 뛰어다닌 결과, 2002년 6월 17일 드디어 첫 계약을 따냈다. 상대는 절강성 닝보[寧波]에 있는 〈닝보하이타이[寧波海太]〉라는 회사였다. 1995년 설립된 회사로, 사출기와 금형을 이용하여 플라스틱 제품을 만들어 해외 30여 개국에 수출하고 있었다.

일정한 플라스틱 제품을 제조하려면 제품의 모양을 본뜬 금형 틀 안으로 액체화된 플라스틱을 사출기로 쏘아줘야 하는데, 이때 힘이 강한 유압을 이용해야 하므로 유압을 생산하는 모터 부품이 필수품이다. 이 제품을 한국에서 수입하여 〈닝보하이타이〉에 납품하게 된 것이다.

유압 제품 계약을 제의받았을 때의 진한 감격은 아직도 잊히지 않는다.

곧바로 출장에 나섰다. 당시는 어려운 시기라 아침도 예사로 굶을 때였다. 그때는 고속도로나 고속철이 없었기에 일반 국도와 철도를 이용하여 5시간 만에 닝보로 갔다. 회사를 찾아 경영진들과 인사를 나누고 계약서에 서명하고 나니, 비로소 엔지니어 이창호가 사업의 길에 들어섰다는 현실이 실감 났다. 갑자기 눈앞이 환해지며 서광이 비치는 느낌도 들었다.

얼마나 고마웠던지 악수를 몇 번이나 하고, '고맙다'는 중국말 '씨에! 씨에!'를 몇 번이나 반복했는지 기억조차 나지 않는다. 아, 평생 이보다 더한 감동이 있을까? 가슴에서는 감격의 눈물이 솟구쳐 올랐고, 하늘을 향해 마음껏 소리를 지르고 싶었다. 비록 많은 양은 아니었지만 〈닝보하이타이〉와의 유압 모터 공급계약은 중국 사업의 성공적인 첫걸음마였던 셈이다.

기술로 승부를 보겠다는 진심이 통한 것일까? 첫 계약을 따낸 지 얼마 지나지 않아 또 다른 계약 제의가 들어왔다. 그날 역시 기억에 선명하다. 한국에서는 월드컵 열기로 온 세상이 붉게 물들었던 2002년 6월 28일, 중국 남쪽 광서장족자치구에 있는 〈광시위차이[廣西玉柴]〉라는 굴삭기 제조회사에서 굴삭기 레버를 발주하겠다는 제의가 들어온 것이다. 찬밥 더운밥 가릴 처지가 아니었기에 곧바로 출장길에 올랐다.

주소 하나 달랑 들고 비행기를 타고 광서장족자치구 성도인 난닝[南寧] 공항에 도착하니 부슬비가 하염없이 내리고 있었다. 택시를 잡아타고 끝이 안 보이는 비포장도로를 무려 4시간이나 달렸다. 그러다가 갑자기 택시 타이어에 펑크가 났다. 운전기사는 비를 온몸으로 맞으면서 도로 중간에 차를 세워 놓고 타이어를 교환하려고 했다. 나는 이럴 때 일어나는 교통사고를 많이 봐온 터라, 일단 운전기사에게 차를 한쪽으로 안전하게 정차시킨 후 수리하자고 했다. 운전기사가 순순히 응했다. 차를 옮기고 차 안에서 기다렸더니 한 시간 만에야 작업이 끝났다. 혹시 시간이 늦어 회사 관계자가 집에 가버리지는 않았을까? 1초가 아까워 마음이 초조해지기 시작했다.

겨우 차를 고쳐 달려 목적지인 위린시[玉林市] 호텔에 도착하니 공항에 도착한 후 7시간이 지나 있었다. 시계를 보니 새벽 1시 30분이었다.

택시에서 내리자마자 약속 장소인 호텔 꼭대기의 전망대 레스토랑까지 평지를 뛰듯이 부리나케 달려서 올라갔다. '이 먼 길을 달려왔는데 가 버렸으면 어떡하지?' 마음속에선 불안감과 조바심이 계속 일었다. 레스토랑에 들어서서 고개를 돌리자, 다행히도 한쪽 구석에 〈광시위차이〉의 판귀위안[范顧源] 연구소 소장이 보였다. 그는 나를 몇 시간째 기다리고 있었던 것이다.

얼마나 고맙고 반갑던지, 그냥 눈물이 왈칵 쏟아질 것 같았다. 긴긴 시간을 기다려 준 그분을 보자마자 처음 보는 사이라는 사실도 잊어버리고 말문이 막힌 상태로 그냥 덥석 손을 잡고 말았다. 너무나 고마웠기 때문이었다. 누가 새벽 1시가 넘을 때까지 거래처 사람을 기다린단 말인가? 한국에서는 감히 상상조차 하지 못할 상황이었다.

"소장님, 고맙습니다. 이렇게 늦게까지 기다려 주셔서 정말 감사합니다."
"아닙니다. 비도 오고 날씨가 궂은데, 먼 길 오느라 고생했습니다."
"제가 고생이랄 게 있나요? 더 멀어도 달려와야지요. 혼자서 어떻게 이 긴 시간을…."
"오랜만에 혼자서 맥주를 마시면서 기다렸습니다."

중국의 만만디답게 긴 시간을 천천히 맥주를 마시면서 기다렸다는 말은 너무나 감동적이었다. 머나먼 길이지만 자기 회사를 찾아온 나를 맞이하려고 기다려 준 배려가 정말 감동적이었다. 평생을 두고도 잊지 못할 고마운 일이었다. 나의 상황이 어렵고 힘들어서 그랬겠지만, 마주 잡아 주는 그의 손이 얼마나 인상적이었는지 모른다.

그다음 날, 나는 내 생애에 절대 잊을 수 없는 날을 맞이했다. 당시 받았던 감동은 여전히 나를 두근거리게 한다. 〈광시위차이〉에서 생산하는 굴삭기의 레버(승용차의 핸들에 해당함)를 발주받은 것이다. 굴삭기 제품으로는 첫 오더로, RCV(Remote Control Valve) 레버(lever) 3세트 6개였다. RCV는 원격제어 밸브로서, 굴삭기 작업할 때 운전자의 레버 조종을 통해 각 부위를 유압으로 통제하는 MCV(Main Control Valve)에 명령을 전달하는 핵심 부품이다.

이 레버의 금액은 중국 돈으로 약 6,000위안(원화 100만 원 상당)에 지나지 않았지만, 돈이 문제가 아니었다. 내 생애 가장 어렵고 힘들 때 머나먼 길을 달려가서 성사된 첫 굴삭기 제품 거래라는 사실이 더 감격이었다. 아침 한 끼를 채울 돈이 없던 시절이었다. 그래서 평생 잊지 못하는 것이다. 내 평생 가장 고마운 날로 기억할 것이다. 2002년 6월 28일 이 날만큼은!

그날의 감동은 어둠의 나락에 빠져 있을 때 비친 별빛이었다. 그런 보석 같은 날이 내게 있었다는 사실이 오랜 시간이 흘러도 고맙고, 또 고맙다.

사업 주문을 받고 호남성 창사[長沙]로 가는 보통열차에 올라타기 직전 판궈위안 소장과 종밍 구매 담당 매니저가 시커먼 비닐봉지 하나를 건네주었다. 기차에 타자마자 의자 밑에 넣어두었다가 배가 고파 봉지를 꺼내 열어보니, 리쯔[荔枝]라는 과일과 여러 가지 먹거리가 잔뜩 들어 있었다. 초라하고 궁색해 보였을 자신에 대한 민망한 느낌보다는 그들의 따뜻한 마음이 더욱 뜨겁게 다가왔다. '빈털터리인 나를 믿고 주문해 준 것만 해도 고마운데…' 생각하니 눈가엔 뜨거운 이슬이 맺혔다.

가지에 달린 리쯔를 한 알 한 알 떼내어 먹는데, 그 맛이 황홀할 지경이었다. 화려하고 멋지게 포장된 커다란 선물보다 진실한 마음이 담긴 소박한 비닐봉지 하나가 사람의 마음을 얼마나 깊게 감동시킬 수 있는지 그때 알았다.

창사로 밤새워 달려가는 기차 안에서 승객들은 거의 모두 자고 있었지만, 나는 도무지 잠을 이룰 수가 없었다. 금액이 많고 적음을 떠나 첫 주문을 받았다는 감흥이 여전히 가슴을 설레게 했기 때문이다. 달리는 기차보다 더 빨리 뛸 듯이 기분이 너무 좋았다.

정말로 행복했다.

이처럼 기분이 좋은 날 피곤하다고 잘 수가 없었다. 기차 안 식당 칸에서 가장 싼 15위안짜리 중국술 바이주[白酒]와 간장에 절인 달걀 하나를 샀다. 축하해 줄 사람은 아무도 없었다.

달리는 기차의 유리창에 비친 나를 앞에 두고 자축하는 건배를 했다.

"이창호, 축하한다! 오늘 훌륭했어. 앞으로 반드시 성공하자. 이제 새로운 시작이야. 건배!'

행복은 큰 데 있는 것이 아니고, 작은 일이라 하더라도 성취감을 느낄 때 오는 것이다. 차창 밖으로 스쳐 가는 어둠을 보면서 나는 꼭 성공해야겠다고 다짐했다.

5. 굴삭기 굴기(崛起)의 꿈

굴삭기 제품 첫 주문 성공 이후 나의 도전은 탄력을 받아 다시 본격화되었다. 〈광시위차이〉를 다녀온 뒤부터 자신감이 샘솟기 시작했다. 그러면서 엔지니어 이창호가 가야 할 길도 뚜렷이 보이기 시작했다. 내 청춘의 동반자, 굴삭기와 함께 중국 대륙을 누비는 것이다. 나는 사무실에 앉아 사업을 결심했던 초심을 머리에 떠올렸다.

1997년 중국에 온 후 현대중공업 북경지사와 강소성(江蘇省) 〈상주현대〉 시절에 4년 정도 굴삭기 AS 업무를 맡았다. 그때 대륙 곳곳을 돌아다니면서 중국 시장을 훤히 볼 수 있는 안목이 생겼다. 그래서 사업을 시작할 무렵, 다른 글로벌 업체가 아니라 오직 중국의 굴삭기 업체만을 대상으로 영업하기로 했다.

2002년 당시 중국에는 부동산으로 떼돈을 번 젊은 사업가들이 건설붐을 노리고 굴삭기를 생산하는 로컬기업을 설립한 경우가 많았다. 당시 중국 로컬기업의 굴삭기 시장 점유율은 2%밖에 되지 않았다. 중국 로컬기업은 돈은 있으나 굴삭기 기술이 전혀 없는 무지한 상태였기 때문에 나머지 98%는 현대, 두산, 볼보, 히타치, 고마츠, 코벨코, 캐터필러 등 외국계 기업들이 차지하고 있었다.

개혁개방 정책의 탄력으로 향후 중국 건설경기의 신호는 쭉쭉 파란불이었다. 당시 아파트 공사, 도로 공사, 철도 공사, 수자원 공사, 석탄 공사,

항만 공사 등 모든 공사를 육체노동자 대신에 일의 능률을 올리기 위해 전부 굴삭기로 바꾸고 있었다.

곤충이 더듬이로 페로몬의 냄새를 맡듯 중국 건설 시장에 나는 장사꾼의 더듬이를 곧추세웠다. 자세히 보니 그들에게 돈은 많은데 기술이 형편없다는 것이 눈에 들어왔다. 건설기계가 부족하다 보니 돈 있는 사람들은 거의 건설기계 분야에 투자하고 있었다. 이런 시장이야말로 뛰어들어 볼 가치가 있다는 확신이 생겼다.

중국에서 굴삭기 사업을 하는데 자신감을 가질 수 있었던 이유는 하나 더 있다. 당시 AS 담당 부장으로서 중국 각지에 출장을 다니면서 경쟁사의 AS 담당 부장들을 자주 만났다. 건설 공사 현장에는 현대뿐 아니라 한국 두산과 일본 히다치, 고마츠사 등의 중장비들이 있었고, 사후관리를 하다 보면 자연스럽게 서로 얼굴을 마주칠 수밖에 없었다. 서로 경쟁 관계에 있긴 했지만, 현장에서 이 기계 저 기계를 다루면서 사후관리를 담당하는 동병상련(同病相憐)의 교감도 나누게 됐다. 각사의 핵심적인 영업비밀은 지키면서도 어느 정도의 정보는 주고받으며 서로 임무를 제대로 수행할 수 있도록 상부상조하는 것이다.

그러다가 나의 주도로 각 회사 사후관리 담당 부장들의 모임을 만들었다. 분기에 한 번 정도 상해에 모여 각 사 제품의 품질 반응 평가를 나누기도 하고, 시장 상황에 대한 정보를 주고받기도 했다. 이런 각사 부장 모임과 현장 경험을 통해 각사 굴삭기의 특징을 더 자세히 알게 되었고,

굴삭기의 부품들 가운데 어떤 부품이 서로 호환성이 있는지도 파악할 수 있었다. 한국에서 만든 부품이 다른 회사의 부품과 호환성이 있다는 말은 일본 굴삭기에 한국의 부품을 사용해도 된다는 것이고, 이는 곧 부품이 부족할 때 한국의 부품을 팔 수 있다는 뜻이기도 했다. 이게 바로 중국 굴삭기 시장의 사업성에 눈을 뜨게 된 결정적 요인이었다.

이제 굴삭기로 굴기하겠다고 다시 다짐했으니 굴삭기의 모든 것을 알아야 했다. 먼저 경쟁사의 중고 굴삭기 한 대를 사서 분해하였다. 처음부터 설계할 여력이 안 되니까 우선 굴삭기가 어떻게 만들어졌는지 알아야 했기 때문이었다. 굴삭기를 부위별로 치밀하게 분해한 후, 거기에 사용된 부품을 그대로 설계하여 부품 제작에 나섰다. 이 정도는 늘 배우고 익힌 전문 분야라서 순탄하게 진행할 수 있었다.

사업 방향이 자리를 잡기 시작하면서 머릿속에는 벌써 '굴삭기 굴기(崛起)'의 꿈이 영글어가고 있었다.

6. 우분투(UBUNTU) 정신

사업을 하기 위해서는 아무리 물건이 좋아도 제품을 사 줄 고객이 있어야 한다. 인맥을 통해 고객을 알았다 하더라도 그냥 제품 성능을 설명하고 사달라고 하면 절대 선뜻 나서지 않는다. 고객의 입장에서는 제품이 실제 어떻게 작동할지 모르기 때문이다. 그렇기에 사업을 할 때는 직접 고객의 신뢰를 얻는 게 무엇보다 중요하다. 특히 중국에서는 내가 외국인이었기 때문에 고객의 믿음을 얻는 게 더더욱 중요했다.

아프리카 반투족은 '우분투(UBUNTU)'라는 말을 자주 쓴다고 한다. 그것은 '네가 있기에 내가 있다(I am because you are).'라는 뜻이다. 반투족은 이러한 '우분투 정신'에 따라 '욕심'보다는 '나눔'을, '경쟁'보다는 '협동'을 중시한다고 한다.

막막한 이국의 땅에서 몸과 기술밖에 없는 내가 할 수 있는 건 기술이 아쉬운 중국 로컬기업에 기술을 가르치고 공유하는 것이었다. 그들에게 가장 아쉬운 부분이 기술이기에 기술을 전수하여 공유하는 엔지니어는 가뭄에 단비와 같은 존재가 되는 것이다.

엔지니어에게 기술은 생명이나 마찬가지이다. 생명과 같은 기술을 나누며 공생하는 길을 가기로 했다. 삶과 직결되는 기술을 나누는데 어찌 믿음이 없을 수 있겠는가?

이러한 '우분투 정신'이야말로 내가 살아남는 길이었다.

실의를 딛고 다시 시작한 사업 초기부터는 출장을 갈 때마다 작업복을 꼭 챙겨서 갔다.

영업 초창기에는 업체에 제품을 팔러 가서 사업장을 둘러보면, 사업장이 엉성한 경우가 많았다. 그럴 때면 경영진에게 제품을 팔기 위한 영업을 하기에 앞서 업체가 답답해하는 문제점을 해결해 주었다.

기계에 문제가 있을 때는 가방에 챙겨온 작업복을 곧바로 꺼내 입은 후 엔지니어가 되어 기계 밑으로 들어갔다. 기계 문제로 불편함을 겪고 있는 그들에게 일일이 기계의 오작동을 살펴보고 설명하는 일부터 했다.

이렇게 작업복을 입으면 사업가가 아니라 엔지니어로 돌아가 있는 나의 모습을 발견할 수 있었다. 현대중공업에 재직할 때 AS 업무를 담당하면서 그런 습관이 몸에 밴 영향도 컸으리라 생각된다.

건설 붐이 한창일 때 중국인들은 기계를 사용하는 데만 열중했지, 부품의 특성을 고려하지 않았다. 그만큼 무리한 운행으로 고장이 나는 일이 잦았다. 공사 현장에서는 기계 부품을 아는 기술자가 있어야 기계의 수명도 잘 관리할 수 있고 공사도 원활하게 진행할 수 있는데, 기술자가 없으니 공사 차질이 수시로 빚어졌다. 이럴 때 부품 하나 더 파는 사람보다 고장 원인을 짚어내고 운용 방법을 가르쳐주는 엔지니어가 훨씬 고마운 법이다.

가끔 중국인들마저 내가 제품을 팔러 왔는지, 아니면 제품의 AS를 하러 왔는지 혼동할 때가 있기도 했다. 혼동하면 어떤가? 기계의 오작동으로 답답해하는 사람에게 몸에 가진 기술로 도와주는 것이 진정한 엔지니어가 아니겠는가? 우리 회사 부품뿐만 아니라 다른 회사의 부품까지도 조립해 주고 굴삭기 다루는 기술을 전수했다.

기계란 어느 회사 제품이든 서로 통하는 면이 있으므로 하나의 부품 기능을 알면 다른 회사 부품도 저절로 이해할 수 있다. 그들에게 기계의 고장 원인과 작동 원리를 설명하는 데 몰두하다 보면, 나 스스로 제품을 팔러 온 사업가라기보다는 그 공장 소속의 엔지니어가 된 건 아닌지 착각이 들 정도였다.

어떤 경우에는 사업에 대한 조언을 해주기도 하였고, 생산과 품질 관리에 대한 정보도 알려주었다. 이러한 진정성이 통했는지 어느새 중국인들이 나에게 손을 내밀기 시작했다. 자연히 사업의 물꼬도 쉽게 트였다.

시간이 갈수록 내가 먼저 손을 펼치기만 하면 상대방들도 손을 맞잡고 마음을 여는 것을 경험할 수 있었다. 업체에서 기대하는 것보다 1.5배 도움을 주는 열정이 영업에 엄청난 도움이 되었다.

지금도 나는 남들이 원하는 것보다 항상 1.5배의 일을 하고자 한다. 영업 초창기에 중국 로컬 업체에 내가 아는 지식을 성심성의껏 공유한 것에 대해 뿌듯함을 느낀다. 두고두고 잘했다고 생각한다.

엔지니어에게 기술은 생명이나 밥그릇과 마찬가지인데, 누가 이런 노하우를 그냥 다 가르쳐 준단 말인가? 나의 것을 진정으로 나누고자 하는 진정성이 통했다고 본다.

그뿐만 아니다. 굴삭기 관련 분야에서 당시 중국인들은 기술이 크게 뒤떨어졌기 때문에 부품은 어떤 것을 사용해야 하고, 어느 나라 제품이 좋고, 어떤 기술자가 필요하다는 것도 당연히 몰랐다. 그들에게 돈이 있었고, 나에게는 지식과 기술이 있었다. 나는 나의 지식과 기술을 독점하지 않고 중국 친구들과 공유했다.

처음 사업을 시작하는 사람에게 핵심 기술을 제공하는 것이 어리석은 일처럼 보이지만, 실상은 사업의 우위를 점령하는 것이다. 기술을 가지고 있는 내가 그들을 가르쳐 주고 있었기에 그들이 나에게 의존하는 건 당연한 이치였다.

나에게는 눈을 감고도 할 수 있을 만큼 쉬운 기술이었지만, 맨바닥의 그들에게는 그 작은 나눔이 얼마나 큰 도움이었겠는가? 낯선 외국에서 길을 헤맬 때 길 하나만 친절하게 가르쳐 줘도 고마운 법인데, 맨바닥에서 사업을 하는 상황에서는 눈물 나게 고마운 법이다. 이런 걸 하려고 자격증을 따고, 회사에서 피땀 흘리며 공부했다는 생각이 들었다.

나중에는 굴삭기의 기초적인 제품을 만드는 방법까지 전수해 주었다. 대형 굴삭기 업체 두 곳에 세계적인 브랜드의 굴삭기를 각각 한 대씩 구매하게 했다. 그런 다음 공장 바닥에 굴삭기를 분해하여 쭉 늘어놓도록 했다. 분해의 역순이 조립이므로 분해와 조립을 반복하여 굴삭기의 구조를 파악할 수 있도록 몇 개월 동안 교육했다. 처음부터 굴삭기 설계를 할 수 없으니 우선 구조부터 알아야 했으니까.

이런 과정을 거쳐 중국 업체들은 처음에는 철판으로 만드는 간단한 제관 제품부터 국산화하고, 점차 다양한 모델로 경쟁하기 시작했다.

남들이 보면 사업을 하는 게 아니라 자선사업을 하는 거냐고 묻겠지만, 그 당시에는 굴삭기가 없어서 못 팔지 그냥 있는 대로 막 팔리는 때였다. 그러니까 경쟁하기보다는 서로가 도와가면서 신나게 장사를 하며 상생의 성장을 할 수 있었다.

6

중국 시장에 우뚝 서다

1. 제성유압의 탄생

2002년 1월 〈한창무역유한공사〉를 설립한 후 뼈아픈 사기도 당하고 친정인 현대중공업의 조직적인 훼방도 있었지만, 그해 말로 접어들면서 사업도 어느 정도 터전을 잡기 시작했다. 중국 내의 건설 붐을 타고 굴삭기가 많이 필요해진 것도 한 요인이었지만, 무엇보다 신뢰를 쌓은 중국 기업들의 적극적인 주문이 있었기에 가능했다.

2002년 6월 〈닝보하이타이〉와 〈광시위차이〉에서 주문을 받은 데 이어 연말에는 중국 최대의 굴삭기 제조업체인 〈삼일중공업[三一重機]〉과 굴삭기 유압 제품을 공급하기로 계약을 맺었다.

〈삼일중공업〉과의 거래는 〈상주 현대〉 시절 만들었던 각 회사의 AS 담당 부장 모임이 인연이 되었다. 당시 안휘성 합비(合肥)에 있던 일본 〈히다치〉사에서는 중국인 위룽푸[兪宏福] 부장이 모임 멤버였는데, 어느 날 나한테 만나자고 연락이 왔다. 중국 〈삼일중공업〉에서 스카우트를 제의받고 의견을 듣고 싶었던 모양이었다.

나는 앞으로 중국의 건설 시장이 급속도로 성장함에 따라 굴삭기 시장도 커질 수밖에 없기 때문에 지금 당장 봉급은 일본 회사보다 적을지라도 장래성은 훨씬 뛰어날 것이라고 의견을 전달했다. 진심 어린 충고이기도 했다.

〈삼일중공업〉에 들어간 위룽푸는 선진 기술을 익히고 있었기에 스카우트 직후부터 승승장구했고, 내가 사업을 시작했을 때는 연구소 소장직을 맡고 있었다. 그렇게 다시 만나게 되자 위룽푸는 〈삼일중공업〉 따이칭화 총경리를 소개해 주었다. 이 만남은 나의 주선으로 〈삼일중공업〉 임직원들이 한국의 유압 부품 공장을 쭉 견학하는 투어로까지 이어졌다. 〈삼일중공업〉과의 거래는 이 투어 직후에 성사됐다.

〈삼일중공업〉과의 유압 기계 거래 계약은 굴삭기 사업이 본궤도에 오를 수 있었던 획기적인 분기점이자 비약적 성장의 도약대로서 매우 중요한 의미를 지니고 있었다.

그때부터 중국 내 굴삭기 사업에 대한 자신감과 미래에 대한 확신이 굳어지기 시작했다. 이에 힘입어 오로지 굴삭기 영업으로 승부를 보기로 하고 〈한창무역〉을 설립한 지 1년 후인 2003년 1월 14일, 외자 법인으로 〈제일유압기계무역(상해)유한공사〉로 회사명을 바꾸었다.

회사명 그대로 굴삭기 유압 기계를 전문적으로 취급했다. 이때는 중국 업체에서 필요한 유압 제품의 샘플을 한국에 있는 제일유압(JI)에 보낸 뒤 똑같은 제품을 만들어 파는 무역을 주로 했다. 해가 지나면서 유압 제품 수요는 더 급증해 너도나도 서로 제품을 달라고 아우성이었다.

사업도 빨리 탄력을 받으면서, 한국에서 유압 기계를 사다가 중국 업체에 파는 단순 중개 무역이 아니라, 나의 회사 이름으로 한국 기업체에 물건을 주문하여 생산하는 OEM 방식으로 사업을 전환하기로 했다. 새 회사 설립 준비를 2003년 여름부터 시작했다.

그렇게 하여 2003년 11월 18일 탄생한 회사가 〈제성유압공정기계(상해)유한공사〉이다.

애초 〈제성유압〉은 부산에 있는 〈제일유압〉과 〈성보공업〉이 합작하기로 했다. 〈제일유압〉의 정춘국 회장과 〈성보공업〉의 오 회장과는 2001년 베이징 기계 전시회 행사에서 만나 중국 시장의 성장과 굴삭기 시장 투자를 놓고 얘기를 나눈 적이 있어서 일이 순조롭게 진행됐다. 두 회사가 물건을 만들고, 나는 영업을 담당하기로 했다. 그래서 제일유압의 '제'와 성보공업의 '성' 두 첫 글자를 각각 따서 사명(社名)을 '제성'으로 지었다. 이익은 3대3대4로 나누기로 했다.

그렇게 회사 설립 작업이 거의 마무리되던 시점에 어찌 된 영문인지 〈성보공업〉이 사업 참여를 보류하겠다며 한 발짝 뒤로 물러났다. 그러자

〈제일유압〉도 자신이 없었던지 덩달아 물러나겠다고 했다. 2003년 9월
이었다.

두 회사가 갑자기 발을 빼면서 자금 문제가 걸림돌이 되었다. 중국에
서 현지 제조업체인 〈제성유압〉 설립을 승인받기 위해서는 한국 개인 통
장에 20만 달러의 잔고가 있다는 것을 증명해야 했다. 중국 천지 땅은
넓고 사람은 많지만, 정작 나에게 도움을 줄 사람은 한 명도 없었다.

참 막막했다. 막상 제조 사업으로 방향을 바꾸겠다고 마음은 먹었지
만, 처음부터 일이 꼬이기 시작했다. 그렇다고 사나이가 사업을 시작하겠
다고 마음먹었고, 탐나는 광대한 중국 시장이 바로 눈앞에 보이는데 절
대 포기할 수는 없는 일이었다.

하는 수 없이 〈제일유압〉 정춘국 회장에게 부탁을 드렸다. 그러자 아
무 말도 없이 잔고증명을 할 수 있도록 20만 달러를 선뜻 빌려주었다. 합
작은 포기했지만, 아무 담보도 없이 사람을 믿고 너무나 통 크게 배려해

1만 5천 평 부지에 세운 제성유압 상하이 본사 공장

주어서 눈물이 나도록 고마웠다.

비록 한 시간 동안 20만 달러가 든 통장을 이용하여 잔고증명을 하고 곧바로 갚았지만, 어려울 때 마음을 써 준 것이 두고두고 고마웠다. '돈이 있다고 아무나 할 수 있는 일이 아닌데.'

조금이나마 그 은혜를 잊지 않는다는 뜻에서 〈제성유압〉이라는 사명을 그대로 계속 사용하기로 했다. 이렇게 하여 〈제성유압〉은 상해 송강(松江) 지역에 중장비 유압 부품 제조업체로서 터전을 잡을 수 있었다.

2. 화양연화(花樣年華)의 시절, 저절로 웃음이 나오다

〈제성유압〉을 설립하고 난 뒤, 중국 건설 시장의 호황에 힘입어 그야말로 비약적인 성장을 했다. 성장률이 수직으로 상승했다고 해도 지나친 말이 아니었다.

2002년 〈광시위차이〉, 〈삼일중공업〉과 계약을 한 데 이어, 2003년에는 〈장인창림〉, 〈산하지능(山河智能)〉, 〈볼보〉, 〈귀주장냥〉 등과도 유압 기계 공급계약을 맺었고, 2004년에는 중국의 28개 업체와 거래를 트게 되었다.

상상하지 못했던 일들이 눈앞에 펼쳐졌다.

너무 좋아 혼자 걷다가도 실실 웃음을 흘리며 다녔다. 말 그대로 꿈 같은 일이 내게도 벌어지고 있었다.

처음 사업을 함께 시작한 인원은 극소수이다. 2002년 초에 3명으로 시작했다. 누가 그 일을 상상이나 했겠는가? 2002년 말에 6명, 〈제성유압〉을 설립한 2003년 말에 8명, 2004년 말에 10명으로 직원이 늘어났다.

말이 쉽지, 이렇게 적은 인원으로 그렇게 엄청난 일을 할 수 있었던 것은 초창기 직원들의 헌신적인 노력 덕분이었다. 우리는 한 몸처럼 회사 일에 몰입했다. 오직 일하기 위해 태어난 일개미처럼 열심히 뛰었다.

내가 절박한 상황에서 온몸으로 뛰고 달리니 직원들도 안타까운 마음으로 나를 따라서 최선을 다했던 열성 또한 잊을 수 없다. 우리 직원들이 모두 내 가족이란 생각을 늘 뼛속 깊이 새겼다. 사실 그렇게 적은 인원으로, 그렇게 짧은 기간에, 그렇게 엄청난 성과를 냈다는 사실이 나 자신조차도 믿어지지 않는다.

소수 인원의 성과보다 더 믿기지 않는 건 매출액이다. 2002년 말 중국 돈으로 670만 위안, 한화로는 12억 원 정도 됐던 매출액이 2003년 말에는 910만 위안, 한화로는 16억 원 수준으로 뛰어올랐다. 그다음 해인 2004년 말에는 2천2백만 위안(L/C 750만 위안 포함)으로 우리 돈으로는 40억 가까이 되었다. 이렇게 매년 매출이 껑충껑충 뛰어올라 그래프는 가파른 직선으로 급상승하고 있었다. 2005년에는 매출 계획을 5천만 위안(한화 94억 원)으로 크게 높여 잡았다. 1년 만에 두 배로 높인 매출 계획도 무난하게 달성되었다. 그리고 이듬해인 2006년 〈제성유압〉은 드디어 흑자를 기록했고, 매출액 신기록 행진을 계속해서 이어 나갔다.

회사가 급성장하는 와중에서도 제일 신경을 썼던 부분이 〈제성유압〉 제품의 품질과 성능이었다. 기술 개발과 품질 개선뿐 아니라 굴삭기와 휠로더 등의 가격 경쟁력 유지도 게을리하지 않았다. 이렇게 〈제성유압〉 제품의 품질과 성능이 중국 업체보다 뛰어난 데다 원화 가치가 떨어지던 해에는 가격 경쟁력까지 더해져 제품에 대한 주문이 급증했다. 밤낮을 잊고 생산 라인을 가동하던 적도 있었다.

이러한 추세에 힘입어 2009년에 3억 위안(한화 약 530억 원), 2010년에 5억 5천만 위안(한화 약 1,000억 원), 2011년에는 24억 위안(한화 약 4,300억 원)의 매출액을 기록한 기업이 되었다.

놀랍게도 세계적인 금융위기의 한파가 몰아닥친 2008년에도 중국의 굴삭기 시장은 활기에 넘쳤다. 중국의 국토 개발에 따른 건설 붐에 힘입어 2011년 상반기까지 중국 굴삭기 시장은 예상치 못한 엄청난 성장률을 기록했다. 유압 제품이 부족한 바람에 품귀현상까지 일어났다.

한창때에는 〈제성유압〉이 선수금을 받고 140여 개 OEM 업체에 제품을 납품했다. 모든 업체가 부품을 구하기 위해 안달하고 있었기에 부품을 제공해 주지 못한 업체도 적지 않았다. 한 달간 절반 이상이 출장이었다.

방문하는 업체마다,

"이런 거 좀 개발해 주세요. 그리고 저것도요. 일본에 주문을 내면 여섯 달이나 걸립니다. 유럽에 오더를 내면 전액을 지급해야 선적해 줍니다. 다행히 한국은 가격도 싸고 납기도 빨라서 좋습니다."

라는 말을 수없이 들었다.

광활한 대륙을 누비며 출장을 다니는 모습이 외관상으로 꽤 번지르르해 보일지도 모르지만, 한 치의 여유도 없이 출장 영업을 하다 보면 시간 낭비가 만만치 않았다. 예를 들어, 새벽 6시에 상해에서 고속철로 남경에 가서 황산으로 가려면 승용차로 200km를 더 달려야 했다. 업체에 도착하면 점심시간이다. 그러나 어쩌겠는가, 제품을 하나라도 더 팔려면 이 자투리 이동시간까지 활용해 영업을 구상해야 했다.

이렇게 강행군 출장을 다니다 보니 몸에 큰 문제가 생기기도 했다. 2009년 7월 산동성 청도행 비행기 안에서 왼쪽 눈에 피가 흐르기 시작했다. 무리한 출장으로 이전에 했던 백내장 수술이 덧난 것이다. 한국에서 10일간 병원 신세를 졌는데, 왼쪽 눈의 망막이 떨어졌다고 했다. 미끄러진 김에 쉬어가랬다고, 그 덕에 한 두어 달 푹 쉬기는 했다.

그런 와중에서도 고객들의 주문과 요구 사항을 접수하여 샘플을 받고 제품을 납품하는 일이 쉴 없이 반복되었다. 물론 중국 업체와의 돈독한 관계가 밑바탕이 되었다.

한 업체에서 10톤짜리 부품이 급하다고 하여 우리가 공수 비용까지 부담하며 비행기로 선적하여 보내 준 적도 있었다.

〈제성유압〉의 성장은 시장 점유율에서도 확연히 드러났다. 2002년 사업 초기의 중국 굴삭기 시장에서는 볼보, 현대, 두산, 히타치 등 한국과 일본을 비롯한 외국계 기업들이 완성 장비 판매의 98%를 싹쓸이하고 있었다.

〈제성유압〉은 2003년 상해에 설립된 이후 2009년이 되자 〈삼일중공업〉 등 중국 굴삭기 완성업체 94개 회사와 유압 부품을 거래하고 있었다. 중국산 굴삭기에서 사용되는 RCV, 즉 조정 레버 시장 점유율은 68%, 주행 모터의 시장 점유율은 65%를 차지하고 있었다.

물론 〈제성유압〉의 고속 성장은 '우분투(UBUNTU) 정신'에 따른 상생 전략이 주효했다. 중국이 급속하게 성장하다 보니 굴삭기 각 분야에 기술의 허점이 많았고, 〈제성유압〉이 그 허점을 메워 주면서 중국 로컬 제조사와 함께 빠르게 성장할 수 있었다.

중국 로컬 굴삭기 완성업체의 시장 점유율이 50%를 넘어서면서부터 〈제성유압〉의 성장세는 말 그대로 중국 기업이라는 호랑이를 타고 달려가는 형세와 같았다.

홍콩의 유명한 배우인 양조위와 장만옥이 주연으로 출연해 두 남녀 간의 애틋한 사랑을 그린 '화양연화(花樣年華)'라는 홍콩 영화가 있다. '인생에서 가장 찬란한 시절', 이 영화 제목 그대로 그때가 나에게는 '화양연화'의 시절이었다.

굴삭기로 세계를 제패하겠다는 원대한 포부도 생겼다.

'유압에 대한 철저한 준비를 바탕으로 중국 대륙을 석권한 뒤, 러시아를 향해 돌진하자. 〈제성유압〉이 전 세계로 뻗쳐 나가 제패하는 꿈을 꾸자.'

3. 창립 10주년의 뜨거운 눈물

2012년은 〈제성유압〉 성장의 정점이었다. 그리고 〈제성유압〉의 설립 10주년이 되는 해이기도 했다. 2012년 11월 16일, 창립 10주년 축하 행사를 성대하게 거행했다. 지난 10여 년을 돌아보니 수많은 감회가 밀물처럼 밀려들었다. 참으로 일도 많았고, 고난도 많았다. 낙엽같이 연약한 '제성호'라는 배가 태풍이 휘몰아치는 태평양을 건너온 느낌이었다.

〈제성유압〉이 단기간에 큰 성과를 거두고 있을 때는 주위의 부러움을 한 몸에 받기도 했다. 하지만 다른 한편에서는 시기하는 마음으로 유언비어를 퍼뜨리는 사람도 있었다. 대부분의 소문은 바람처럼 왔다가 바람처럼 쉽게 사라지지만, 간혹 나를 오래도록 괴롭히는 추문들도 있었다.

그러나 단 한 번도 직접 대응하지 않았다. 인생의 큰 꿈을 위해서는 그런 사소한 말에 연연할 수가 없었다. 하늘을 우러러 한 점 부끄럼 없다고

제성유압 시무식 행사 (2012)

스스로 다짐할 수밖에 없었다. 유언비어가 난무할 때는 묵묵히 사무실에 앉아 사업만 구상하기도 했다. 이렇게 어렵사리 파고를 헤쳐 왔기에 〈제성유압〉 창립 10주년이 주는 의미는 더욱 클 수밖에 없었다. 나뿐만 아니라 〈제성유압〉 가족 모두의 하나같은 마음이었다.

그날 축사를 하려고 단상에 오를 때는 평소와 달리 경건하고도 숙연한 기분이 들었다. 그간의 시련과 노력을 모든 제성 가족이 다 아는 터여서 더욱 그랬다. 사업은 순풍을 타고 있다고 하지만, 현장의 어려움은 여전한 상황이어서 나의 말 한마디가 임직원들에게 남다른 각오를 불러일으킬 수 있다는 생각이 들었다.

한 마디 한 마디 힘주어 그간의 노력에 진심 어린 감사와 찬사를 보내고 나서 〈제성유압〉의 청사진을 발표했다. 덧붙여 향후 10년을 바라보며 서로 마음을 모아 전진하자고 했다. 가슴 속에서 뜨거운 눈물이 솟구쳐 올랐다. 모든 직원의 손을 일일이 맞잡고 등을 두드릴 때마다 자기 일처럼 열정을 다한 그들이 진정한 가족이라는 생각이 들었다.

우리 직원들이 너무나 고맙고 대견하여 울컥하는 감정이 끝없이 일어났다. 이건 숨길 수 없는 나의 진심이었다. 그들이 있어서 나는 힘을 얻었고, 그들이 있었기에 나는 어떠한 어려움 속에서도 포기하지 않은 채 일에 열중할 수 있었다.

10주년을 맞은 〈제성유압〉의 성장은 그간 받은 각종 상에서도 그대로 증명되었다. 2012년 5월 대한민국 지식경제부 장관으로부터 '성공적인 해외투자 표창'을 받았고, 중국에서는 '한중 기업경영 우수상'을 받았다.

이에 앞서 2011년 〈제성유압〉이 있던 상해시 송강구를 대표하여 상해시의 대외 표창인 '백목련기념상'을 받았다. 백목련은 상해시의 시화(市花)이다. 2010년에는 상해시 '외상투자 우수기업' 선정상, 2009년에는 상해시 정부 '백옥란상'을 받았다. 이 밖에도 중국의 각 기업이나 지방 정부로부터 받은 상이 이루 헤아릴 수 없이 많이 쌓여 있었다.

그 상들을 일일이 살펴보면서 가슴 뿌듯함을 느꼈으며, 그런 가운데서도 더 열심히 해야겠다는 각오는 빼놓을 수 없었다.

언론과 가진 인터뷰에서 창립 10주년의 청사진과 나의 계획을 밝혔다. 이 인터뷰는 내 마음속의 청사진을 그대로 내비친 것이다. 그중 어떤 것은 이루어진 것도 있고, 여전히 구상 중인 것도 있다. 나는 언제나 이렇게 꿈꾸며 좋은 일을 하는 기업인이 되고 싶다.

언젠가 장 지오노의 『나무를 심는 사람(The Man who planted Trees)』을 읽은 적이 있다. 주인공은 민둥산을 숲으로 만들겠다는 일념으로 매일매일 가장 좋은 도토리 씨앗을 골라 심었다. 그 일을 몇십 년 했더니 황폐한 땅이 울창한 숲으로 되었다는 내용이었다.

그 책은 나에게 사람의 꿈과 집념은 세상을 변화시킬 수 있다는 깨달음을 주었다. 주인공 엘제아르 부피에가 한 그루 한 그루 나무를 심었듯이, 묵묵히 꿈을 하나하나 심는 기업인이 되어야겠다는 것이 창립 10주년의 다짐이었다.

4. 제성유압 굴기의 공신, 제성의 가족들

〈제성유압〉이 성장 가도를 달리며 중국 시장에서 굴기할 수 있었던 핵심 동력은 뭐니 뭐니해도 〈제성유압〉의 식구들이다. 맨 처음 3명으로 시작한 회사가 4년 만에 흑자로 전환하고 10년 만에 4천억 원 대의 매출을 돌파할 수 있었던 배경에는 제성 식구들의 헌신적인 열정과 노력이 있었다.

그렇기에 가정에서는 나 자신이 두 아이의 아버지이지만 회사에서는 모든 직원의 아버지라는 생각을 늘 하고 있었다. 말할 것도 없이 회사 경영에서 가장 먼저 신경 쓴 부분은 직원들의 생활과 복지였다. 다른 업체와 상생하기 위해서는 우선 회사 안에서부터 상생의 문화를 만들어야 했다. 그래서 회사가 어느 정도 자리를 잡았을 때 제일 먼저 착수한 게 기숙사 건립이었다.

〈제성유압〉 직원을 위한 숙소 '제성 생활관'을 정식으로 개관했을 때였다. 한마디로 너무 감개무량했다. 처음 내 집을 마련했을 때 기뻐하는 가족들을 보며 아버지의 책임감을 완수했다는 기분이 들었던 것처럼, 생활관 개관식 때 직원들이 기뻐하는 모습을 보니 가슴이 벅차오르는 희열을 느꼈다. 솔직히 처음 집을 마련했을 때 행복해하는 아내와 기뻐하는 아들과 딸을 볼 때보다 더 뿌듯했다. 동고동락하는 직원들이 마음껏 웃고 행복해할 때는 회사의 실적이 좋을 때 못지않게 감동의 울림이 컸다. 자식이 배불러서 행복해하는 것을 지켜보는 아버지의 심정과 하등 다를 것이 없었다.

그날 직원들과 가족들의 입주를 환영하고, 직접 준비한 조그마한 선물을 나눴는데 내 마음의 일부를 주는 것처럼 그들이 소중하게 느껴졌다. 그날 제성 직원과 가족들의 얼굴에 가득 피어나는 행복감, 만족감은 평생 잊을 수 없다.

예전에 한국 TV에서 어려운 이웃의 집을 고쳐 주는 '러브 하우스'라는 프로그램이 있었다. 거기에서 전해지는 감동을 우리 회사의 현장에서 보는 것 같았다. 그날 제성의 가슴 속에 울렸던 감동은 어떤 교향악보다 더 웅장했다고 자신할 수 있다.

'제성 생활관'은 직원들이 가족들과 함께 편안한 환경에서 생활할 수 있도록 1인 1실로 만들었다. 각 방에 기본적인 가구를 배치하고 내부를 깔끔하고 안락하게 꾸몄다. 또한 '내 일처럼 성실(誠實)하고, 가족처럼 화목(和睦)하자'는 사훈(社訓)에 따라 세 끼 식사를 무료로 제공하도록 했다.

사실 '제성 생활관' 개관을 앞두었을 당시에는 경기가 썩 좋지 않아서 회사 재정도 힘든 시기였다. 그런 상황에서도 내 가족인 직원들의 복지가 최우선이라는 신념 하나로 공사를 진행했다. 회사의 이익 창출 못지않게 직원의 복지도 중요하다고 생각했기 때문이다.

회사 사정을 모를 리 없는 직원들이 감사의 마음을 담아 나에게 감사패와 반지를 선물로 주었는데, 어떠한 시상식 때보다도 뜨끈뜨끈한 감동이 가슴속에서 일렁거렸다. 맞잡은 손에 감사의 마음을 꾹꾹 담아서 등을 토닥여 주었다. 그날도 평생 잊을 수 없는 날 중 하나였다.

제성 가족의 화합과 애정에는 아내의 역할도 빼놓을 수 없다. 가끔 몸이 아픈 임직원이 생기면 아내가 직접 상태를 보살피고 약값을 챙겨 주면서 빨리 회복할 수 있도록 응원했다. 회사가 잘 유지되려면 임직원들이 건강해야 하기 때문이다. 그 당시만 해도 중국 직원들의 소득이 낮았기 때문에 아파도 병원에 가지 않는 게 다반사였다.

이런 일도 있었다. 중국인 공장장의 낯빛이 좋지 않아 보여 사연을 알아보니, 그의 아내가 신장병에 걸렸는데도 돈이 없어 병원에 입원하지 않고 집에 누워 있다고 했다. 당장 '무슨 소리냐?'고 호통을 치며 공장장의 아내를 병원에 입원시키도록 했다. 치료비 3만 위안도 직접 지원했다.

제성유압 임직원 생활관 개관 (2012)

그런데 몸 상태가 너무 악화된 뒤여서 얼마 후 직원의 아내는 결국 숨을 거두었지만, 치료라도 시도해보고 이별하는 것과 속수무책으로 있다가 그냥 보내는 것과는 그 슬픔이 천양지차가 아니겠는가? 장례 비용도 모두 회사에서 지원하도록 했다. 직원의 가족 역시 제성의 가족이기 때문이었다.

지원을 받은 직원의 회사에 대한 감사와 충성, 열정은 말할 필요도 없었다. 직원들이 행복하고 사기가 충만하니 제성이 극복하지 못할 어려움은 없었다.

또 한 분 잊을 수 없는 제성의 식구가 있다. 부산 〈제일유압〉의 정춘국 회장이다. 그분은 〈제성유압〉이 중국에서 우뚝 서게 하는 데 일등 공신이나 다름없다. 〈제성유압〉을 설립할 때 20만 달러를 아무 조건 없이 선뜻 빌려줬을 뿐 아니라, 중국 시장에 필요한 유압 제품을 군말 없이 생산하여 공급해 주었기 때문이다.

사업을 시작하고 2012년까지 10년 동안 제일유압 제품을 팔기 위해 중국 구석구석을 돌아다녔던 이유 중에는 정 회장의 은혜에 보답해야 한다는 마음도 적잖게 있었다. 그 많은 제품을 단시간에 개발 생산하여 공급하는 일은 그분과 나의 의기투합으로 이루어졌는데, 다른 이들은 감히 할 수 없다고 할 만큼 힘들고 어려운 과정이었다.

물론 대량 생산에 따른 불량 제품으로 인해 적잖은 고통을 겪기도 했다. 가동 중인 굴삭기의 기어가 빠진다든가, 유압 호스에서 기름이 새는 고장이 잦았다. 유압 기계에서 기름이 새면 유압이 발생하지 않아 굴삭기를 움직일 수가 없다. 여기저기서 품질 하자 문제가 터질 때마다 나는 온 정성을 다해 해결했다. 마음에 진 빚을 갚아야 했기 때문이다.

그러면서도 가끔은 정 회장을 원망할 때도 있었고, 현실적인 어려움을 호소하기 위해 늦은 밤 사무실에 앉아서 현황을 보고하며 눈물로 편지를 쓰기도 했다. 글 속에다 그동안 억누르고 참았던 이야기를 풀어내기도 했고, 어떨 때는 전화로 울면서 여건을 개선하도록 막무가내로 떼를 쓰기도 있다. 말이 안 통한다고 생각될 때는 회사 조직에 예스맨만 있으면 후퇴할 것이라고 직설적인 표현을 내뱉기도 했다.

그러던 2009년 여름이었다. 눈이 좋지 않아 백내장 수술을 했는데, 이후 망막이 터지는 등 몸에 이상이 자주 생겼다. 정신이 없는 와중에서도 서울에 오가며 어렵사리 치료를 끝냈다.

몸에 아픔을 경험하고 나니 제품의 하자쯤은 큰 문제가 아니라는 생각이 들었다. '정 회장님이 나의 과도한 하소연을 마음속으로 조용히 누르고 있었던 것은 아니었을까?' 하는 생각도 머릿속에 일었다.

사업을 하다 보면 사람 간에 항상 좋은 관계를 유지한다는 것이 얼마나 어려운 일인지 잘 안다. 손익을 따지는 사업에 있어서 한 치의 양보도 없이 팽팽하게 의견을 내세워야 할 때는 더욱 그렇다. 정 회장이 별 내색

제성유압 7주년 맞이 제일유압 정춘국 회장의 기념식수 (2009.11.18)

도 하지 않고 나를 많이 아끼고 챙겨 주셨던 게 틀림없었다.

　그 이후 앞으로 어떤 문제가 생겨도 모든 것은 내가 책임지고 중국 시장을 지켜야 한다는 결연한 각오를 다졌다. 어떤 어려움이 생기더라도 정회장에게 부정적인 이야기를 하지 않고 묵묵히 일만 했다. 정 회장에게 실망을 주지 않고 더 큰 신뢰를 얻기 위해서 말이다.

　정 회장의 인내와 배려 덕분에 더 부지런히 현장을 뛰어다니고 사람을 만나야 했고, 그 과정을 거치며 이창호는 더더욱 실력을 단련하며 성장해 가고 있었다. 덕분에 〈제성유압〉도 덩달아 발전하게 되었다.

　2009년 8월에는 90개 주문자상표부착생산(OEM) 업체와 거래 현황을 정리하여 1차 보고를 할 수 있었다. 그렇기에 정춘국 회장은 소속은 달랐지만 절대 빼놓을 수 없는 〈제성유압〉의 가족이었다.

7

중국 굴기의 비결

1. 꽌시(關係)

〈제성유압〉이 중국 시장에서 제자리를 잡은 데는 경기 상황이나 굴 삭기에 대한 수요 등 여러 요인이 있었지만, 그 가운데서도 절대 빠뜨려 서는 안 될 게 있다. 바로 중국인 친구들이다. 아무리 〈제성유압〉 제품의 품질이 뛰어나고 기술이 우수하다 해도 그 넓은 중국에서 믿음을 쌓은 중국인들이 믿어주고 도와주지 않으면 아무 소용이 없다.

중국에서 사람과 사람 간의 믿음과 정리로 맺어진 끈끈한 사이를 보 통 '꽌시[關係, 관계]'라고 부른다. 우리말 '관계'와 같다.

중국에 진출하는 우리나라 사람들은 바로 이 '꽌시'가 중요한 줄은 알지만 올바른 '꽌시'에 대해서는 잘 모르는 것 같다. 내가 처음 중국에 갔을 때 현지에 먼저 진출한 사업가들로부터 '꽌시'의 중요성에 대해 귀에 딱지가 앉도록 많은 말을 들었다.

그럴 때면 대개 돈으로 중국인들에게 꾸준히 환심을 사거나, 음주 가무와 선물이 곁들여진 성대한 자리를 대접하며 꽌시를 만들어 가야 한다고 조언하곤 했다. 어떤 사람들은 뇌물이나 고급 술집에서의 1차와 2~3차 접대까지 거론하곤 했다.

실제로 그런 식의 '꽌시' 맺기가 알게 모르게 관행처럼 굳어 있었다. 물론 융숭한 접대로 어느 정도의 '꽌시'를 만들 수 있겠지만, 그런 방식으로는 한순간일 뿐 절대 오래 지속되는 '꽌시'를 만들 수는 없다. 인간적 신뢰가 없기 때문이다. 돈과 접대를 통한 관계는 신뢰라기보다는 일종의 거래 행위이다. 그러므로 결국 준 만큼 받는다고 봐야 한다.

성대한 접대로 '꽌시'를 맺었다고 착각하여 무리한 요구를 하거나 지나친 욕심을 부리다가 된통 당한 한국인들의 사례도 적지 않다. 심지어 잘못된 '꽌시'의 여파로 나중에 약점이나 불법의 꼬리가 밟혀 애써 일군 업체마저 홀라당 빼앗기고 빈털터리로 쫓기듯 귀국하는 사람도 있었다. 진정한 '꽌시'를 몰랐기 때문이다.

그러면 중국에서 어떻게 끈끈한 '꽌시'를 만들 것인가?

중국인들이 진정한 친구로 인정하는 사람들은 어떤 사람들인가?

나의 경험으로 볼 때 진정한 '꽌시'의 제일 조건은 중국의 법과 문화를 먼저 지키고 존중해야 한다는 것이다. 그런 다음, 하는 일이나 사업이 중국이나 중국인들에게 이익이 된다는 점을 분명하게 인식시켜야 한다.

이런 바탕 위에서 진정성과 정직성, 열정과 배려의 마음으로 꾸준히 믿음을 쌓아가야 겨우 '꽌시'의 싹이 튼다고 할 수 있다. 이런 조건 아래 자주 연락하거나 만나서 식사를 하고 술도 마시는 기회가 계속 만들어지면 진정한 '꽌시'를 형성하는 데 금상첨화다.

진정한 '꽌시'의 효력은 어떻게 나타날까?

바로 이해와 융통성이 커지는 데서 알 수 있다. 예를 들면, 한 달 두 달 질질 끌 수도 있는 어떤 사안을 일주일 안에 결정하여 처리해 준다든가, 처음 생산한 제품을 믿고 구매해 준다든가, 다른 거래처를 소개해 준다든가, 추가적인 사업을 공동 제의한다든가 하는 식으로 나타난다.

이렇게 '꽌시'는 믿음으로 계속 쌓아나가야 하는 것이지, 재물이나 접대로 법을 초월해 이룰 수 있는 게 절대 아니다.

처음 '꽌시'의 중요성을 실감한 건 경기가 호황일 때였다. 너무 주문이 많이 몰려 고객의 발주에 맞춰 물건을 제대로 공급하지 못했다. 기존 고객의 주문 접수만 해도 포화상태였기 때문이다. 물밀듯이 들어오는 주문에 즐거운 비명을 지르면서 일할 때였다. 솔직히 고객 입장을 고려할 겨를조차 없었다. 하지만 당장 기계가 필요한 업체들은 너무도 절박하여 비명을 지르다시피 했다.

사업이란 오르막이 있으면 내리막이 있는 법. 경기 침체로 〈제성유압〉이 어려움을 겪고 있을 때 우연히 한 업체 대표를 마주친 일이 있었다. 나는 그냥 자연스럽게 악수를 청하며 인사를 하려고 했는데, 상대방의 너무나 냉소적인 반응에 흠칫 놀라고 말았다.

찬찬히 이유를 물으니 그 당시 제성이 제품을 공급해 주지 않은 것이 천추의 한이 되어서 마음속으로 이를 갈았다고 했다. 제성에는 어떠한 도움도 주지 않겠다며 벼르고 있었단다.

아무리 내가 제품을 만들어 파는 것이라지만, 사업을 하는 상대방은 그게 아니었던 모양이었다. 〈제성유압〉이 공급해 주는 유압 제품 하나에 목숨을 걸고 있는 형편이었을 텐데, 오죽 답답했으랴?

지금 생각하면 모든 업체에 제품을 고르게 분배해서 각 업체가 모두 사업을 잘할 수 있도록 도와주었어야 했다. 그러나 그때는 사업이 너무 잘되어 남을 배려할 틈이 조금도 없었다.

아니 배려심이 부족했다고 보는 게 정확할 듯싶다. 상대방이 힘들 때 포용하고 배려하는 게 '꽌시'의 기본이다.

'꽌시'를 잘못 관리해 난처한 일을 겪은 적은 또 있었다. 〈제성유압〉에 일거리가 너무 많아 어느 한 해에는 바쁘다는 핑계로 고객들과 만나는 자리를 피하고 무심하게 지냈다. 시쳇말로 배가 부른 시절이라 별로 큰 도움이 되지 않는 업체에는 눈길을 주지 않았다.

그런 업체 가운데 하나가 산동성 청도의 〈보정중공업[寶鼎機械]〉이었다. 그런데 요리조리 피하다가 어느 날 〈보정중공업〉 담당자와 막다른 골목에서 어쩔 수 없이 만나는 사정이 생겨 마주 앉아 점심을 하게 되었다. 자리에 앉자마자 그 담당자가 〈제성유압〉에 대한 불만을 마구 쏟아 내는 게 아닌가? 거래도 완전히 끊을 태세였다. 나도 모르게 낯이 화끈거려 밥인지 모래알인지도 분간이 되지 않을 정도였다.

사업을 원활하게 하려면 거래처 고객에게 자주 인사하고 안부도 전하는 습관을 길러야 한다는 걸 가슴에 아로새겨 왔으면서도, 실천하지 않으면 큰 문제로 이어진다는 것을 그날 점심 자리에서 뼈저리게 느꼈다.

조금 잘 나간다고 평범한 가르침을 잠시 잊었던 것이다. 고객과의 '꽌시'를 등한시한 결과가 이렇게 크게 부메랑이 되어 돌아올 줄은 몰랐다. 점심 한 번 참으로 씁쓸하게 먹었다.

유비에게 제갈량이 있다면 칭기즈칸에게는 야율초재가 있다. 야율초재는 '여일리불약제일해, 생이사불약멸일사(與一利不若除一害, 生一事不若滅一事)'라는 명언을 남겼는데, '하나의 이익을 얻는 것이 하나의 해를 제거함만 못하고, 하나의 일을 만드는 게 하나의 일을 없애는 것만 못하다.'라는 뜻이다.

이 교훈은 사업을 하는 데에도 그대로 적용된다. 한 사람이라도 깊게 원한을 살 만큼 부정적 인상을 남기는 것은 사업을 하는 데 치명적이다. 개인적으로든 사업적으로든, 무엇을 제거하고 무엇을 지켜야 하는지 생각해 보는 중요한 계기였다.

2. 만만디(慢慢的)

중국에서 '꽌시'와 함께 많이 듣는 말이 '만만디[慢慢的]'이다.

행동이 굼뜨거나 일의 진척이 느리다는 뜻인데, 일할 때 서두르지 않고 느긋하고 여유 있는 중국인의 특성을 이르는 말이다. 무슨 일을 하든 간에 '빨리빨리'를 외치는 한국인과는 대조되는 특성이기도 하다.

중국에서 사업을 하기 위해서는 이 '만만디'의 의미를 반드시 새길 필요가 있다. 중국인들의 행동이나 일의 속도가 굼뜨다는 것을 비판하는 것이 아니다. 시야를 멀리 보고 서두르지 않는 태도이다. 나는 사업을 하며 만만디의 의미를 깨달았다. 중국 업체와 거래를 하기 위해 필수적인 '꽌시', 즉 '관계 맺기'도 하루아침에 이루어지는 것이 아니다. 구매 담당자들과는 최소 1~2년을 두고 느긋하게 친분을 쌓아야 한다. 눈앞의 이익을 따지기보다는 미래의 잠재적 고객까지 현재 고객을 대하는 마음으로 성의를 다해야 한다.

나는 평소 고객들의 생일을 챙기고, 기념일이나 명절에 작은 성의를 표시했다. 수금도 '차이나 스타일'로 했다. 주문할 때 가격의 30%를 계약금으로 받고, 나머지 70%는 인도하기 직전에 받았다. 물론 100% 현금 거래로 말이다. 현장에서 그들과 함께 사업하면서 배운 지혜였다. 그렇게 '만만디 정신'을 가지고 진심으로 대하다 보니, 시간이 흐르면 저절로 돈독한 관계가 맺어졌다.

끈기와 집념이 요구되는 만만디 정신으로 거래가 성사된 사례가 아직도 기억에 남아 있다. 2004년 당시 중국 내 굴삭기 생산업체 가운데 다섯 손가락 안에 들어가는 회사가 있었다. 이 회사와 거래를 트기 위해 두 달에 한 번꼴로 방문해도 10원짜리 하나 구매하지 않았다. 아니, 구매를 검토하는 기미도 보이지 않았다. 그래도 두 달마다 변함없이 방문해 중국 전체 굴삭기 생산 대수와 전국 판매 대수, 건설기계 시장 상황 등을 회사 최고 경영자들에게 브리핑했다. 그렇게 2005년, 2006년이 지났다. 만 3년이 지난 2007년이 되자, 그 회사 내에 긍정적인 분위기가 흐르는 것을 감지할 수 있었다.

그러던 어느 날, 동사장과 총경리, 연구소와 구매 담당자 등 8명이 함께 한국의 유압 공장을 견학하도록 해 달라는 요청이 들어왔다.

이 기회를 놓칠 수 없었다. 요청이 들어온 직후 곧바로 한국 회사들과 접촉해 최대한의 성의를 보일 수 있도록 방문 일정을 짰다. 한국 내 8개 업체를 4박 5일 동안 견학시키면서 중국 고객들이 필요한 정보를 알 수 있도록 최선을 다했다.

그 회사는 당시까지 일본 제품을 사용하고 있었는데, 견학 여행 직후 제품 사용을 일본 제품과 한국 제품으로 이원화시켰다. 한국 유압 제품은 〈제성유압〉에 발주한 것은 물론이다. 만 4년 동안 낙심하지 않고 기다린 '만만디 정신'의 성과였다.

3. 지피지기(知彼知己)

'지피지기 백전불태(知彼知已 百戰不殆)'라는 말이 있다. '상대를 알고 나를 알면 백 번 싸워도 위태롭지 않다.'라는 뜻이다. 『손자병법(孫子兵法)』에 나오는 말로, 중국뿐 아니라 우리나라에서도 모르는 사람이 없을 정도로 유명한 명언이다. 그만큼 많은 사람이 공감하고 있고 사업이나 일상생활 속에서도 유용하게 쓰인다는 증거이기도 하다.

중국은 고대로부터 땅덩어리가 큰데다 다양한 민족이 살고 있어, 온갖 나라들이 피 튀기는 전쟁을 수없이 치르며 흥망성쇠의 역사를 이어 왔다. 그렇기에 『손자병법』 외에도 『오자병법(吳子兵法)』, 『손빈병법(孫臏

兵法)』,『육도삼략(六韜三略)』, '삼십육계(三十六計)'를 포함하는『무경십서(武經十書)』까지 있을 정도로 전쟁 병법서가 많다. 당연히 모든 병법서의 주제는 '적과 싸워서 이기는 방법'에 맞춰져 있다.

중국에서는 군인은 물론이고 정치인들과 기업인들에게도 이런 병법서들은 필독서이다. 내가 만난 기업인들도 종종 식사나 술자리에서 이런 병법서를 자주 인용하는 걸 봤다. 병법서의 전략 전술이 중국인들의 생활과 의식 속에 깊숙이 박혀 있다는 뜻이다. 그런 만큼 중국에서 사업을 하기 위해서는 최소한 병법의 가장 기초인 '지피지기 백전불태'를 몸으로 익히고 실천하는 것이 기본 중의 기본이라고 할 수 있다.

예를 들어 한 굴삭기 업체와 거래를 트고자 한다면, 사전에 해당 기업에 대한 세세한 정보는 기본이고, 최고 경영자를 비롯한 주요 의사 결정권자의 인적 사항과 가족 관계, 취미, 성향, 고민, 선호하는 음식까지 파악하여 적극적으로 대처할 수 있어야 한다. 심지어는 평소 좋아하는 글이나 시, 자주 인용하는 말까지 알고 있어야 유리할 때가 많다.

이런 기본을 토대로 내가 중국에서 사업과 협상을 하며 알게 된 보편적인 특징 가운데 하나는, 상대방에게 너무 주지도 말고 너무 뿌리치지도 말아야 한다는 것이다. 너무 양보하면 이쪽이 부족하거나 약해 보이며, 너무 뻐기면 상대방의 기분을 상하게 만들기 때문이다. 처음에는 무엇을 하든 간에 적절한 타협의 지점을 잘 찾는 게 사업의 성패를 가르는 요체가 될 수 있다.

그런데 한국의 사업가들은 각 나라나 국민의 고유한 특성과 문화를 배려하기보다는 중국이나 일본, 미국 할 것 없이 비슷한 영업 기법을 사용한다는 것을 알고 안타까움을 느낀 적이 있었다. 영업에서는 반드시 오랜 경험을 가진 주위 사람의 조언을 듣고 자기만의 노하우를 익힌 뒤, 국가, 지역, 개인 고객에 대해 '지피지기형 맞춤식 서비스'로 접근하는 것이 '백전불태', 즉 실패하지 않는 법이다.

단, 이러한 '지피지기형' 영업 전략을 펼치더라도 전쟁처럼 상대방을 속이는 상술을 써서는 절대로 아니 되며, 신뢰를 얻기 위한 고객 중심의 진심 어린 영업 정신을 갖춰야 한다.

4. 기술

유압(油壓)의 역사는 2차 세계대전 때 유압을 이용해 무기를 만들면서 시작되었다. 당시의 유압 기술은 독일과 일본이 가장 앞섰는데, 전쟁 이후 독일은 유압 시장에서 쇠퇴하고 일본은 발전을 거듭했다.

이러한 일본의 유압 기술을 이어받은 〈제일유압〉은 한국에서 가장 역사가 오래되었다. 그만큼 유압 시장에서의 역할 또한 지대했다. 〈제성유압〉이 중국 시장에서 〈제일유압〉 제품으로 사업을 할 수밖에 없는 이유이기도 했다.

그러나 오르막이 있으면 내리막이 있듯이 시장도 언제나 호황일 수 없다. 경제가 호황이고 제품이 턱없이 부족할 때는 불량품이 조금 있어도 눈을 감고 지나갈 수 있지만, 경기가 가라앉아 수요가 줄어들거나 중국의 기술이 치고 올라오면 불량품에 대한 불만이 당연히 커진다.

〈제성유압〉은 중국의 굴삭기 기술이 한참 뒤처져 있을 때 중국보다 약간 앞선 기술을 내세워 질풍처럼 달렸다고 해도 과언이 아니다.

중국보다 기술이 뛰어났고 수요가 넘쳤으므로 승승장구하는 건 너무나 당연했다. 그러나 중국의 굴삭기 기술이 무섭게 성장하기 시작할 무렵, 예상했던 대로 하자에 대한 클레임(claim)이 늘어나기 시작했다. 영업도 점차 힘들어지기 시작했다.

그즈음 나는 정 회장에게 〈제일유압〉이 유압 제품을 설계해서 정품을 생산하면 열심히 팔겠습니다.'라고 숱하게 건의했다.

"회장님, 우리는 우리 혼자만 잘 살기 위해 기업을 운영하는 것이 아니지 않습니까? 좀 더 기업을 키워야 하지 않겠습니까? 굴삭기를 오래 연구하고 발전시켜 왔지만, 이대로는 더 이상 미래가 보이지 않아요. 34년의 노하우로 새로운 유압 제품 시장을 개척해 봅시다."

이렇게 기술 개발 문제를 놓고 정 회장과 몇 번이나 다투었는지 모른다. 제품에 불량이 많아서 설계를 다시 해야 한다고 계속 말하는 과정에서였다. 편지도 보내고 전화도 걸었다. 어떤 때는 전화를 하다가 너무 열이 뻗쳐 휴대전화기를 팽개치기도 했다. 그 덕분에 핸드폰 4~5개는 족히 깨 먹었을 것이다. 핸드폰이 무슨 잘못이 있다고. 그만큼 내게는 기술 개발이 시급한 문제였다.

그렇게 설득하고 때로는 화까지 내며 유압 제품 시장을 걱정하며 보내던 2012년 어느 날, 출장지에서 정 회장의 전화를 받았다.

"이 회장, 급한 일이 있으니 빨리 들어와 보세요."

비행기 안에서 온갖 생각이 떠올랐다. 2~3년 전부터 〈제일유압〉이 회사를 판다는 말이 있었기에 회사를 매각하려는 게 아닌가 하는 불길한 예감이 들었다.

불길한 예감은 언제나 적중하듯이 아니나 다를까, 정 회장을 만나보니 기술 개발은커녕 이미 미국의 ET라는 회사와 매각 사인이 끝난 상태였다. 건강이 좋지 않아 더 이상 회사를 경영할 수 없다고 했다.

"이 회장, 미안하오. 대신, 지분은 문제없이 팔도록 해주겠소."

34년 동안 유압 제품 시장에 뼈를 바친 정 회장이었다. 사실 나는 〈제일유압〉의 지분이 적어 경영권이 없었기 때문에 왈가왈부할 수는 없는 노릇이었다. 다리에 힘이 쭉 빠졌다.

"고생하셨습니다. 이제 편안히 쉬십시오."

"이 회장, ET도 나와 똑같이 당신에게 잘 대해 줄 것이오."

그러나 나는 생각했다.

'ET는 즉각 나를 잡아먹으려고 할 것이다. 왜냐하면 중국에서의 내 영업이 너무 방대하기 때문이다. 반은 죽을 것이다.'

그때 문득 2006년 〈한일유압(파카)〉의 고운종 회장이 생각났다. 그는 재일교포로서 굴삭기의 심장에 해당하는 '메인 컨트롤 밸브(MCV)'를 만들어 나에게 중국 시장을 열어 주었던 분인데, 암에 걸리자 〈한일유압〉을 매각하게 되었다. 그 당시 나도 눈 망막을 수술해서 병원에 입원 중이었다. 〈한일유압〉을 인수한 회사는 〈파카한일유압〉이라는 간판을 달았다.

주인이 바뀌어도 예전처럼 동맹관계를 유지할 수 있을 것으로 생각했으나, 나의 예상은 보기 좋게 빗나갔다. 나를 냉정하게 발로 차 버리는 것이었다. 사업 세계의 냉혹한 현실을 두 눈 뜨고 체감하는 순간이었다. ET 또한 다르지 않을 것이라는 판단이 들었다.

아니나 다를까, ET에서 나를 보자는 연락이 왔다. 긴장하고 정신을 바짝 차렸다. 〈제성유압〉이 몇십억 원을 〈제일유압〉에 투자했으니 나를 붙잡은 셈이다. 나는 정 회장에게 말한 것처럼 ET에도 똑같이 기술을 개발해야 한다고 반복해서 건의했다.

"아직 안 늦었습니다. 설계 도면이 정품이 아닙니다. 기술진을 확보하여 제품 개발부터 시작해야 합니다. 안 그러면 제품에 하자가 많아서 생산을 중단해야 할 것입니다."

그런데 ET도 열받게 하기는 마찬가지였다.

"별다른 문제가 없을 것입니다."

얼마 후 그렇게 자신하던 ET가 모든 유압 밸브를 통제하는 밸브인 RCV(Remote Control Valve) 개발 제품을 1만 1,000개나 가져왔는데, 그중에서 불량이 207개가 터졌다. 생산량의 2%가 불량이었던 것이다. ET는 '불량이면 새로 교환해 주면 된다.'고 했다. 아니, 원제품이 불량이면 바꾸어도 불량이 아닌가?

"계속 문제가 터질 겁니다. 아예 생산을 중단하십시오."

"6월 27일부터 새 제품을 만들어 주겠습니다. 건 별로 대처하겠소."

"새 제품을 바꾸어 주어도 그게 또 잘못된 것인데 어쩌란 말입니까? 다국적 기업인데 기술진을 꾸려서 빨리 연구해야 합니다. 〈제일유압〉 제품은 80~90년대 방식으로 만들어졌습니다. 예전에는 320바(bar)를 견 딜 유압이 필요했지만, 지금은 400바를 견뎌야 합니다. 과거의 틀을 깨 고 새롭게 설계하는 것이 옳습니다. 과거의 틀은 다 잊어버리고 새로 설 계해야 합니다."

"당신은 죽기 살기로 영업만 하시오."

똑같은 대답이 메아리처럼 되돌아올 뿐, 아무리 말해도 새롭게 보강 된 기술 인력은 전혀 없었다.

1년 6개월이 지나도 ET는 기술 개발에 투자를 안 하고 있었다. 다국 적 기업이 나의 조직보다 못했다. 참으로 답답했다. 가슴을 아무리 쳐도 나만 답답할 뿐이었다. 울며 겨자 먹기로 업체에 제품을 판매하러 가면 고객은 모두 똑같이 말했다.

"이창호, 당신만 보면 물건 사 주고 싶다. 애프터서비스(AS) 잘해 주지, 경영기법과 사용 방법을 무상으로 가르쳐 주지, 열정도 있지. 고마워서 해주고 싶은데, 이 제품은 아닌 것 같소. 우리도 살아야 하지 않겠소?"

매정하지만 당연한 대답이었다. 아무리 '꽌시'의 정이 두텁고 '만만디' 정신이 투철하다 해도 뻔히 불량인 줄 알면서 누가 그 제품을 사겠는가? 나도 다르지 않을 것이다.

내가 유압 제품 시장에 처음 뛰어들었을 때만 해도 중국에는 부동산 투자로 생긴 돈만 있었고, 다른 기술 인프라는 거의 없었다. 그때 공정 기 계에 공헌한 엔지니어가 이창호임을 중국인도 알고, 나도 아는 사실이다. 그렇지만 시대가 바뀌어 중국의 기술이 상승세를 타면서 시장의 거래관계도 변하고 있었던 것이다.

제품이 한계에 이르러 고객이 고개를 돌리면, 그 순간부터 제품은 고철 덩어리가 된다. 회사를 지탱하는 것은 과거의 기술력이 아닌 시대의 변화에 맞춰 진화하는 기술력이다.

5. 책임 정신

제품에 불량 문제가 발생하면, 너나 할 것 없이 순식간에 욕설이 튀어나온다. 일이 많고 바쁜 시기에는 더더욱 그러하다. 구시렁거리는 불평도 막을 수 없기는 매한가지다. 고객의 이런 불평이 드디어 도를 넘어서 폭발했던 경험도 적지 않았다. 계속 경기가 좋아서 수요가 많았다면 불량 제품에 대한 원성이 터지지 않았을지도 모른다. 그러나 경기가 가라앉는 와중에 불량까지 많아지면, 누구든지 불만을 터뜨리지 않고는 못 견딜 것이다.

솔직히 말하면, 불량 제품이 나오고 이에 대한 불만이 폭발하는 것은 시간문제로, 이미 예고된 사실이나 마찬가지였다. 개인적으로는 중국 고객들이 그동안 참았던 게 놀랍기도 했다. 〈제일유압〉이 아무리 유압 제품을 잘 만든다고 해도, 오랜 시간 연구를 통해 제품의 품질을 꾸준히 끌어올리지는 못했다. 겉모습은 그럴싸하게 만들었을지 모른다. 하지만 제품마다 소재의 특성에 따라 온도나 강도에 차이를 두어야 했다. 유압 제품의 특성을 고려하면 아주 미세한 오차도 허락되지 않는다.

그러므로 제대로 된 연구가 뒤따르지 않으면 작은 오차들로 인해 제품의 품질이 떨어지는 건 너무나 당연하다. 여기서부터 불량 문제가 끊임없이 발생하게 된 것이다.

자꾸 불량품이 나오니까 그 제품을 판매해야 하는 나로서는 난처하기 짝이 없었다. 문제가 생기면 그것을 푸는 일이 더 복잡하다. 차라리 엉킨 실타래를 푸는 게 쉽다.

2012년 11월 26일 아침 7시 40분, 산동성 린이[臨沂]로 날아가는 비행기 안에서 내 기분은 너무 착잡하고 무거웠다. 비행기를 타면 보통은 사업을 구상하거나 글을 쓰거나 마음을 편안하게 가지며 시간을 보낸다. 그러나 그날은 머리가 깨질 정도로 복잡하고 아팠다.

린이 공항에 도착하니 〈산동건기(山東建機)〉의 샤위우[夏禹武] 총경리가 마중을 나와서는,

"오늘은 회의에 참석할 수 없어서 공항에 나왔소. 인사를 하고 곧바로 출장을 갑니다. 마무리를 잘 부탁하오."

하고 떠났다. 22톤 스윙모터(swing motor) 1,000여 개에서 불량품이 생긴 문제를 협의하기 위해 ET의 한국과 중국 직원들을 데리고 〈산동건기〉를 방문하는 날이었다.

오전에 서로 불량 발생 수량과 발생 원인에 대해 팽팽하고 치열한 논쟁을 벌였다. 제품 품질 문제를 둘러싼 업체끼리의 회의는 총칼만 없을 뿐 치열한 전쟁터를 방불케 했다. 점심 식사 후 본격적인 배상 협의에 들어갔다. 〈산동건기〉의 실무 협상팀은 670만 위안(한화 12억여 원)을 배

상해 달라고 요구했다.

저녁 식사 때까지 구체적인 협상 금액이 조율되지 못했다. 협상 중 한 마디를 하기 위해서는 여러 개의 포석을 깔고 신중하게 말을 해야 한다. 그러니 얼마나 많은 두뇌 회전 작업이 있어야 하는지 모른다. 간단한 저녁 식사 후 다시 협상 테이블에 앉았다.

협상 중에도 오만 가지 생각이 머릿속을 어지럽혔다. 솔직히 내가 만든 제품이라면 어떻게 하든 협상이 마무리되도록 했을 것이다. 하지만 제품은 ET가 만들었는데 보상은 〈제성유압〉에게 하라고 하니, 직접적인 보상 금액을 합의하기가 너무 억울했다. 시간은 느리게 흘러갔고, 우리가 한 개의 요구를 들어주면 고객은 두 개를 요구했다. 머리가 부서지는 마라톤협상을 계속하는 동안 속에서는 불이 활활 타오르는 것만 같았다. 물만 마시며 타는 속을 달랠 수밖에 없었다. 그 치열한 협상이 새벽 3시 30분까지 이어졌으나, 결국 협상은 타결되지 못했다. 상해에서 11월 말에 다시 협상하기로 하고 돌아올 수밖에 없었다.

그런 와중에 다음 날 출장 일정이 빡빡하여 새벽 3시 30분에 곧바로 강소성 서주(徐州)로 이동했다. 3시간이나 가야 하는데도 차 안에서는 잠이 오지 않았다. 억울하기도 하고, 말이 안 되기도 하고 차마 내뱉지 못한 말들이 머릿속에서 탁구공처럼 핑핑 날아들었다.

생산은 자신들이 했지만, 판매는 제성이 했으므로 당연히 배상도 제성이 해야 한다는 게 ET의 논리였다. 설상가상으로 〈산동건기〉 품질부서 총경리는 말도 안 되는 소리를 했다. 막무가내로 배상만 요구하니 나만 답답하여 미칠 지경이었다. 제성이 제품을 만든 것도 아니고, 그냥 제품을 판매한 죄밖에 없지 않은가? 어릴 적 어른들이 화가 치밀어 오를 때 '속에서 천불이 난다.'고 했는데 이럴 때가 꼭 그랬다. 진짜 폭발하기 직전의 활화산이 따로 없었다.

제조회사인 ET는 제성이 빨리 배상해 주기를 바라는 눈치였다. 이런 상태로 앞으로 ET와 몇 년 더 비즈니스를 할 수 있을까 저울질해야 했다.

그렇게 온갖 상념에 휩싸여 있는 사이 서주에 도착했다. 〈서주서공(徐州徐工)〉에 들러 이 총경리 방에서 잠시 이야기를 나누었다.

"제가 만일 새 제품을 만든다면 도와줄 수 있습니까?"

"당연히 돕겠습니다."

명쾌한 답변이었다. 고마웠다. 꼬박 하루 동안 협상으로 인해 심신이 지쳤는데, 마음을 알아주는 사람이 있다는 게 큰 위로가 되었다. 사업은 돈보다도, 깊은 신뢰 위에서 이루어진다. 그날도 그런 생각이 새삼 떠올랐다.

여기서는 6톤 주행 모터와 원격통제밸브(RCV)의 불량 제품에 대한 배상을 철저히 하겠다고 약속했다. 14톤 스윙 모터 용량 부족 부분에 대해서도 약 130만 위안을 배상해 주었다. 이 제품은 〈제성유압〉이 직접 개발한 제품이었으므로 배상하는 건 당연했다.

생돈이 순식간에 날아가 참으로 아깝긴 했어도 이게 바로 책임 정신이 아닌가? 고객의 신뢰를 얻기 위해서는 반드시 책임을 지는 자세가 필수적이다.

그러나 배상 문제를 놓고 ET와의 관계를 푸는 일은 쉽지 않았다. 잘잘

서주역에서 상하이 홍차오로 가는 고속철 앞에서 (2011.1)

못을 따지고 관계를 깨는 것이 사업을 하는 데 얼마나 많은 에너지를 빼앗아 가는지 모른다. 복잡할 때는 원점으로 돌아가서 기준을 놓고 저울질하는 게 문제를 쉽게 해결하는 방법이다. 바로 불량 제품의 책임 소재에 대한 이견 때문이었다.

서주(徐州) 역에서 상해 홍차오[虹橋]로 가는 고속철에 몸을 실었다. ET 김 사장에게 메시지를 보내 〈산동건기〉 배상금액을 어떻게 하면 좋을지 답변해 달라고 했다. 그러나 끝내 아무 답장이 없었다.

이런 경험을 하면서 다국적 기업의 특성을 알았다. 자기 회사에 좋은 것, 예를 들어 새로운 시장개척이나 추가 주문, 상품의 호평에 대해서는 적극적이고 신속하게 반응하지만, 그 밖의 하자나 품질 보증 문제에 대해서는 절대 확답하지 않고 철저히 관망만 한다는 것이다.

그해 11월 말 상해에서 다시 〈산동건기〉 건으로 〈산동건기〉, ET, 제성이 3자 협의를 열었으나 ET가 묵비권을 행사하는 바람에 회의가 다음으로 미루어졌다. 참 기막힌 일이었다. 해결할 의지는 보이지 않은 채 팔짱만 끼고 입은 꽉 다물고 있었다.

마지막으로 12월 28일, 산동성 린이의 〈산동건기〉 공장에서 협상을 재개했다. 정확히 말하면 협상을 진행했다기보다는 ET의 묵묵부답으로 제품을 판매한 〈제성유압〉이 책임지고 440만 위안을 배상하기로 사인하고 일을 마무리한 것이었다.

협상은 마무리되었지만, '〈제성유압〉이 무엇을 잘못했나? 우리가 설계를 했나, 생산을 했나? 단지 제품을 판매한 것밖에 없는데 이렇게 가혹한 대가를 치러야 하다니.' 하는 억울한 생각이 계속 뇌리를 떠나지 않았다. 속으로 어금니를 아프도록 깨물며 결의를 다졌다.

'참자, 또 참자! 내가 주도권을 잡을 때까지, 칼자루 바로 잡는 힘을 키울 때까지.'

내가 자주 가던 상해의 한국 식당이 생각났다. 그 식당의 벽에는 다음과 같은 글귀가 걸려 있었다.

'손님이 짜다면 짜다.'

그렇다. 사업의 주인은 고객이다. 제성이 불량 제품을 만들지는 않았지만, 앞으로 고객의 입장으로 모든 걸 생각하기로 했다.

처음 사업을 시작할 때, '내가 판 제품에 대한 책임은 끝까지 명확하게 진다.'는 '책임 정신'의 철칙을 떠올렸다. 그날, 돈보다 더 가치 있는 나와의 약속을 지키자고 다짐했다. 억울함을 이겨내는 건 훗날을 대비하며 사업의 문을 여는 것이다.

〈산동건기〉배상 건만 책임지면 모든 것이 해결될 줄 알았다. 그런데 2013년이 되자 ET가 1월부터 줄기차게 단가인상을 요구하기 시작했다. 우리가 요구하는 품질과 클레임(claim) 요구 조건은 계산하지 않고, 오직 수익만 늘리기 위한 단가인상에만 혈안이 되어 있었다.

급기야 1월 말에는 단가인상에 동의하지 않는다며 선적도 해주지 않았다. 대리점 계약서에 서명도 하지 않고 다른 곳에 제품을 주겠다며 으름장까지 놓았다. 이런 태도는 비즈니스의 기초가 되어 있지 않다는 명백한 증거와 다를 바가 없다. 어떻게 ET 제품을 중국에 판매하는 딜러인 제성에 이렇게 무식한 요구를 들이댈 수 있단 말인가? 다국적 기업의 고질적인 잘못된 행태가 또다시 드러났다. 시쳇말로 '갑질' 중의 '갑질'이었다.

결국 4월 말 ET는 단가인상에 동의하지 않는다며 제품을 선적조차하지 않았다. 울며 겨자 먹기로 단가를 5~12% 강제 인상하는 데 동의할 수밖에 없었다. 제성도 손해 보고 팔지는 못하기에 이익 창출을 위해서 중국 업체에 단가를 올려야 했지만, 경기 하강에 따른 유압 제품 수요 감소로 한 개의 업체에도 가격을 올릴 수 없었다. 가격 인상은커녕 오히려 가격을 내려 파는 일이 더 많아졌다. 기가 막힐 노릇이었다.

'화불단행(禍不單行)'이라고, 사업 세계에서는 좋지 않은 일이 한 번 생기면 액운이 여기저기서 화산 폭발하듯이 터진다고 한다. 경기가 좋지 않으니 설상가상으로 기존에 팔았던 제품들의 불량 문제가 줄줄이 불거져 나왔다. 전장에서 기관총을 연거푸 난사하듯이 그렇게 사건들이 줄줄이 터졌다. 한 업체에 7억 원까지 배상해 준 사례도 있었다. 2개월 동안의 배상 액수만 원화로 30억 원이나 되었다.

억울할 때마다 '내가 생산했어, 설계했어? 단지 판매한 것밖에 없는데…'라는 말이 입안을 계속 맴돌고 있었으나, 고객은 가장 먼저 딜러에게 불만을 제기하는 게 당연하다. 머리가 깨질 것 같은 협상 과정을 거쳐 어마어마한 돈을 지불하고 나서야 이런 사실을 깨우치게 된다.

'누가 만들었든 간에 그것을 최후에 판매한 자가 책임을 져야 한다.'

이렇게 생각하는 것이 편했다. 보증 기간이 지났든 안 지났든 제품을 책임지는 것이 우리 회사에 대한 무한한 신뢰, 이창호에 대한 믿음이니까 훗날을 기약하고 배상 협상을 해야 했다. 사업을 하루 이틀하고 말 일이 아닌 까닭이다. 비록 배상으로 인해 힘들고 어려운 일이 적지 않았지만, 그런 과정을 통해 배운 것이 더 많았다. 일시적인 금전적 손해가 있다 하더라도 '책임 정신'은 평생의 재산이 된다는 사실이다.

6. 중국어

요즘 TV를 보면, 우리말을 우리보다 더 유창하게 구사하는 외국인들이 많이 나온다. 그럴 때 한국인이라면 누구나 그 외국인에게 더 관심을 가지고 유심히 쳐다보게 된다. 일상에서도 마찬가지다. 만약 업무상 만난 외국인이 유창한 우리말로 인사를 하고 대화한다면 뭔가 조금 부족하더라도 더 관심을 가지고 이해하려 하고 도와주려는 마음이 생긴다. 사람들의 공통적인 심리다.

이러한 심리는 중국인이라 해도 다를 바 없다. 통역 없이 사업 당사자가 중국말을 유창하게 하며 중국인 파트너와 대화하면 당연히 조금 모자라더라도 오히려 더 관심을 가지고 도와주려고 한다. 인간적인 유대감도 쉽고 빠르게 만들어 갈 수 있다.

그러므로 중국에서 사업을 하기 위해서는 중국어 공부와 유창한 구사는 선택이 아니라 필수이다.

1997년 중국 발령을 받아들이고 8월 26일 북경지사로 나오게 되었는데, 그때는 가장 기초적인 '니하오[你好](안녕하세요)'나 '씨에씨에[謝謝](감사합니다)' 정도만 알고 있었지, 중국어는 말 그대로 까막눈이었다. 출장 때는 꼭 통역을 대동해야 했다.

다시 귀국하여 마북리 연구소에서 빡빡한 일정의 중국어 연수를 받은 후 중국어 능력 시험인 HSK 6급에 합격했으나, 중국에 와서 처음에는 도무지 입이 열리지 않았다. 예전에 울산에서 서울로 발령받아 죽기 살기로 영어 공부를 했던 것처럼 북경에 가서는 죽기 살기로 중국어를 공부해야 했다.

북경지사로 발령받은 이후 2년 동안 중국어를 유창하게 구사하기 위해 어색함을 무릅쓰고 고등학생이 입시 공부하듯이 매일 혀가 닳도록 중국어를 쓰고 말했다. 노력이라는 게 참 무서웠다. 언제 될까 싶었는데, 어느 날 현지 중국인과 자연스럽게 말을 주고받는 나를 발견하고는 스스로 놀라는 경험을 했다.

현지 중국인 직원들과 함께 업무를 보면서 중국인 고객들과 만나는 시간도 중국어 실력을 높일 수 있는 절호의 기회였다. 현지에서 같이 부대끼다 보면 꼭 말을 다 알아듣지 못하더라도 표정이나 행동, 분위기를 보고도 의사소통이 되는 경우도 많다.

말이 되면 어려운 일도 쉽게 풀린다. 통역을 거쳐 말할 때보다 의사 전달 과정이 한 단계 줄어들 뿐만 아니라 감정이나 생각의 직접 전달이 가능하기 때문일 것이다. 작업 현장에서 중국인 엔지니어에게 굴삭기 기능을 알려줄 때도 손을 잡고 몸을 접촉해 가며 중국어로 설명하고 나면, 다음에는 〈제성유압〉 외에 다른 거래처를 선택할 수가 없다.

거래처를 찾아가 농담도 하고 인간적인 이야기도 나눌 수가 있다면 금상첨화다. 사석에서는 좀 더 긴밀한 얘기도 나눌 수 있다. 그 정도 되면 사업 관계를 떠나서 끈끈한 인간적 관계도 형성할 수 있게 된다. 이보다 더 중요한 사업 수단이 어디 있겠는가?

'말 한마디가 천 냥 빚을 갚는다.'는 말이 있듯이 중국 사업에서는 중국말 한마디가 사업의 성패를 가르는 때도 있다.

8

제성유압의 홀로서기

1. 일치일란(一治一亂)의 롤러코스터

종종 중국에서 사업을 하는 데 대한 질문을 받고는 한다. 그럴 때마다 떠오르는 단어가 있다. 중국인들이 입에 달고 사는 '일치일란(一治一亂)'이 라는 말이다. 맹자(孟子)는 세상 돌아가는 이치를 '일치일란'이라고 했다.

'치(治)'는 평화와 번영을 뜻하고, '난(亂)'은 전쟁과 고난을 뜻한다. 즉, 맹자는 역사를 두고, 한 번의 좋은 시기가 있으면 한 번의 어려운 시절이 찾아와 역사는 '치(治)와 난(亂)이 반복된다.'고 보았다.

20여 년 동안 중국에서 성장한 〈제성유압〉의 역사 역시 '일치일란'이 라고 말하고 싶다. 그만큼 굴곡이 심했다는 뜻이다.

첫 오더를 따내고, 단기간에 기하급수적인 매출을 올리며 승승장구했을 때는 기분이 하늘 끝까지 치솟는 듯했다. 그러나 때로는 사기를 당해 눈뜨고 코를 베이는 격으로 순식간에 수억 원을 잃어 하루 내내 굶어 본 적도 있다. 제품 불량으로 울며 겨자 먹기로 수백억 원을 배상한 일도 있었다. 이럴 때면 바닥으로 곤두박질쳐지는 심정이었다.

지난 20여 년간 중국에서 회사를 경영하며 느낀 환희와 절망은 오르막과 내리막이 급격하게 교차하는 롤러코스터와 같았다. 언제 오르막이 올지 내리막이 올지는 아무도 장담할 수 없다.

롤러코스터가 하늘로 치솟듯 잘 나가던 중국 굴삭기 시장도 2011년 하반기를 기점으로 서서히 내리막으로 접어들고 있었다. 뜨겁던 중국 건설경기가 식기 시작하자, 자연히 굴삭기 시장도 '치(治)의 시기'에서 '난(亂)의 시기'로 바뀌기 시작한 것이다.

2003년 이후 매년 10% 이상의 성장률을 기록했던 중국의 경제성장률도 2008년 금융위기를 기점으로 10% 아래로 떨어졌다. 그래도 그때는 건설경기가 살아있어서 굴삭기 시장은 여전히 호황을 누리고 있었다. 그러나 2012년을 기점으로 중국의 경제성장률이 8% 아래로 떨어졌다. 이른바 8% 성장률을 유지하는 '바오바[保八]' 기준이 무너진 것이다. 이후 2014년까지 성장률이 7%대를 유지하다가 2015년부터는 성장률이 6%대로 떨어진 것이다.

경제의 열기가 빠른 속도로 식어 가면서 건설업은 물론 철강 산업, 화학 산업까지 어려움에 빠졌다. 제성을 포함한 제조업체들은 물론, 중국 건설업계에서 굳건한 시장 점유율을 지키던 중국 재계의 거두 〈삼일중공업〉까지도 몸살을 앓기 시작했다.

　그로 인한 여파는 중국 대기업과 거래하는 부품 회사로 도미노처럼 밀려들었다. 중국 상장회사의 부채 비율이 점점 커지고 있었고, 많은 기업이 부도 상태에 이르렀다. 시진핑 중국 국가 주석이 구조 조정을 통해 공급 과잉을 해결하고자 했다. 그만큼 제조업체에는 빙하기가 도래하고 있었다.

　제품이 안 팔리고 재고가 쌓이면 한숨이 절로 난다. 〈제성유압〉의 CEO로서 구조 조정에 대한 책임과 고민도 그 누구보다 커졌다. 제성의 식구인 근로자들은 불안에 떨고 있었다. 그들의 불안감을 가까이서 지켜보자니 마음은 더욱 무거워졌다. 제성 가족과 지난날을 떠올리면서 위기를 어떻게 극복해야 할지, 책임감으로 도무지 잠을 이루지 못했던 날이 부지기수였다. 결국 나 스스로 현장을 뛰는 수밖에 없었는데, 협상도 예전처럼 만만하게 돌아가지 않았다.

2. 깐깐해지는 중국 고객

　호남성 창사에 있는 〈산하지능〉을 방문했다. 제성이 납품하는 139개의 OEM 공장 중 하나로, 내가 회사를 설립하고 이곳저곳을 부지런히 다닐 때 나에게 희망을 주었던 고마운 곳이다. 문득 2002년 6월 6일, 내가 맨 처음 창사 〈산하지능〉을 방문했을 때가 떠올랐다. 허 사장은 대학교수 출신인데, 당시 그는 철공소처럼 낡고 허름한 집에서 굴삭기와 특수 장비 등을 제작하고 있었다.

그로부터 1년 뒤, 〈산하지능〉은 창사 개발구에 공장 준공식을 한다며 초대장을 보내왔다. 초대된 사람 중에 외국인이라고는 일본 〈가야바〉사 대표와 나 두 사람뿐이었고, 나머지는 현지의 돈 많은 유지와 은행 공무원들이 차지하고 있었다. 직원 대부분이 사장의 학교 제자들이어서 준공식은 소박했다.

나는 짧지만 진심을 담은 축사를 했다. 내게도 힘을 보태준 회사였고, 이제 막 사업을 시작하는 허 사장을 보면서 진한 감동을 느꼈기 때문이다. 마음을 다해 축하하며 진심을 담아 회사의 발전을 기원했다. 사업을 시작하는 그가 부럽기 짝이 없었다.

그 당시 창사 개발구의 낯설었던 풍경은 가로에 늘어서 있는 시들시들한 가로수였다. 건물은 어마어마하게 크고 번쩍거리는데, 도로의 가로수는 거의 죽기 직전의 상태에서 억지로 버티고 서 있는 모습이었다. 참으로 아이러니한 풍경이었다. 그런데 다시 방문한 창사의 풍경은 예전과는 크게 달라져 있었다. 말라죽을 것 같았던 가로수는 울창한 숲으로 변해 있었고, 개발구는 성장을 거듭했던 중국경제를 상징하듯 숨 쉴 틈 없이 돌아가고 있었다. 이는 출근하는 사람과 차들만 봐도 알 수 있었다. 활발한 아침 풍경에서 개발구가 활성화에 성공했다는 느낌이 확 전해져 왔다.

〈산하지능〉회사 정문을 들어서니 여기도 예전의 볼품없던 그때의 모습이 아니었다. 이제는 500무(畝)나 되는 숲속 공간에 꽉 들어찬 공장 건물과 2,500명의 종업원이 생활을 영위하는 삶의 터전으로 자리 잡았다. 게다가 중국 로컬 굴삭기 회사 70여 개 중에서도 손꼽히는 회사로 성장했다. 놀라운 발전이었다. 발전한 모습을 보니 회사 정문 앞 잔디조차 싱싱한 초록빛 얼굴로 인사를 건네는 듯했다.

〈산하지능〉 담당자와 미팅을 시작하면서 서두에 굴삭기 시장을 전망하는 이야기를 꺼냈다. 〈산하지능〉 총경리는 나의 설명을 다 들은 뒤,

"이창호 사장님은 언제 봐도 에너지가 넘치고, 찾아올 때마다 항상 한 수 가르쳐 주어 고맙습니다."

라며 감사의 표현을 아끼지 않았다. 하지만 본격적인 협상에 들어갈 때면 여지없이 본색을 드러냈다. 위축되는 경기 상황의 영향도 있겠지만 참 놀라운 사업가다운 변신이라는 느낌을 받았다.

〈산하지능〉 총경리는 30여 분의 이야기를 다 듣고 나서 본격적인 협상을 시작했다.

"지난해 말까지만 해도 달러 대비 엔화의 환율이 한국 제품에 많은 경쟁력을 주었습니다. 한국 제품이 품질에서 일본 제품보다 다소 떨어져도 가격이 적당해 한국 제품을 선호했습니다. 그런데 지금은 엔저에다가 일본 〈가야바〉에서 20~30% 정도 비쌌던 6톤 굴삭기 유압 제품 가격을 인하해서 납기와 품질과 가격에서 월등한 우위를 지키고 있으므로 제성도 가격을 좀 더 인하해 주어야겠어요. 그렇지 않으면 조만간 일본 제품으로 돌리겠소."

협박에 가까운 농담과 진담을 섞어서 그는 단도직입적으로 말했다. 중국 시장에 찬바람이 불면서부터 이런 말은 앞서 방문했던 다른 업체들로

부터 귓밥이 쌓일 정도로 많이 들어왔던 이야기였다. 가격을 조정하기는 해야 했지만, 한국의 파트너사도 있기에 혼자서 결정할 사안이 아니었다.

"올 상반기에 이미 어느 정도 가격을 인하하였고, 오히려 우리는 한국의 생산업체에 5~12% 가격을 인상해 주지 않았습니까? 이렇게 가다가는 적자를 더 이상 감당하지 못할 것 같습니다. 11월 중순 다시 방문하겠으니 그때까지 기다려 주세요."

이렇게 말하고는 나도 그들의 기세를 꺾기 위해 협상의 주도권을 잡았다.

"내가 볼 때 중국의 70여 개 굴삭기 업체 중에서 성공한 업체는 〈삼일중공업〉과 〈유주유공(柳州柳工)〉, 〈쉬공〉 정도입니다. 그럼, 이 기업들을 중국에 들어와 있는 두산, 현대, 볼보, 히타치, 고마츠, 캐터필러 등 외자 업체들과 비교해 봅시다. 이 외자 업체들은 중요 부품은 업체 변경을 하지 않고, 거래업체를 이원화, 삼원화해서 품질이나 수급에 이상이 없도록 관리하고 있습니다. 그런데 중국 로컬 업체는 무조건 싼 것만 요구해 굴삭기를 만드니, 수준에서 외자 업체를 따라가지 못합니다. 앞에서 말한 것처럼 앞으로 10년, 굴삭기 시장은 싼 물건을 선호하는 업체들도 있겠지만, 점점 갈수록 제대로 된 제품을 선호하게 될 것입니다. 가격, 납기, 품질, 사후관리가 원활하게 한 시스템으로 돌아가려면 〈산하지능〉도 가격보다 협력 업체와의 신뢰를 더 중요하게 생각해야 합니다. 일단 외주 업체로 선정이 되었으면 끝까지 함께 문제점을 연구하고 개발 보완하여 자체적으로 경쟁력을 갖추는 노력이 우선돼야 합니다. 그리하여 경쟁사와 차별화되는 제품으로 미래 10년을 앞서 준비해 가야 할 것입니다. 지금의 엔저 현상은 일시적인 것으로, 나라별로 주기적으로 발생하는 일입니다. 그러므로 해당 국가에서 가격이 비싸지면 사용 비율을 6대 4, 또는 7대 3으로 조정해서 거래해야 합니다. 이렇게 해야만 우리 제성도 앞으로 귀사에서 발생하는 문제점을 도와주고 성수기에 필요한 물량을 적극적으로 공급해 줄 수 있습니다."

이렇게 현실적인 이야기를 진솔하게 하고 나니, 일리가 있었던지 총경리는 더 이상 꼬리를 물며 질문하지 않았다.

사실 〈산하지능〉은 내가 사업하면서 실제로 많은 도움을 주고받은 업체이다. 그러므로 어려운 난국을 함께 헤쳐 나가야 한다는 절박함이 있기에 다른 곳보다 더 안타까운 마음으로 이야기를 건넸다. 무엇보다 서로 한마음이 되는 것이 중요하다고 판단했다. 그래야 오래도록 함께하며 동반 성장할 수 있는 진정한 동반자가 될 수 있으니까 말이다. 그러나 이익과 생존이라는 현실 앞에서는 얼음처럼 냉정했다. 이렇게 〈산하지능〉과 장시간의 협상은 일단락 짓고 다음 업체로 걸음을 재촉했다.

〈산하지능〉에서 협상을 마치고 곧바로 광동성 샤먼으로 가기 위해 공항에 도착했다. 게이트로 나가려는 순간, 샤먼으로 가는 비행기가 사천성 성도(成都)에서 출발하지 않았다는 안내 방송이 흘러나왔다. 언제 출발한다는 소식은 없다. 일이 잘 풀릴 때는 '그러려니' 했을 일인데도 짜증이 밀려왔다. 연이은 출장 때문에 휴게실 소파에 앉자마자 곯아떨어졌다.

눈을 떴지만, 출발 소식은 없었다. 담배 한 개비를 꺼내 물었다. 40대

초반에 끊었는데 사업이 어려워진 후 다시 피우게 되었다. 정확하게 2012년 9월 12일이다. 그렇게 담배 연기에라도 의존해 경영의 어려움을 바깥으로 내뱉고 싶었는지도 모르겠다.

비행기는 16시에 이륙했다. 1시간 40분 동안 샤먼까지 날아가는 비행기 안에서 여러 가지 생각이 들었다. 아무래도 그날 〈하문하공[廈門廈工]〉과 정상적인 미팅이 어려울 것 같은 불안함이 스쳤다. 그러면 다음 날 광서장족자치구의 일정까지 뒤틀어질 것이다. 일정의 압박을 받으면서도 〈하문하공〉의 6톤 굴착기 테스트 결과가 궁금해졌다.

〈하문하공〉의 연구소 소장은 만나자마자 재고가 176개로 그중 3~5개는 완전히 바꾸어야 하고, 부품 원가가 한 대당 중국 돈 800위안을 예상하니 그것에 대한 대책을 세우라는 것이었다. 나도 팽팽하게 내 주장을 펼쳤다. 원래 〈하문하공〉이 도면을 승인한 후 양산한 것이므로 부품 교환비는 〈하문하공〉에서 부담해야 한다고 했다. 갑자기 분위기가 싸늘해졌다.

분위기가 너무 냉랭하여 미팅을 다시 시작했다. 그리고 당시 과정을 상세히 들었다. 아무래도 협의가 순조롭지 않을 것으로 판단했다. 결국 제성에서 7대 3의 비율로 부담하겠다는 조건으로 협상을 마쳤다. 경기가 얼어붙을 때는 이렇게라도 협상을 할 수 있는 여지나마 있으면 그나마 다행이었다. 내리막길의 롤러코스터에서 추락해 떨어지는 거래 기업도 있었다.

3. 과욕의 대가

다음 날 아침 7시 20분, 비행기로 2시간 30분을 날아가서 〈광시위차이〉로 갔다. 13년 전, 비가 내리는 비포장 길로 무려 7시간이나 달렸던 추억의 옛길은 고속도로가 되어 있었다. 2002년 사업 초기에 사기를 당해 밥까지 굶어야 했던 시절, 다시 한번 뛰어보자는 결심으로 달리던 길이었다.

추억을 가득 안고 똑같은 길로 위린시를 향해 달리고 있었다. 생각해보면 사업의 13년은 그리 짧은 시간이 아니었다. 이 기간에 중국의 굴삭기 산업은 눈부신 발전을 했다. 2002년 당시 중국 전체 시장에서 연간 1만 5천 대 판매하던 굴삭기 시장이 10여 년이 지나면서 20만 대 규모로 성장했다. 중국 로컬기업의 시장 점유율도 2%에서 45%까지 올랐다. 한국인 이창호도 중국 굴삭기 시장 발전에 한몫했다고 생각하니 가슴이 뿌듯하기도 했다.

방문 회사인 〈광시개원[廣西開元]〉을 가는 길에 〈광시위차이〉 정문이 보였다. 굴삭기 유압 제품으로는 첫 주문을 받아 나에게 큰 힘과 용기를 주었던 고마운 기업이다. 2009년 이전까지만 해도 중국 내 소형 굴삭기 판매 1등을 차지하기도 했다.

그러나 그때의 그렇게 활기찬 모습은 온데간데없고 정문은 굳게 닫혀 있었다. 회사는 롤러코스터의 중압을 이기지 못하고 2013년 7월 공식 부도 처리가 되었다. 2,000명의 종업원은 공장이 문을 닫으면서 조용히 사라졌다. 하청 업체까지 수많은 사람이 한꺼번에 일자리를 잃어버렸다. 얼마나 많은 사연이 종업원의 가정에 있었을까를 생각하니 가슴이 먹먹했다.

〈광시위차이〉는 중국에 굴삭기 바람이 불어올 때 미래를 생각지 않고 생산 공장을 무리하게 확장하는 바람에 유탄을 맞았다. 잘 나갈 때 어려울 때를 대비하지 못하고 과욕을 부려 무리한 투자를 한 대가였다. 가슴 아픈 일이었지만, 꽃이 피고 지듯 흥망성쇠를 반복하는 기업 세계의 한 단면을 그대로 보여주었다. 많은 기업이 문 닫는 것을 보았지만, 오랜 시간 나를 기다려 주었던 〈광시위차위〉 연구소장과의 첫 만남이 자꾸 눈에 밟혀 마음이 너무 아팠다. 그래서인지 제성이 문을 닫은 것처럼 마음이 무거웠고, 지금 내가 그 회사를 위해 아무것도 할 수 없다는 사실이 나를 더 힘들게 했다.

한국의 〈제일유압〉이 ET에 넘어간 것도 사실 무리한 투자의 대가였다. 제성과 손잡고 일하기 시작한 2002년 당시 〈제일유압〉은 110억 원 규모의 회사였다. 현대에 납품할 정도로 실력도 있었다. 제성과 손잡고 중국 시장의 바람을 탄 이후, 2011년 하반기에는 규모가 2천억 원에 이를 정도로 급성장했다.

그러나 〈제일유압〉 역시 〈광시위차이〉처럼 '일치일란의 롤러코스터'를 대비하지 못했다. 기술 개발에 집중하는 대신 중국 경기를 낙관하고 너무 많은 제품을 생산했다. 그러다가 2011년 하반기 경기가 급하게 추락하자 재고품이 쌓이고 품질 문제가 많이 생겨 회사가 비틀거리게 되었다. 팔리지 않는 재고품은 흉측한 고철 덩어리일 뿐이다. 물론 제성의 손해도 막대했다.

'좋을 때에 미리 나쁠 때를 대비해야 한다.'는 교훈을 뼈아프게 배웠다.

4. 기술 자강의 꿈, 한국 기업 인수

경기 변동의 롤러코스터를 타는 와중에 깨달은 것이 하나 있다면, 오르막이든 내리막이든 굳건히 버틸 힘을 기르는 것이 중요하다는 것이다. 기존의 방식처럼 조그만 기술 격차를 이용해 많은 이윤을 남기려는 접근법은 더 이상 중국 시장에서 통하지 않는다.

내려갈 땐 올라가는 길을 생각하고, 올라갈 땐 내려갈 길을 생각하며, 10년, 20년, 30년 후 미래를 보고 천천히 나아가야 한다. 미래의 제성과 제성 가족을 살리기 위해 길러야 할 힘은 바로 남보다 앞서는 제성만의 기술이요, 제성만의 제품이었다.

현지 영업을 하면서도 매번 불량품이 나올 때마다 제성의 기술로 제성의 제품을 생산해야겠다는 마음이 굴뚝 같았다. 그래야 불량의 원인도 빨리 파악하고 고객의 필요에 맞게 제품의 품질도 개선할 수 있기 때문이다. 한국의 파트너사인 〈제일유압〉이 ET에 매각되는 것을 보면서 제성의 독자 기술을 개발해야겠다는 생각이 더욱 강해졌다.

위기를 이겨내기 위해서 궁리하던 끝에 드디어 2009년 12월 말 인천의 〈새롬기어〉를 인수하게 되었다. 인수 이유는 두 가지였다.

첫째, 나는 한국인으로서 언젠가는 한국으로 돌아갈 돌파구를 찾고 싶었다.

둘째, 이제는 카피에서 벗어나 직접 제조에 뛰어들어 내 기술로 정품을 제조해야 한다는 생각을 행동으로 옮기기 위해서였다. 내 손으로 제조하지 않는 이상 미래가 보장되지 않는다는 것을 경험했기 때문이다.

사실 나는 이제껏 무역 제조를 한 것이다. 쉽게 말하면, 한국에서 생산한 제품을 수입하여 중국에서 조립한 뒤 팔아왔다. 이렇게 무역 제조를 하면 소재 불량이 많아 품질이 보장되지 않는다는 문제가 있다.

예를 들어 100개를 주문하면 30~40%는 외관상의 불량, 30~40%는 가공 과정에서 불량이 되어 고작 쓸 수 있는 거라곤 20%밖에 되지 않았다. 그것을 2년 정도 하니까 안 되겠다는 판단이 섰다. 〈새롬기어〉 인수는 정상적인 기술로 내 제품을 제조하기 위한 시도였던 셈이다.

어려운 여건 속에서 중국에서는 〈제일유압〉과 합자 사업을 계속 진행하는 한편, 한국에서는 2010년 1월 초순 인천 남동공단의 〈새롬기어〉를 인수해서 〈제성기어〉로 명칭을 바꾸고 투자를 시작했다. 2010년 4월에는 인천 남동공단에 열처리 공장인 (주)〈제성코리아〉를 설립했다. 두 회사 모두 〈제성유압〉에서 출자했다.

남들이 보면 웃기는 일이다. 돈이 없다고 하면서 공장을 확장하니까 말이다. 나는 영화 『사운드 오브 뮤직』에 나오는, '한쪽 문이 닫히면 다른 문이 열린다.'는 대사를 좋아한다. 지금 사업이 진흙탕에 빠졌다고 주저앉는 게 아니라, 다른 통로를 개척하여 사업의 문을 열어야 한다는 메시지를 주기 때문이다.

비록 사업은 어렵지만, 〈제성기어〉와 〈제성코리아〉를 통해서 위기관리도 하면서 이제껏 무역 제조에서 정품 제조로 사업 방향을 전환하는 계기로 삼고자 했다. 내가 위기에 몰렸을 때 한쪽 문으로 도망가고 말았다면, 다른 쪽 문이 있다는 사실조차 알지 못했을 것이다.

5. 연구소 설립의 명암

제조회사와는 별도로 제성만의 정품을 생산할 연구소 설립도 계획했다. 건설경기가 어렵다고 할 때 어려운 상황에서 한탄만 할 것이 아니라, 오히려 힘들 때 다른 길을 찾아야 한다고 생각했다. 이제 하자가 많은 기존의 유압 제품으로는 경쟁력이 없기에 새로운 제품을 연구하고 개발하는 게 사업을 보다 장기적으로 발전시키는 방안이라고 판단했다.

2010년부터 준비하여 2011년 8월, 일본에 연구소를 설립하기 위해 정예 팀으로 기술진을 꾸렸다. 현대중공업에서 일하다가 나와서 일본에서 유압을 전문적으로 공부한 사람들로 연구팀을 구성했다. 연구소를 설립하기 위해 나는 틈틈이 스펙(spec)을 적어 갔다.

그러던 중 2011년 8월 하반기부터는 경기가 뚝 떨어졌다. 이제껏 사업은 순풍에 돛단 듯 순탄하였으나, 불경기의 여파로 사업의 날개가 순식간에 꺾여 버린 것이다. 이 때문에 제조에만 몰두할 것이 아니라 정품 생산을 위한 기술연구소 설립에 더 공력을 쏟아야 하는 상황이 되었다.

〈제일유압〉이 여지없이 인수되는 과정을 쭉 지켜보면서 뼈아픈 교훈을 얻은 것이 있다면 기술 투자는 사업에 필수 요소라는 것이다. 카피는 쉽게 돈을 벌 수 있지만 장기적인 사업은 아니다. 장기적으로 연구소의 연구를 토대로 정품 생산을 해 나가는 것이 사업 수명을 오래가게 하는 열쇠이다.

이리하여 2010년에 중국에 〈제성유압〉 연구개발(R&D) 센터를 발족한데 이어, 2011년 3월에는 한국에 (주)제성기어 연구소의 인증을 획득했다. 2011년 8월에는 일본 도쿄에 (주)OLJ 법인을 설립하고, 2011년 12월에 한국 창원에 (주)C&F 법인을 설립하였다. 창원 연구소에는 연구원 40명 정도를 포함해 모두 60명 정도 규모였다.

이곳에 매월 10억 원 정도를 기술 개발에 투자했다. 제성의 훗날을 위해 연구진은 매일 철야 근무하면서 고생을 했고, 2014년 말에는 3,500만 원을 보너스로 주어 잔업에 따른 그간의 고생을 위로하기도 했다.

그러나 연구소 운영에는 제조사와는 또 다른 경영 노하우가 필요하다는 사실을 알았다. 처음 연구소를 열었을 때 사실 열망과 기대가 적지 않았다. 그런데 그 연구 결과가 나올 무렵에 예기치 못한 어려움에 봉착하게 되었다. 다름 아닌 개발된 제품에 대한 의견이 분분했고 의견의 차이도 컸다.

여러 인재를 스카우트하여 기술 개발팀을 구성했는데, 각자의 능력은 탁월했으나 조직의 화합이 이루어지지 않는 어려움이 있었다. 그 조직을 화합시키는 데 거의 1년 반이 걸렸다. 불협화음이 나는 악기들의 부단한 연습으로 훌륭한 하모니를 만들어내는 데는 지휘자의 남다른 감각과 전체를 조율하는 능력이 필요하듯, 연구소 내 이견과 불협화음을 조율하는 데에도 또 다른 능력이 필요했다.

다른 회사와의 갈등은 협상으로 해결했다. 때로 손해를 보기도 했지만 서로 의견을 조정하여 결론을 냈다. 그럴 때 회사 직원들끼리는 서로 한편이 되어 똘똘 뭉칠 수 있었다.

그러나 내부에서 일어나는 갈등을 조율하는 일은 외부 갈등보다 훨씬 더 어려웠다. 뛰어난 재능을 가진 수재들, 가장 탁월한 제품을 만들기 위해 모인 연구원들, 수년간 각고의 노력을 하면서 오직 제품 연구에만 몰두했던 기술진이었다. 이 모든 연구는 굴삭기의 효용성을 높이고, 사업의 이익 창출을 위한 것이었다. 그런데 결과물은 나의 예상과 다른 내용이 많았다. 성능이 경쟁사보다 좋으면 원가가 높았고, 원가가 괜찮으면 성능 문제가 불거졌다. 이런 문제를 조정하고 갈등을 해소하는 데 엄청난 에너지가 소비되었다. 스트레스가 주는 비용이 엄청났다.

밥이 모래알처럼 서걱서걱 씹혔다. 자다가도 벌떡벌떡 일어났다. 내 속에서도 쓰나미가 일어나는 것 같았다. 나의 멀쩡한 정신도 그 생각만 하면 속이 확 뒤집히는 것 같았다. 온몸에서 열이 났고, 별거 아닌 일에도 버럭 소리를 지르기도 했다. 조율하지 못하는 리더십에 대한 실망이 나를 괴롭혔다. 이것은 그냥 덮고 가야 할 문제가 아니라 무슨 방법을 써서라도 해결해야 하는 나만의 일이었다. 그런데 내겐 그런 능력이 부족했던 것이다. 그냥 군대식으로 밀어붙이고 열심히 뛰기만 하면 되는 내 직선적인 성격으로 사람들을 감싸고 융합하는 것은 실제로 너무 힘이 들었고, 나중에는 기진맥진한 상태에까지 이르렀다.

연구소 운영으로 또 한 번 값비싼 경험을 했다.

9

사업보국(事業報國)의 꿈

1. 중국 시장의 무서운 추격

2012년을 기점으로 중국 시장의 변화가 피부에 와 닿을 정도로 실감 나기 시작했다. 경기가 하강 국면으로 접어들면서 먼저 고객들의 태도가 달라졌다. 이전에는 무조건 물건만 달라고 읍소하던 이른바 '을'의 입장에서 요구 조건이 점차 많아지고 까다로워지는 '갑'의 입장으로 변화하고 있었다.

이와 반대로 〈제성유압〉은 '갑'의 입장에서 고객의 구미와 눈치를 예민하게 살펴야 하는 '을'의 입장으로 바뀌고 있었다. '갑'과 '을'의 위치 변화는 그만큼 10년 사이에 중국의 경제가 빠르게 성장하고 기술 수준도 놀랄 만큼 높아졌다는 것을 의미하기도 했다.

2011년까지만 해도 유압 제품이 부족하여 품귀현상까지 일어났고, 중국 굴삭기 업체들은 유압 제품을 확보하기 위해 선수금을 지급하는 방법도 썼다. 그런데 2011년 하반기부터 고객이 발주한 물량이 하루, 이틀 쌓이더니 나중에는 한 달, 반년, 1년이 지나도 가져가지 않았다.

2012년부터는 납품한 제품의 하자에 대한 클레임(claim)이 급증하기 시작한 것이다. 그 이후 2, 3년간은 수주한 액수보다 배상금이 더 많았다고 해도 과언이 아니다. 살아남기 위하여 〈제성유압〉에도 변화를 모색해야 할 시기가 왔다. 사실 그전부터 미래를 내다보고 준비했어야 했다.

그때 나는 숱한 고민 끝에 굴삭기 사업에 대한 새로운 몇 가지 경영 방침을 정했다.

가장 먼저, 앞으로는 무결점 제품을 납품하겠다는 각오였다. 그전에는 판매량에 치중했다면, 이제부터는 고객 눈높이에 맞춰 제품의 품질과 서비스에 치중하겠다는 의지였다. '모든 불량품은 내가 책임진다.'는 원칙에 따라, 혹시 0.0001%의 불량이 발생하더라도 〈제성유압〉이 달려가서 선조치하겠다는 것이었다.

다음으로, 굴삭기 업체와 유압 제품 업체가 공생할 수 있도록 주요 부품의 품질을 체계적으로 관리하는 시스템을 갖춰야 한다는 것이다. 중국의 굴삭기 업체들이 2000년 초부터 급성장하면서 유압 제품이 크게 부족했다. 그러다 보니 한 굴삭기에 여기는 한국 회사 제품, 저기는 일본 회사의 제품을 쓰는 식이어서 체계적인 기계 관리가 이뤄질 수 없었다. 어떤 부품은 품질이 증명되지 않은 것도 마구 사용되었다.

쌍둥이도 태어날 때부터 몸무게, 키, 머리둘레, 성격이 다 다른 법인데, 하물며 생산국이나 업체가 다른 기계는 어떻겠는가? 외관만 비슷하다고 아무 제품이나 사용하면 머지않아 반드시 문제가 터질 수밖에 없다. 이 때문에 보증 기간에 문제가 생기면 교환 부품을 두세 번 배송하는 일도 적지 않았다. 고스란히 고객의 불편으로 이어졌다.

그리하여 앞으로는 보증 기간을 경과를 불문하고 고객이 볼트 하나를 요청해도 반드시 순정부품을 지급하여 완성 장비의 품질을 정확하게 관리할 수 있도록 한다는 것이다.

또 사람뿐만이 아니라 기계도 비주얼 시대에 맞는 패션이 필요하다는 점이다. 먹고살 걱정이 없는 풍요로운 시대가 되면, 사람들의 관심은 의상과 미용에 쏠린다. 아름다운 옷을 입고 멋지게 보이는 사람이 눈길을 끌게 마련이다. 기계도 어느 정도 품질이 향상되어 평준화되면, 디자인과 색상이 좋아야 고객의 눈길을 더 끌어모은다. 보기 좋은 떡이 먹기도 좋다고 하지 않던가!

2. 제성유압의 기로

중국의 굴삭기 경기가 하강하면서 굴삭기 사업에 대한 새로운 대안을 모색하고 있을 즈음인 2013년 초, 〈제성유압〉이 있는 상해 송강구의 구청장실에서 연락이 왔다.

긴요하게 상의할 일이 있다고 했다. 송강구 서산 공단에 함께 있던 일본의 엘리베이터 회사 사장도 와 있었다. 이런저런 덕담을 주고받은 후에 갑자기 구청장이 마른하늘에 날벼락 같은 말을 툭 던졌다.

"〈제성유압〉이 회사를 좀 옮겨 줘야겠습니다."

이유를 물었더니 서산 공단 지역이 도시화 지역으로 지정되어 아파트와 상가를 갖춘 주상복합건물 건설 계획이 결정되었다는 것이다. 그동안 피땀을 흘려가며 가꾸고 일군 공장인데 하루아침에 이사 가라고 통지받으니, 머리가 멍해지며 복잡해지기 시작했다.

'앞으로 어떻게 공장을 운영할 것인가?'
'새 공장은 어떻게 지을 것인가?'
'저 많은 제성의 식구들은 또 어떻게 할 것인가?'

중국에서는 행정 당국이 결정하면 달리 다른 방법이나 선택의 여지가 없다. 안 간다고 해서 될 리도 없고, 오히려 괘씸죄에 걸려 더 큰 피해를 보게 된다. 서산 공단의 다른 250여 개 업체도 똑같이 이전한다고 했다. 중국 현지 업체들도 그럴진대, 하물며 외국인 업체야 오죽하겠는가.

상해의 〈제성유압〉 공장 땅에 대한 보상과 함께 공장을 옮길 수 있는 대체 토지도 확보해 준다고 하여 결국 그 자리에서 일본인 사장과 함께 이전에 동의했다.

문제는 이사할 곳의 위치였다. 그곳은 상해에서 무려 150km 이상 떨어진 난통 지역이었다. 20~30km 정도면 몰라도 100km를 넘어가면 아무리 좋은 공장을 지어도 숙련된 종업원들을 찾기가 쉽지 않다. 상해에서 출퇴근이 어려울 뿐만 아니라, 기숙사를 지어준다고 해도 젊은 직원들이 상해를 떠나서 살려고 하지 않을 것이기 때문이었다.

직접 난통 지역에 가보았다. 역시 예상했던 대로 거리와 교통이 문제였다. 상해 근교의 교통난을 감안하니 출퇴근에 고스란히 5시간 이상의 시간을 허비해야 했다.

사실상 상해에 살고 싶어 하는 직원들은 다닐 수가 없었다. 난통에 최신식 공장과 복지시설을 지어도 〈제성유압〉 5백여 명의 직원 가운데 아무리 많아야 백 명도 채 가지 않을 것 같았다. 참으로 난감하고 답답했다.

물론 난통 지역에서 직원들을 충원할 수는 있지만, 문제는 불량품이 걷잡을 수 없이 양산된다는 것이다. 기계 부품 공장은 아무리 유능한 관리자가 엄격하게 관리해도 현장 작업자들이 받쳐주지 못하면 반드시 불량품이 생기기 때문이다.

새로 채용한 직원을 숙련된 기술자로 키우는 데에도 엄청난 비용과 시간이 들어갈 것이다. 결국 상해 〈제성유압〉 직원들이 갈 수 없게 된다면, 〈제성유압〉 공장 운영을 놓고 중대한 결단을 내릴 수밖에 없었다.

그렇게 고민에 빠져 있던 그때, 눈을 돌린 곳이 대구 현풍지구 〈테크노폴리스〉였다.

3. 어린 시절의 꿈 '중국판 롯데'

김천 직업훈련원에 들어갔을 적부터 나는 미래의 꿈을 많이 꾸었다. 당시 일본에서 성공한 '롯데' 기업이 한국에서 멋진 기업으로 정착하는 것을 보았다. 중국에서 사업을 시작한 이후에는 중국에서 사업을 번창시킨 뒤 고국에 다시 투자하는 '중국판 롯데'를 꿈꾸었다.

사실 나의 비즈니스 모델은 '롯데'였다. 일본에서 성공하여 한국에 들어온 롯데그룹처럼 중국에서 성공한 제성이 한국에 뿌리내려 〈제성그룹〉을 이루는 계획이 나의 꿈 가운데 하나였다.

나는 한번 계획을 세우면, 그것을 계속 머리에서 되새김질하며 구체적인 세부 계획을 세우는 버릇이 있다. 고국으로 돌아가는 투자에 대한 꿈을 꾸고 나서부터는 그 계획이 머릿속에서 떠난 적이 없었다.

이러한 나의 꿈은 이미 2009년부터 구체화되고 있었다. 중국 사업이 활기를 띠면서 어느 정도 기업 이익이 확대되던 시기였다. 이때다 싶어 평소에 꿈꾸던 계획을 실천에 옮기기로 했다. 그해 말 700만 달러를 투자해 굴삭기 부품 회사인 〈새롬기어〉를 인수한 것도 그러한 꿈의 하나가 현실화된 것이었다.

열처리 공장인 〈제성코리아〉를 세운 것도 마찬가지였다. 이 회사는 〈제성유압〉의 국내 자회사로서 굴삭기용 감속기, 기어를 생산하는 중장비 부품 생산업체이다. 특별한 애정이 묻어나는 자랑스러운 공장이다. 첫 아이를 낳았을 때처럼 대견하고 자랑스러웠다. 이런 꿈의 연장선상에서 창원에 연구소도 설립하게 된 것이다.

이런 가운데 중국 시장의 변화는 국내 투자에 대한 꿈에 더욱 힘을 싣게 되었고, 마침 상해시의 〈제성유압〉 이전 통지는 더 적극적이고 구체적인 투자를 실행하는 동력으로 작용했다.

〈제성유압〉의 성장은 상해 한인사회에서 '차이나 드림'(China Dream)을 일군 몇 안 되는 사례로 손꼽힌다. 또 거래 기업이 모두 중국 업체여서 국내 기업의 중국 진출 모범 사례라는 평가도 받았다. 백두대간 종주에 비유한다면, 천왕봉에 오른 셈이었다. 천왕봉에 올랐다고 멈출 수는 없다. 다시 노고단을 향해 발걸음을 옮겨야 한다.

'이제 차이나 드림에서 롯데와 같은 코리안 드림을 꿈꾸어야 할 때인가?'

큰 사업을 계획하거나 불굴의 용기를 얻고 싶을 때 나는 혼자서 들르는 곳이 있다.

중국에서는 유주(柳州)의 임시정부 청사가 있는 곳이고, 한국에서는 현대그룹의 '왕 회장', 고(故) 정주영 회장의 묘소가 있는 곳이다.

제2의 꿈을 고민하던 그즈음, 나도 모르게 발걸음은 어느새 경기도 하남의 검단산 자락으로 가고 있었다.

"회장님. 저거, 저에게 주시면 안 됩니까?"

"…"

묘소에 듬성듬성 나 있는 잡초를 뽑으면서 나만의 고민과 포부를 털어놓으며, 영원한 마음속의 멘토 '왕 회장'과 이야기를 나눈다.

그러다가 스스로 격려하기도 하고 채찍질도 한다. 묘소에서 친구들에게 전화도 한다.

"혼자서 이야기하니까 기분이 맑아진다."

"어디야?"

"으응, 여긴 묘소야."

"부모님 묘소야?"

"아니, 정주영 회장님 묘소."

"거긴 왜?"

"회장님께 현대중공업을 나한테 달라고 떼쓰러 왔지."

"야야, 그것을 왜 네게 주니? 주인이 버젓하게 따로 있는데?"

"야, 꿈도 못 꾸니? 꿈꾸는 것은 자유잖아, 안 그래?"

친구의 놀라고 어이없어하는 모습이 눈에 선하다. 나도 웃는다.

'그래도 좋다. 미래는 꿈꾸는 자의 것이고, 현실은 꿈꿀 수 있는 곳이다. 나는 아직도 꿈꾸는 청년이다. 나이는 단지 숫자에 불과할 뿐, 기죽지말고 죽을 때까지 꿈꾸는 청년 이창호로 살자.'

또 그 당시에는 중국 상해에서 2년 정도 공을 들인 주물 소재 개발의성과가 신통치 않았다. 그래서 주물 소재 개발을 위해 한국으로 눈길을돌리고 있었다. 적당한 장소를 물색하기 위해 인천에서 목포, 부산, 창원,김해, 밀양, 울산, 영천, 왜관, 구미, 봉화 등 전국 방방곡곡을 돌아다녔다.

마침 그때 대구시에서 달성군 유가면에 대규모 산업단지에 〈테크노폴리스〉를 조성하고 있었고, 평가 시가 160만 원짜리를 80만 원으로 하고 세금 공제 혜택까지 준다는 제안을 접하게 되었다. 매우 좋은 조건이었다. 그렇게 다시 꿈 하나를 심어보자는 결론을 내렸고, 대구 현풍지구 〈테크노폴리스〉와 인연이 맺어졌다.

4. 하이컨(HYCON), 대구에 심은 꿈

상해에서 출발해 대구 공항에 내리면 언제나 맑은 하늘과 눈부신 햇살이 마음을 상쾌하게 한다. 2013년 6월의 대구 하늘도 그랬다. 농사를 운명처럼 여겼던 산골 촌놈 이창호가 도시로 나가 엔지니어가 되고, 대기업 사원이 되고, 중국에서는 나름대로 하나의 기업을 일군 사업가가 되어 고국에 돌아와 대규모 투자를 하는 행사를 앞두고 있었기에 설렘은 더했다.

2013년 6월 21일, 드디어 〈제성유압〉이 대구 테크노폴리스에 짓는 공장의 착공식이 열리는 날이었다. 이에 앞선 3월에는 〈제성기어〉의 이름으로 대구경북경제자유구역청과 테크노폴리스 15,000평 부지에 본사와 공장, 연구소를 짓기로 양해각서를 체결하였다. 대구 시내 서남쪽에 자리하고 있는 현풍 공단은 중부내륙 고속도로를 끼고 있어 교통 여건이 매우 좋았다. 연구소가 있는 창원으로도 바로 통할 수 있었다.

회사명은 〈하이컨(HYCON)〉으로 정했다. 나의 친정과도 같은 현대중

대구 현풍지역 테크노폴리스에 준공한 1만 5천 평 규모 〈하이컨〉 공장

공업의 영문 이니셜인 'H'와 〈제성유압〉에 첫 제품을 발주한 〈광시위차이(Yuchai)〉의 영문 이니셜인 'Y'를 결합하여 작명했다.

상해와 달리 대구는 맑은 공기, 파란 하늘, 나지막한 건물들에 둘러싸여 있다. 언어의 장벽 없이 모국어가 절로 통하는 땅이다. 착공식 날 아침, 길게 호흡을 가다듬으며 새롭게 태어날 공장을 향해 달렸다. 때맞춰 태어난 쌍둥이 손주 한결이와 은결이를 처음 보던 날처럼 마음은 한껏 부풀어 있었다. 나의 오랜 꿈이 실현되어 옥동자 같은 그 결실이 태어나는 날이었기 때문이었다. 착공식 행사장에는 착공식을 축하하기 위해 많은 귀빈과 관계자들은 물론, 인근 주민들까지 모여있었다.

〈하이컨〉은 현풍 공단에 6천만 달러를 투자하여 60여 개 협력 업체와 연간 2천억 원 이상의 외주 계약과 구매 활동을 하기로 했으며, 2020년까지 매출액 3천억 원을 목표로 할 만큼 규모가 큰 회사였다. 유압 부품 산업의 활성화는 물론이고, 대구지역 주력산업인 자동차 기계 산업을 중흥시키는 데도 촉매 역할을 할 것이라는 기대도 있었다.

공장을 건설할 때마다 항상 자식을 낳는 것 같은 기분이 든다. 예기치 못한 일들이 벌어지지 않을까 긴장도 되고, 한편으로는 설렘과 기대로 흥분되기도 한다. 공장 외곽에 숙소를 정해 놓고 직원들과 함께 땀을 흘리면서 착공할 때는 '드디어 나의 꿈 하나를 대구 땅에 심는구나.' 하는 감격이 밀려들었다.

공장 건물이 하나하나 모습을 드러낼 때마다 무럭무럭 성장하는 자식들을 보는 것처럼 가슴이 뿌듯해졌다. 하루라도 빨리 최신식 공장을 완공하여 이제 불량품 없고 세계 최고의 품질을 자랑하는 〈제성유압〉만의 유압 제품을 만들 날만 학수고대했다. 이렇게 꿈과 희망이 있으면 제품이 잘 팔릴 때 못지않게 생활이 마냥 즐겁고 행복하다는 사실을 그때 새삼 절감했다.

2015년에는 1천8백만 달러를 더 투자해 〈하이컨〉 총투자액은 7천8백만 달러가 되었다. 당시 환율로는 우리 돈으로 780억 원 정도였다. 이 가운데 210억 원은 공장을 담보로 대구은행에서 융자받은 자금이었고, 나머지는 모두 상해에 본사를 둔 〈제성유압〉에서 투자했다. 해외에서 돈을 벌어 국내에 투자한 순수한 애국 자본이라는 자부심도 없을 수 없었다. 2009년 제성이 인천의 〈새롬기어〉를 인수했을 때도 KOTRA(대한무

역진흥공사)는 제성을 해외에서 국내에 역으로 투자한 기업 1호로 지정했었다.

〈하이컨〉은 2014년 새해 첫날인 1월 1일부터 가동을 시작한다는 목표를 잡았다.

5. 거미줄 같은 규제의 복병들

이런 야심 찬 계획으로 일을 하나하나 해 나갔지만, 곳곳에서 예상하지 못했던 장애물이 하나둘 드러나기 시작했다. 바로 복잡한 규제였다. 사실 지뢰 같은 규제에 시달리기 시작한 시점은 투자를 결정한 직후부터였다. 한국을 떠난 지 너무 오래된 터라 한국 정부와 투자의 여건에 대해 잘 알지 못했던 사정도 있었다. 그냥 매스컴을 통해 '이렇게 투자하면 되는구나.' 싶었는데 막상 뚜껑을 열고 보니 예상과는 전혀 딴판이었다.

그 당시 '유턴(U-turn) 기업'이라는 말이 유행했다. 그것은 한국에 본사를 둔 회사가 해외로 투자하거나 해외에 공장을 지어 운영하다가 다시 한국으로 되돌아오는 기업을 지칭하는 말이다. 이런 '유턴기업'에게는 토지 50% 무상 임대, 5년 면세 지원, 기업 소득세 3년 면제 등 혜택이 무척 많았다.

'유턴기업' 우대정책은 좋은 의도로 만들었지만, 냉정히 따져 보면 허점도 적잖이 있었다. 해외에 나가 실패한 기업도 돌아오기만 하면 각종 혜택을 받을 수 있었다. 이렇다 보니 사양산업이나 퇴출 대상인 한계기업도 정부 지원을 받게 되는 모순이 생겼다. 적진에 들어가서 승리한 개선 장군이 되어 돌아오는 것이 아니라, 패잔병이 되었더라도 그저 돌아오기만 하면 혜택을 준다는 것이다.

문제는 〈제성유압〉은 '유턴기업'에 해당하지 않는다는 것이다. 한국에 첫 사업의 모체가 없기 때문이었다. 이런 이유로 중국에서 창업하여 기업을 일구었고, 그 돈으로 고국에 투자했는데 아무런 혜택을 받을 수 없었다. 애초 한국에서 사업을 시작하지 않았다고 해서 '유턴기업'에 해당하지 않으며, 따라서 어떤 혜택도 줄 수 없다는 해석이었다.

또 나의 국적이 대한민국이어서 〈제성유압〉의 투자자금이 외자로도 분류가 되지 않았다.

어떤 사례가 한국 경제와 국민에게 더 많이 이바지하는지 조금만 생각하면 알 수 있는 일인데, 이런 경우가 어디 있는가?

나는 중국에서 사업을 일궈 조국에 투자하고 싶었다. 한국 경제 발전에 조금이라도 도움이 되어야 한다는 소신도 확고하게 있었다. 그래서 '유턴기업'의 조건을 충족하기 위해 결국 인천 남동공단의 〈제성기어〉와 〈제성코리아〉를 달성군 유가면에 옮겨 대구 공장을 짓게 되었다. 한국의 도심지에서 지방으로 내려가는 경우는 '유턴기업'에 해당하기 때문이다.

그러나 일을 진행할수록 겹겹이 조여 오는 무수한 규제에 나날이 숨이 턱턱 막혔다. 한 예로, 시화공단에서 옮기는 〈제성코리아〉는 각종 세제 혜택을 받을 수 있었지만, 남동공단에서 옮기는 〈제성기어〉는 제외되었다. 똑같이 대구의 테크노폴리스에 짓고 공장 이름만 다를 뿐인데, 이런 차별이 어디 있단 말인가? 불공정하고 불평등한 규정이었다.

처음 대구에 투자를 시작했을 때 투자 금액은 440억 원이었다. 나는 그대로 신고를 마쳤으나, 일을 진행하다 보니 비용이 더 들어가 투자금이 총 600억 원이 되었다. 그 이후 또 공장 건설 비용으로 180억 원이 더 들어가 공장 증축이 끝난 후 780억 원으로 정정 신고를 했다. 그다음 정부 지원금을 신청하러 갔다.

"약속한 지원금을 받으러 왔습니다."

"안 됩니다. 인천 공장이 외환 당국에 신고해야 140억 원이든 1,400만 달러든 줄 수 있습니다."

외환 신고는 이미 완료한 상태였으나, 이 돈을 한국의 개인 통장에 넣으면 기업은 단순히 개인의 재산일 뿐이었다. 그래서 홍콩에 내 개인 통장을 만들고, 홍콩 홀딩 카드를 통해 홍콩에서 한국으로 투자했다. 그렇게 1차, 2차, 3차까지 진행하고 있었는데, 갑자기 회사 이름이 달라서 지원 절차 진행이 어렵다는 것이었다.

회사 이름은 달라도 대표가 이창호라는 사실을 확인시키기 위해 나는 외교통상부, 산업자원부와 엄청나게 실랑이를 벌여야 했다. 〈제성유압〉의 대표, 〈하이컨〉의 대표 이창호가 100% 투자자인데 왜 이리 복잡한 게 많은지, 온갖 증명할 수 있는 서류란 서류는 다 챙겼다. 외환 신고서, 배당 서류, 1차와 2차 배당 서류, 배당 주주총회 서류와 증거 자료, 외환은행에서 투자한 증거, 홍콩에 개인 회사 설립한 서류 원본, 홀딩컴퍼니의 주주 명단 등등. 그래도 안 된다는 답변이 돌아왔다. 원래 몇 시간이면 끝나는 심사가 우리 서류는 이삼일이 걸렸다.

그런데 또 다음 단계가 발목을 잡았다. 대구시에서 41억 원을 지원하는데, 그중 30%인 12억 원은 투자를 모두 끝낸 후에 지급한다는 것이었다. 또 지원금을 받으려면 보험에도 가입해야 한다고 했다. 이유인즉, 정부에서 지원금이 나가는데 회사가 8년 동안 부도가 나거나 매각이 될 수도 있기 때문이라는 것이다. 그 보험 비용은 3억 원이었다. 사인을 했다.

그런데 또 난데없이 다음 서류를 요구한다.

"대차대조표를 주세요. 이 공장이 온전치 않아서 확인해야 합니다."

"인천의 공장이 작아서 키우려고 하니까 매출이 작은 건 당연하지 않아요? 돈이 안 되는데 누가 투자합니까?"

"그러면 15억 원을 '대포질' 하세요."

'대포질'은 보증금을 뜻하는 영어 '디파짓(Deposit)'의 금융권 속어(俗語)이다. 대구시가 나중에 주는 12억 원까지 합쳐 보증금으로 납부하라는 말이다.

"그렇게 할 바엔 안 합니다. 뭐 하려고 고생하며 일합니까? 당신이라면 하겠소? 대구시는 40억 원을 준다고 신문에 낼 것이고, 나는 개뿔도 없잖소? 차라리 공장을 중단하겠소."

"그러면 6억 원으로 합시다."

보험사에서 갑자기 반으로 뚝 내려가는 걸 보니, 순간적으로 이건 규정이 없는 고무줄이라는 생각이 머리를 스쳤다. 그래서 계속 못 내겠다고 버텼다. 나중에 대구은행에 조언을 구하니 그쪽에서 말했다.

"250억 원을 승인받았으니 3억 원을 주세요. 나머지는 우리가 해줄 테니까요."

'40억 원에 3억 원이면 거의 10%의 이자를 내는 거네. 그런 장사가 어디 있어?' 그래서 그 돈을 내고 대구시에는 보증서만 제출했다.

당시 남들은 대구 공장 이야기만 나오면 내가 흥분하여 말이 빨라지고, 얼굴이 벌겋게 달아오른다고 했다. 대구 공장에 투자한 진심은 이왕 조국 땅에 투자하여 제성도 좋고 나라도 좋은 '윈윈(win-win)'의 이득을 보겠다는 의도였다. 그러나 갖가지 규제들이 이러한 의욕을 산산조각 내고 있었다.

'규제 완화'라고 대문짝만하게 언론에 보도되는 것을 들었건만 내가 하는 일에는 어떤 정책의 혜택도 누릴 수 없었다. 차라리 세금만 내고 그만두는 게 낫겠다고 생각했다. '어차피 빈손으로 왔는데 다 날려 버리고 편하게 살자. 이러다가는 죽겠다.' 싶었다.

근 5개월 동안 이 부서, 저 부서, 이 기관, 저 기관을 수차례씩 돌아다녔다. 기관끼리 부서끼리 엉켜 있는 실타래를 풀어야 한다고 열을 내며 설명했지만, '자기 부서의 규정에는 아무 이상이 없다.'는 답변만 돌아올 뿐이었다. 정말 난감하고 황당해서 온갖 기관을 기신기신 찾아다니며 투자에 대한 어려움을 호소하고 나서, 숱한 규제의 가시밭을 거쳐 겨우 공사를 완공했다. 그리고 준공검사까지 마쳤다.

그러나 투자자인 내가 외국인 아니라 대한민국 국적이기 때문에 세금 혜택을 줄 수 있는지가 또 다른 문제로 부각됐다. 부서별로 풀리지 않은 규제가 많아 등기 이전이 되지 않은 상태에서 할 수 없이 일단 공장을 가동했다.

그랬더니 이번에는 소방법 위반이라며 시비를 걸어온다. 결정은 내려주지 않으면서 우리가 하는 행동은 거의 모두 법에 저촉된다며 막아섰다.

오른쪽으로 움직여도 위반, 왼쪽으로 꿈틀대도 위반이니 공장은 지어놓고 차렷 자세로 가만히 있으라는 것과 같았다. 조국에 투자한 것이 올바른 결정이었다고 마음속으로 수없이 되뇌고 있었지만, 이런 일이 생길 때마다 '차라리 중국에 투자하는 게 수월하지 않았을까?' 하는 생각이 또 슬며시 기어올랐다.

해외에서 번 돈을 조국에 투자하겠다는데 열심히 하라고 격려해 주지는 못할망정, 사사건건 시비만 걸고 넘어지니 기가 찰 노릇이었다. 어떨 때는 너무 힘들어서 훌훌 떠나고 싶었다. 중국에서 내 평생 모은 돈을 일순간에 날렸을 때도 이보다 힘들지는 않았던 것 같았다.

요즘도 가끔 스스로 질문을 던져본다.

'이창호, 대한민국에 투자한 것을 후회하느냐?'

물론 대답은 1초도 걸리지 않는다.

'아니다. 대한민국의 아들로서 조금 힘든 일이 생겼다고 조국에 투자한 것을 후회하는 것은 사나이가 아니다. 이런 아픔과 시련이 후배들에게 역투자의 길라잡이가 되지 않겠는가?'

6. 인재들의 배신

대구 공장의 건설은 한국만의 굴삭기 정품을 개발하고 생산하겠다는 목표 아래 이뤄졌다. 쉽게 말해 카피 인생에서 정품 인생으로 바꾸어보자는 꿈이었다. 이제껏 시장에 널린 저렴한 카피 옷만 입다가 머지않아 백화점에서 명품 옷을 입을 날이 다가온 것이다. 그래서 함께 만든 게 연구소였다.

제성만의 정품과 명품을 만들기 위해서는 우선 우수한 인력이 필요했다. 현대와 볼보, 두산, 가와사키, 도시바 등에서 근무한 경력이 있는 한국과 일본의 유압 기계 전문가들을 실력에 따라 1억 5천만 원에서 7억 원까지의 스카우트 비용을 주며 채용했다. 세계적으로 내로라하는 전문가들이라 연봉도 최소 1억에서 3억 수준이었다.

뛰어난 인재가 모였으니 연구소는 잘 굴러가리라 생각하고, 한 달에 두세 번 정도 보고 받는 걸 제외하고는 거의 연구소 일에 관여하지 않았다. 물론 보고서에도 모든 게 순조롭게 돌아가는 것으로 되어 있었다.

그런데 시간이 흐르면서 연구소의 성과가 보고하는 대로 나오지 않고 있다는 사실을 감지할 수 있었다. 처음에 목표로 했던 개발 시한에 따라 각종 제품이 나오지 않는 것이었다. 개발되어 나온 제품도 뜨거운 박수갈채보다는 비판과 불만이 더 많았다. 검증을 해 보면 품질과 가격을 대비했을 때 수지가 맞지 않았다. 고객의 필요성을 고려하지 않았다는 불만이 터졌다. 또 사업에서 이윤을 고려하지 않았다고도 했다. 예상하지 못한 일이었다.

그러던 차에 2015년 11월 대구 공장에서 회의를 마치고 김해 공항으로 가는 도중 현대중공업 연구소장의 전화가 걸려 왔다.

"우리가 소량 발주한 샘플이 아직 안 들어왔어요. 벌써 두 달이 지났어요."

"무슨 말씀을 하시는 겁니까? 다 된 것으로 보고받았는데요."

"아니에요. 확인해 보세요."

현대중공업은 제성이 대구 공장을 설립할 때 적극적으로 협력해 주기로 약속한 회사였다. 그래서 샘플을 주문한 것인데, 납품 기한이 한참 지났는데도 제품이 도착하지 않았다니 말이나 되는 소리인가? 곧바로 현대중공업으로 달려가 확인해 보니 사실이었다. 잘 돌아가고 있다는 보고는 완전 엉터리였고, 간부들이 나에게는 거짓말을 하고 있었던 것이다.

문제는 또 터졌다. 중국 〈삼일중공업〉에 납품한 시제품에서 유압용 기름이 줄줄 새는 하자가 발견됐다. 유압 호스를 연결하는 부위에 기름이 새지 않도록 끼워주는 '오링(O-ring)'이라는 부품이 빠진 게 원인으로 드러났다. 실망이 너무 커서 힘이 쭉 빠졌다.

뛰어난 인재가 다 모였는데도 왜 이런 문제가 터졌는지 원인을 분석해 보았다. 문제는 각 본부나 부문별 폐쇄적인 조직 운영과 소통 부재, 협력 정신의 부족에 있었다. 여러 본부장만 해도 개인별 능력은 탁월했지만, 자신의 정보를 공유하며 제품의 완성도를 높이기 위한 커뮤니케이션이나 협력이 거의 이뤄지지 않고 있었다.

하나의 완제품이 나오기 위해서는 기계를 설계하는 연구소와 자재를 매입하는 구매부, 제품을 생산하는 생산부, 그리고 품질을 검사하는 품질관리부가 유기적으로 정보를 주고받으며 문제점을 보완하고 완성도를 높여 가야 하는데도 불구하고, 서로 자기만의 주장을 고집하며 고객의 입장은 아랑곳하지 않은 채 팔짱만 끼고 있었다.

사실 지금까지 사업을 해 오면서 그만두고 싶을 때가 딱 세 번 있었다. 첫 번째는 ET와의 불량품 배상 사건으로 곤욕을 치를 때였다. 밀고 밀리는 협상 끝에 결국 내가 20억 원 정도를 몽땅 배상해야 했다. 두 번째는 대구 공장을 지으면서 복잡하고 까다로운 규제에 턱턱 걸려 넘어질 때였다. 세 번째가 기술진의 내부 갈등을 조율할 때였다. 〈하이컨〉의 내부 문제가 불거졌을 때는 공장 문을 당장이라도 '쾅' 닫아 버리고 싶은 생각이 간절하게 떠올랐다.

7. 석 달간의 고뇌, 그리고 결단

〈하이컨〉의 내부 문제를 알게 된 2015년 11월부터 이듬해인 2016년 1월까지의 석 달은 사업을 시작한 이후 가장 길었던 고민과 고뇌의 시간이었다. 제성의 미래를 위해 어떻게 해야 하느냐를 놓고 중대한 결단을 내려야 한다고 판단했기 때문이었다.

결단의 대상은 두 가지였다. 첫째는 상해 서산 공장 처리요, 둘째는 대구 공장 처리였다. 어찌 보면 지금까지의 사업 인생의 방향이 확 바뀌는 전환점에 있었기에 고뇌는 더 깊을 수밖에 없었다.

이 석 달 동안 나는 오로지 상해의 한 골프장 부근에 있는 〈제성유압〉 연수원에서 먹고 자고 하며 상해와 대구 두 공장의 미래를 생각했다. 한국 지인들을 만나 앞으로 중국과 세계 경제의 향방을 논의하며 어떻게 사는 게 지혜롭고 현명한지 많은 얘기를 나눴다. 물론 구체적으로 공장 처리 문제는 입 밖에도 꺼내지 않았다.

중국 친구들도 많이 만났다. 〈삼일중공업〉과 〈유공〉의 사장 등은 사업을 할 때도 서로 상부상조하면서 큰 도움이 되었을 뿐만 아니라, 대부분이 61년에서 63년생이어서 아주 절친한 친구가 되어 있었다. 앞으로 중국의 경제 환경이 어떻게 변할 것이며, 어떤 사업을 하며 살아갈 것인지를 놓고 얘기를 했다. 내가 주로 조언을 구하고 많이 들은 편이었다.

이렇게 여러 지인과 친구들을 만나면서도 내 머릿속에는 오직 '상해 서산 공장 정리와 이사 문제는 어떻게 하며, 대구 공장 딜레마는 어떻게 풀어 갈까?' 하는 고민밖에 없었다고 해도 지나친 말이 아니다.

'이럴까, 저럴까? 아니면 상해나 대구 공장 중 하나는 계속해 볼까?' 여러 가지 경우의 수를 놓고 온갖 고민에 빠져 살았다. 하루는 이랬다가 다음날은 저랬다가 마치 시계추가 왔다 갔다 하듯 머릿속 생각은 수천 번도 더 변하곤 했다. 상해와 대구 공장에 딸린 많은 직원들도 눈에 밟혔다. 항시 나의 식구와 같이 여기던 삶의 동반자들이었다. '그들의 미래는 어떻게 될까?'

이런저런 고민 끝에 판단의 기준을 세웠다.

'나는 사업가다. 사업가의 판단에서 가장 중요한 잣대는 사업의 장래성이다. 아무리 직원들이 많아도 사업이 망하면 아무 소용이 없다.'

그렇다. 아무리 힘들어도 보다 높은 가치 창출을 할 수 있으면 어떤 고난이 있어도 불도저처럼 밀고 나가야 하겠지만, 밑으로만 내려가는 롤러코스터라면 아무리 좋은 평판을 들어도 1초라도 빨리 접는 게 나았다. 드디어 2016년 1월 말 결단이 섰다.

'이제 새로운 길에 도전해 보자!'

8. 대구 공장에서의 마지막 술잔

2016년 2월 7일 오전 9시, 상해 푸동 공항에서 김해 공항으로 가는 비행기에 올랐다. 11시 30분, 김해 공항에 내리자마자 곧바로 대구로 가서 점심을 먹은 뒤, 대구은행 행장실로 향했다. 중국에서 출발하기 전, 이날 오후 2시에 티타임을 미리 잡아 놓았었다.

행장과 간단히 인사를 나누고는 곧바로 본론부터 얘기했다. 공장을 접겠다는 얘기는 여기서 처음으로 입을 열었다.

"행장님, 그동안 도와주셔서 감사합니다."

"아니, 무슨 말씀이신지요?"

그간 대구 공장과 얽힌 이야기와 힘든 사정을 설명하고 회사를 정리하겠다는 뜻을 바로 알렸다.

"대구은행에서 대출받은 2백몇십억 원은 공장을 정리해서 처리하겠습니다. 대구은행 통장에 있는 현금 28억 원은 직원 백여 명 봉급과 세금으로 정리하겠습니다."

"돈이 더 필요하면 더 줄 것인데, 무슨 소리를 하시는 겁니까, 지금."

행장이 완강하게 만류했지만, 대구 공장의 납기 지연과 불량품 문제는 꺼내지 않았다. 대신 철벽 같은 규제 얘기는 피를 토하듯 내질렀다. 결국 행장도 고개를 끄덕이는 듯했다.

대구은행 미팅에 이어 오후 4시 반, 〈하이킨〉 대표이사와 〈제성기어〉 간부 등 4명을 회사 앞 일식집으로 불렀다. 처음에는 아무 말도 하지 않고 소주 9병을 마셨다. 1시간 반 만이었다. 아무리 무슨 말을 하지 않는다고 해도 평소와 다른 나의 표정과 움직임으로 임직원들도 뭔가 이상한 낌새를 느끼지 않을 수 없었을 것이다. 그들도 조용히 술잔만 주는 대로 비우고 있었다. 아홉 병째에는 마지막 잔으로, 맥주잔에 소주를 가득 따르고 소주잔에 맥주를 가득 따라 섞은, 이른바 '소맥'을 만들었다.

"이거 한잔하자. 마지막이다."

모두가 마치 아무 일도 몰랐던 것처럼 흠칫 놀라면서 상기된 표정으로 잔을 비웠다. 단도직입적으로 얘기했다.

"2016년 2월 29일 자로 〈하이컨〉 공장 문 닫는다. 대신 당신들 필요한 설비 다 빼가져 가서 장사해라."

그런 다음 속에 담아 뒀던 마음도 격정적으로 다 토해냈다.

"야, 본부장, 내가 인연 맺어 차도 사 주고 용돈 줘 가면서 커뮤니케이션 잘하라고 그랬지? 맨날 본부장들과 다투기나 하고 말이야, 그래 놓고 내 앞에서는 온갖 아양 다 떨고는 문제만 터뜨리고 말이야. 나 이제는 당신 못 믿겠어. 내가 뭐라고 했어? 그동안 세 번이나 얘기했어. 다시 소통 안 하고 거짓말하면 공장 문 닫는다고 했어, 안 했어?"

모두 들으라고 마음속에만 담아 뒀던 아픈 얘기도 끄집어냈다.

"당신들 그동안 뒤에서 뭐라고 떠들었는지 다 알아. 이창호가 돈을 이만큼 투자해서 절대 문을 못 닫을 거라고 말하고 다니는 거 다 들었어."

모두 고개만 숙이고 아무 말이 없었다. 그 자리에서 대표이사에게 회사 정리를 지시한 뒤 자리를 파하고 곧장 피땀 흘려 지은 〈하이컨〉 공장으로 갔다. 혼자서 공장의 조립 라인부터 시작해 생산 라인, 가공공장, 열처리 공장까지 두 바퀴를 돌았다. 그다음 50개의 방과 헬스장, 식당이 있는 후생복지관으로 갔다. 헬스장은 개인 돈 4천만 원을 투자해 지은 곳이다. 아내의 건의로 세탁기까지 설치했다. 당구장과 탁구장까지 다 돌고 나니, 밤 10시였다. 공장을 돌아보는 내내 얼마나 눈물을 흘렸는지 모른다. 눈이 따가울 정도였다. 고국과 고향에 꿈을 심겠다는 희망과 기대가 물거품이 되었는데 어찌 눈물이 쏟아지지 않겠는가? 그건 피눈물이었다.

그러나 장래성이 없으면 냉정하게 꼬리를 잘라야 하는 법. 내 방으로 와서 공장 부근 비슬산에 오를 때 입던 등산복과 등산화만 챙겨 차에 싣고 공장을 나왔다.

그다음 날 곧바로 상해로 출국해 버렸다.

9. 술렁이는 상해

발 없는 말이 천 리를 간다고, 상해로 돌아와 보니 내가 대구 공장을 정리했다는 소문이 쫙 퍼져 있었다. 대구 공장에서 만든 제품을 〈제성유압〉이 중국 시장에 판매하고 있었으므로 소문이 안 날 수가 없었다. 문을 닫는다는 소문이 나면 거래업체들이 술렁이고 회사 조직이 흔들리기 시작하기에 빨리 명확한 계획을 전달해야 했다.

내친김에 상해 서산 공단의 〈제성유압〉 공장도 2016년 5월 29일까지 정리하기로 방침을 정했다. 난통 지역에 새로운 공장을 지어 옮기는 게 사실상 불가능했기 때문이다.

모든 거래업체에 대해서는 신용과 책임을 최우선시한 기존의 소신과 원칙에 따라 물품 공급을 계약대로 이행하고, 다만 대구 공장의 생산 중단에 따라 공급이 어려운 제품은 다른 회사 제품으로 대체하기로 했다. 또 이미 공급한 제품의 보증 기간도 법에 따라 5년 동안 준수하겠다고 약속했다. 이에 따라 〈제성유압〉이 128개 업체에 판매한 제품에 대해서는 2016년 5월 30일부터 2021년 5월 30일까지 5년간 보증하겠다는 공증을 하고, 하자에 대해서는 AS를 담보하는 약정서를 모두 작성했다.

그런데 이 같은 보증을 5년 동안 이행하면서 스스로 깜짝 놀란 사실이 하나 있다. 2014년부터 2016년 초까지 2년여 동안 대구 공장에서 만들어 공급한 제품 중에 한 건을 제외하고는 불량 신고나 고장 접수가 전혀 없었다는 점이다. 이 한 건은 앞에서 말한 대로 〈삼일중공업〉에 공급한 스윙모터(swing motor)의 유압 호스에 오링을 제대로 끼우지 않아 기름이 새는 하자였다. 조직의 소통과 화합, 거짓 보고 등이 문제이긴 했지만, 제품의 품질만은 괜찮았다는 생각이 들었다.

상해 공장을 난통에 짓지 않겠다고 결정하고 거래처 관계를 정리한 데 이어 상해 공장 직원들의 퇴사 처리 절차에 들어갔다. 공장 정리와 직원들 퇴사 문제는 중국법에 따라 해야 했기에 변호사를 불렀다. 법에 한 치도 어긋나지 않도록 진행하되 사정이 허락하는 한 직원에게는 최대한의 배려를 하도록 지시했다. 그렇게 하여 상해 서산공장은 그해 5월 31일까지 정리를 마쳤다. 그때까지 협상이 끝나지 않은 직원들과 임산부 등은 시내에 마련한 〈제성유압〉 사무실에서 1년에 걸쳐 퇴직 절차를 모두 마무리 지었다. 이로써 나의 굴삭기 인생은 사실상 마침표를 찍었으며, 나는 새로운 도전의 길로 들어서고 있었다.

10

새로운 꿈을 찾아

1. 방향 전환

상해와 대구의 공장을 정리한 이후 2018년까지 1년여 동안은 앞으로 뛰기만 했던 일상에서 벗어나 머리도 식힐 겸 중국과 한국의 곳곳을 두루 돌아다녔다. 피로에 찌든 육체에 신선한 에너지도 충전하고 여유 있게 지난 사업 여정도 되돌아보며 정리를 해보는 시간도 필요했다.

한편으론 새로운 영역에 도전하기 위한 아이템을 살펴보고 찾아가는 시간이기도 했다. 한국과 중국의 신세대 세상이 어떻게 바뀌고 있는지, 중국 친구들은 무엇을 준비하고 있는지 취재하듯이 살폈다. 오랜만에 선후배들을 만나서 세상 돌아가는 얘기도 하고 사업장 구경도 하며 여러 아이디어를 구상했다. 15년 동안 유압기 제조와 영업으로 굳어 버린 나의 머리와 몸도 좀 새롭게 정비하고, 또 다른 미래를 위한 준비와 공부를 하는 기간이었다.

그러면서 그간 살아온 방법 중에서 잘못된 습관을 하나 발견하고 깨달은 게 있었다. 다름 아닌 꿈을 향해서 그저 열심히 앞만 보고 달리기만 해왔다는 사실이다. 즐기면서 달리는 것이 아니라, 일단 목표가 정해지면 멧돼지처럼 앞으로만 정신없이 질주해 왔음을 깨달았다.

큰 목표는 혼자만의 힘으로 절대 달성할 수 없다. 혼자만 질주하다 보면 함께 손잡고 가야 할 주변 사람들을 살필 수 없게 되고, 목표 달성에도 더 많은 힘이 들어갈 수밖에 없다. 그런데도 젊어서 펄펄 뛸 때는 뭐든지 혼자서 다 할 수 있다고 생각하며 정신없이 달리기만 해왔다.

시간이 지나 돌아보니, 그것은 결코 지혜로운 삶의 방식이 아니었다. 외길만 달리다 보면 다른 사람이 아는 더 좋은 길을 놓칠 수가 있는 것이다. 그래서 주변 사람들도 살피면서 손을 잡고 함께 뛰어야 오래 달릴 수 있다는 지혜도 깨닫게 되었다.

'그렇다. 굴삭기만 바라보고 뛰던 길을 멈추고, 주변 사람들의 손을 잡아 보자.'

사업의 방향 전환이 필요한 시점이었다.

기차에 비유하자면, 그전에는 부산에서 서울까지 가는 새마을 열차를 탔던 격이다. 조금 더 빨리 가려고 10호 칸에서 1호 칸까지 뛰어본들

기차는 5시간 뒤에야 서울역에 도착할 수밖에 없다. 그러나 이제는 시대와 환경이 바뀌어 KTX가 등장했다. 좀 더 빨리 가려면 새마을호 안에서 달리는 걸 멈추고 다른 길을 찾아야 한다. 이제 대전역에서 내려 KTX로 갈아타야 한다. 그러면 서울역까지 1시간 만에 도착할 수 있다. 목적지인 서울역까지 더 빠르게 도착할 수 있을 뿐만 아니라 여행도 편안해진다. 새마을호가 굴삭기라면 방향을 전환해 선택한 KTX는 새로운 도전이자 미래의 사업인 셈이다.

2. 사업은 나의 운명

한국의 TV 프로그램 중에 '전국 노래자랑'이 있다. 지금은 작고하신 사회자 송해 선생님은 아흔이 넘으셨는데도 진행의 전문성은 물론이고 시청자들에게 엔도르핀을 팍팍 나눠 주셨다. 역시 프로는 달랐다. 송 선생님은 프로그램 제작 지역이 정해지면, 프로그램을 진행할 소재를 찾기 위해 그 동네의 목욕탕을 찾아간다고 했다. 철저한 사전 준비가 전문가의 비결이라는 생각이 들었다. 사업도 마찬가지로 프로다운 면이 있어야 한다고 생각했다.

주변에서는 나에게 '먹고살 만한데 무슨 사업을 또 벌여 고생을 사서 하느냐?'고 한다. 사업은 욕심을 채우거나 돈만을 벌기 위해 하는 게 아니다. 사업가 중에는 더러 돈을 더 채우려는 사람도 물론 있다.

그러나 프로 정신을 가진 사업가는 돈보다는 회사의 생명력을 더 강하게 만들기 위해, 기업의 사회적 존재 가치를 더 높이기 위해 부단히 노력한다. 왜 이 일을 해야 하는지, 사업의 분명한 목표와 비전을 갖고 그 목적을 달성하려는 사명감과 의지가 있어야 진정한 사업가가 될 수 있다.

자화자찬일지 모르나 이런 측면에서 볼 때 감히 사업은 나의 운명이라고 말할 수 있다. 해바라기가 목이 아프도록 해를 향해 고개를 돌리듯, 나도 줄기차게 사업을 향해 달려왔다.

농사도 사업이다. 예전에는 고구마 종류도 한두 개만 계속 심고 거두었다. 요즘은 수요자의 욕구를 충족시키기 위해 다양한 종류의 고구마를 개발한다. 이게 바로 기업의 사회적 필요성이자 가치이다.

기계 하나를 만들어도 수요자의 요구에 따라 기능을 다양하게 변화시키고, 품질을 끊임없이 업그레이드해야 한다. 기존의 제품이 시간당 10리터의 오일을 소비했다면 다음 제품은 시간당 5리터로 줄여 에너지도 절약하고 환경오염도 줄여야 경쟁력이 생기고 가치가 높아진다.

기업이 이렇게 진화해야 하듯 나 자신이 하는 일도 끊임없이 사회적 수요에 따라 변화하고 존재 가치를 높여야 한다. 기업 인생 40년, 그래서 나 자신이 곧 기업이기에 사업은 곧 나의 숙명이다.

사실 사업을 하다 보면 힘들 때가 한두 번이 아니다. 딱 그만하고 싶을 때도 부지기수다. 마음속으로는 수십 번 때려치우기도 했다. 그러나 내가 일군 공장과 사업을 쳐다보면 거기에 딸린 수많은 식구가 고구마 줄기처럼 줄줄이 생각난다.

그럴 때면 '나의 존재 가치는 무엇인가?' 하고 생각한다. 그리고는 몇 마디의 거친 욕설을 내뱉고 나서 다시 오뚝이처럼 일어날 뿐이다.

이렇게 사업을 하다 보면 때려치우고 싶은 마음을 접게 하는 묘미가 있다. 그것은 바로 난관을 뚫고 목표를 이루어내는 성취감이다. 마라토너들이 새벽에도 뛰고 저녁에도 뛰면서 느끼는 성취감과 비슷하다.

또 하나 더 있다. 고객이 만족할 때 주는 감동이다. 성취감과 고객 감동, 이 두 감정은 사업가가 사명감으로 무장하고 숙명적으로 기업을 이끌어가는 데 없어서는 안 될 두 축이자, 강력한 동력이다.

만약 지금까지 나만의 욕심, 내 가족의 이익만을 위해서 일했다면 직원들은 물론이고 주변 사람들이 벌써 눈치채고도 남았을 것이다. 그리하여 돈과 관련된 이런저런 사고가 비일비재했을 것이다.

내가 지금까지 사업가로 성장했고 앞으로도 운명처럼 사업가의 길을 걷고자 하는 것은 처음 사업을 시작하면서부터 품은 신념이 있기 때문이다. 항상 나보다 우리를 먼저 생각하려고 했다. 사업이 성장하면 가족의 일터가 더 생겨 직원들이 좋아지고 나아가 우리 사회가 유익해진다고 생각했다.

사업을 하면서 또 하나 체득한 게 있다면 책임감이다. 젊을 때는 나 스스로 일을 일구는 사장이 되고 싶어 사업을 시작했지만, 사업에 발을 딛고 나서는 공장이나 회사가 나만의 일, 나만의 문제가 아니라는 걸 깨달았다. 내 가족과 회사의 직원은 물론, 재료 공급자와 제품을 받는 고객의 일이요, 문제였다. 사업 직후부터 시련의 연속이었지만, 중도 포기를 하지 않았던 이유이기도 했다. 바로 기업을 이끌어 가야 하는 리더의 숙명적 책임감이다.

산을 오르다 보면 뒤에 오는 일행이 길을 잃지 않도록 나뭇가지에 오색 끈을 매달아 놓은 곳이 많다. 초행인 등산객의 길라잡이를 하는 표지판도 보았을 것이다. 가파른 산에는 돌과 나무, 철근을 이용하여 계단을 만들어 놓았다.

이 모든 일은 산을 좋아하는 사람들의 업적이다. 그들은 먼저 산을 오르면서, 뒤따라오거나 앞으로 산에 오를 누군가에게 도움을 주려고 자원하여 이런 일을 했을 것이다. 이러한 일이 바로 사업가로서의 나의 역할이고, 사명이라고 생각한다.

내가 앞서간 선배들의 음덕을 입었듯, 이제 먼저 사업을 시작한 사람으로서 선행자 역할을 해야 한다는 묵직한 책임감이 느껴진다. 그간 수많았던 시행착오의 경험을 바탕으로 후배들은 나와 똑같은 시행착오를 겪으며 시간을 낭비하지 않도록 해주어야 한다는 생각이다.

그리고 하나 더 말하고 싶은 게 있다. 후배들에게는 앞으로도 우리가 겪지 못했던 새로운 시련이 계속 기다리고 있을 것이다. 시련은 무섭지만, 그보다 무서운 건 좌절임을 잊지 말아야 한다. 온갖 힘을 다해 높은 고개를 넘어야만 험준한 산도 정복할 수 있듯이, 시련은 반드시 이겨내야 할 고비일 뿐이다. 시련을 겪어야만 더 많은 노하우를 배울 수 있다. 풀무에 단련되어야만 철이 더 강해지듯이.

미래의 중국과 한국, 새로운 도전을 위한 여정을 시작하며 (2018)

3. 중국 〈제성유압〉의 내일

기업을 일구면서 늘 머릿속을 떠나지 않은 과제가 하나 있었다. 어떤 사업가라고 해도 예외가 아닐 것이다.

'앞으로 내가 키운 이 기업과 나의 경영 철학이 고스란히 녹아 있는 기업의 사명을 어떻게 이어가도록 할 것인가?'

이순을 갓 지나 60대 초반이 되면서 〈제성유압〉의 미래에 대한 나의 고민도 점점 더 깊어지기 시작했다. 최근 여러 상황을 볼 때 중국 현지인에게 경영을 맡기는 건 아무래도 위험 부담이 적지 않아 보였다. 주인의식이나 책임 의식을 기대하는 건 뜬구름 잡는 격이고, 기업의 존속 여부도 장담할 수 없었다. 외국인이 만든 회사인데 무슨 애착이 있어 최선을 다하겠는가? 십중팔구는 자신의 이익을 위해 회사를 최대한 이용한 뒤 그만둘 공산이 매우 컸다. 인지상정으로도 능히 알 수 있는 부분이었다.

자식들에게 사업의 대를 잇도록 하는 방안도 망설여졌다. 나의 형제자매가 그랬듯이 자식들도 스스로 일어나 자신의 길을 만들어 가야 한다고 믿고 있기 때문이다. 자식들 또한 그들 나름대로 꿈이 있고 희망이 있을 것인데, 나의 의지대로 밀어붙이면 그들의 인생에 큰 오점이 될 수도 있다는 생각도 들었다.

특히 상해와 대구의 공장 제조시설을 다 정리한 이후에는 더욱더 아들이나 딸이 나와 같은 길을 걷는 것을 원치 않았다. 그렇다고 해서 나

자신이 청춘을 받쳐 일구어낸 기업도 생명이 있는 법인데, 함부로 처리할
수는 없었다. 그래서 이미 오래전에 아들 정현이가 〈제성유압〉에서 일해
볼 마음이 있는지 알아보았다.

  2006년에 아들 정현이는 해병대에 자원입대해 군 복무를 하고 있었
다. 중앙대학교 신문방송학과에 들어간 정현이의 꿈은 기자였다. 나도
산전수전 다 겪어야 하는 사업의 세계 대신 아들이 기자의 꿈을 성취하
도록 돕고 싶었다.
  그러나 아무리 생각해도 아들 외에는 나의 기업경영 원칙과 철학, 기
업의 이념을 존중하고 계승해 줄 사람이 없는 것 같아 조심스럽게 의사

해병대 1008기 훈련 완료 후의 저자 아들 이정현[앞줄 오른쪽에서 3번째] (2006.12)

를 타진해 보았다. 그런데 아들이 선뜻 사업의 길을 걸어보겠다고 하면서 제대 후에 기계과에 편입할 목표까지 세웠다.

'아, 사업가의 피는 못 속이는 것인가?'

아들이 군대 생활의 고된 맛을 체험해 보겠다며 해병대에 자원입대한 것도 사업의 뜻을 물어보는 데 적지 않게 작용했다. 아들의 결단에 한편으로는 미안하면서도 대견스럽기까지 했다.

상해 지역 기온이 38도를 오르내리는 그해 여름, 선풍기도 없이 군 생활을 한다는 아들을 생각하며 더위를 참고 편지를 썼다. 노력하는 CEO, 큰 일꾼이 되기 위해 반드시 갖춰야 할 정신과 자세를 경험에서 터득한 내용 중심으로 전했다.

이정현 상병!

지금부터 아빠가 하는 이야기에 네가 뜻을 같이한다면 아빠의 생각에 따라 주길 바란다. 그리고 평소에 하고 싶었던 말을 적어 본다. 모든 것의 성패는 준비를 얼마나 많이 했느냐에 달렸다. 네가 지금 준비하는 시험도 얼마나 준비했느냐에 따라 합격과 불합격이 정해질 것이다.

사업은 공부를 많이 하거나 돈이 많다고 잘하는 것이 아니다. 물론 공부와 돈이 있다면 금상첨화이겠지만, 그것 없이도 사업하는 데 도움이 될 것들을 전하려고 한다. 물론 아빠와 너는 세대 차가 나지만, 아빠의 경험에 너의 장점을 업그레이드한다면 누구와도 경쟁할 수 없는 한국 최고 CEO가 될 것이다. 반드시 그렇게 될 것이라고 믿는다.

먼저 대학 생활이 남았으니까 대학 생활을 이렇게 해주었으면 좋겠구나.

첫째, 친구를 잘 사귀었으면 한다. 대학 동기는 졸업 후 사회의 여러 방면에서 일하므로 네가 어떤 분야에서 일하든지 서로 협조가 되게끔 친분을 쌓아야 한다. 친구든 선배든, 나에게 도움이 된 안 되든 정기적으로 연락하면서 정보를 주고받도록 해라.

둘째, 대학 4년 동안 성적은 최소한 상위 5% 안에 들도록 힘써야 한다. 이것은 만일 네가 CEO의 길을 걷지 않고, 직장생활을 할 때를 대비해야 한다는 뜻이기도 하다.

셋째, 동아리 활동(봉사 및 기타)을 많이 하고, 교수진들과 긴밀한 협조 관계가 이뤄졌으면 한다. 특히 교수님과는 친근하게 지내고 졸업 후에도 꾸준히 연락하길 바란다. 스승의 날에는 작은 선물이라도 잊지 말도록 해라. 어른을 존경할 줄 알아야 인간의 도리를 다할 수 있기 때문이다.

이제 CEO가 되기 위한 원칙을 말해 볼까 한다.

첫째, 땀 흘리지 않는 돈벌이는 절대 손대지 않아야 한다. 짧은 기간에 많은 돈을 버는 것은 1%의 확률에 불과하다. 그러므로 그런 곳에는 절대로 한눈팔지 않도록 해라.

둘째, 절대 본인 외 누구의 말도 믿지 말아야 한다. 문제가 발생하면 모든 책임은 CEO가 져야 한다. 그러므로 CEO는 부하 직원이 보고하는 내용이 본인의 생각과 다르거나, CEO 지시에 특별한 이유 없이 어긋나게 행하거나, 어떤 상황에서 변명만 하는 일이 있다면 반드시 직접 확인하고 판단해야 한다.

셋째, 기업체 내에서 본인의 자세를 최소한으로 낮춰 일하되, 자기에게 확실한 아이디어가 있고 그것이 큰 비즈니스로 연결될 때는 반드시 경험자의 조언을 받아야 한다. 그리하여 최후의 문제 발생까지 생각하고 손실을 보더라도 기업에 타격이 없는 범위 내에서 행동해라.

넷째, 절대 마음을 조급히 하지 않아야 한다. 마음이 조급하면 사업을 할 수 없다. 항상 면밀하게 분석하여 장기적인 기업 운영 방안을 만들어 나가야 한다.

다섯째, 항상 메모하는 습관을 길러 주위의 말, 아이디어, 참고사항을 수시로 메모하였다가 그 메모를 활용하도록 해라.

여섯째, CEO는 회삿돈을 함부로 사용하지 말아야 한다. 만일 법인 대표 개인을 위해 함부로 회삿돈을 움직이면, 그 회사는 쓰러진다는 것을 명심하여라.

일곱째, 직원 중에서 오른팔과 왼팔을 만들어야 한다. 그러나 오른팔과 왼팔의 역할을 하는 사람이 몇 번의 경고와 주의에도 변하지 않으면 과감하게 바꾸도록 해라.

여덟째, CEO가 될 준비를 하려면, 회사에서 가장 힘든 일이나 직원들이 꺼리는 일부터 자원해라. 예를 들어 화장실 청소나 공장 청소를 꾸준히 하라는 것이다. 그러면 기존 직원이 함부로 대하지 못한다.

아홉째, 인사하는 습관을 길러야 한다. 정기적으로 대학 동기, 고객, 친척, 직원 가족을 내 가족보다 몇 배 더 챙겨 나가야 한다. 특히 경조사 때 직원이나 기타 주위 사람을 챙기되, 도움을 줄 때는 밥풀 주듯이 조금씩 하지 말고, 한 번 줄 때 반드시 상대가 고마움을 갖도록 해라.

열 번째, 사회생활은 냉정하므로 본인의 건강을 철저하게 관리해야 한다. 특히 술을 마실 때는 주량껏 마시되, 취한다고 생각되면 곧바로 집으로 돌아가도록 해라.

열한 번째, 접대는 내가 해야 할 때와 받아야 할 때를 분명하게 구분할 줄 알아야 한다.

열두 번째, 옷차림은 항상 깨끗해야 한다. 출퇴근 때는 항상 정장 차림을 해야 하고, 회사에 작업복을 준비하여 상황과 일에 따라 옷을 갖춰 입어야 한다.

열세 번째, 항상 지갑 내 비상금으로 현금을 준비해야 한다.

열네 번째, 회사의 업무는 직원보다 상세하면서도 깊게 알아야 한다. 그러므로 회사업무 및 재무는 CEO가 언제 어느 장소에 있어도 알 수 있어야 하고, 어디서든지 판단하여 지시할 수 있어야 한다.

열다섯 번째, 시간을 준수해야 한다. 어제 아무리 술을 많이 마셨다고 하더라도 당일에는 깔끔한 모습으로 직원보다 먼저 출근해야 한다.

열여섯 번째, 정리 정돈을 철저히 해야 한다. 습관이 무섭다. 대학이나 사회생활, CEO 생활을 하더라도 육군 대위, 중위, 소위와 같이 머리 스타일에서 옷차림까지 평생 깔끔한 모습을 유지해야 한다. 그게 습관이 되어야 고객 앞에서 깔끔한 인상을 주게 된다.

〈2007년, 아들에게 보낸 편지 중에서〉

아들은 제대 후에 공대가 아니라 미국으로 건너가 곧바로 회계학 공부를 하면서 실무를 익혔다.

아들이 미국에서 공부하는 동안 회사 실무 감각을 익힐 수 있도록 미국 현지 관련 업체에 발령을 내어 학업과 겸하도록 하였다.

사업 세계는 다른 어떤 분야보다 치밀한 트레이닝 과정이 중요하다고 절감했기 때문이다. 처음 집을 지을 때부터 일한 사람과 집을 다 지은 뒤에 일을 맡는 사람이 일을 대하는 자세부터가 다르듯이 허허벌판에서 처음 집을 짓듯 훈련을 시켜야 했다.

요즘 1세대가 하던 사업을 물려받아서 하는 경우가 많은데, 1세대와 2세대는 분명한 차이점이 많다. 처음부터 일에 합류하면 인력 관리나 설비 등 전반적 경영을 이해할 수 있다. 그러나 사업 중간에 들어오면 기존 팀과 마찰이 이는 등 일이 순조롭지 않은 경우가 허다하다. 그래서 대구 공장을 설립할 때 아들 정현이를 투입했다. 맨바닥에서 같이 뒹굴면서 비가 오면 비에 젖고, 햇빛이 비치면 그 고마움도 알게 했다. 복잡한 법적 절차를 거치는 과정에서 함께 치열하게 고민하고 버티는 법을 배우게 했다.

아들뿐 아니라 직원들에게도 일을 바닥부터 배우는 게 중요하다고 항상 강조한다. 고(故) 정주영 회장이 쌀집에서 배달하면서 회계를 배우고, 자동차 수리를 하면서 자동차 만드는 것을 배웠듯이 밑바닥부터 하나하나 방법과 원리를 터득하면서 배우면 모든 게 줄줄이 꿰어지게 마련이다. 온몸으로 경험해서 배우면 몸이 모든 것을 기억하게 된다.

지금 아들 정현이는 상해 〈제성유압〉에서 일하고 있다. 그러나 아들은 아들이고, 사업은 사업이다. 아무리 아들이라 하더라도 〈제성유압〉의 동반자가 된 이상, 사사로운 관계를 철저하게 차단하고 모든 업무는 〈제성유압〉이라는 기업의 경영 원칙과 기준에 따르도록 하고 있다. 특히 돈 문제나 직원 채용과 연관된 사안을 결정할 때는 더욱 냉정하고 엄격한 잣대를 적용한다. 사업 초기부터 '돈'과 '취업 청탁'에 대해서는 친인척, 아니 가족 사이라 하더라도 '온정주의'를 철저하게 배제하고 엄정한 원칙과 기준을 적용한다는 게 나의 소신이기 때문이다.

자란 환경과 세대 차이, 생각 차이로 인해 회사 운영을 놓고 이견도 적지 않지만, 아들이 〈제성유압〉에 있는 한 제성의 경영 원칙과 철학을 따라야 할 것이다. 만약 아들이 자신이 이룬 성과를 바탕으로 제성을 떠나 다른 길을 가겠다고 하면 그의 선택을 존중할 것이다.

아들의 생각과 미래를, 내 생각과 내가 걸어온 제성의 틀에 맞추도록 하는 것은 농사를 짓는 아버지가 아들에게도 대를 이어 농사를 짓도록 강요하는 것과 똑같기 때문이다. 나 자신이 아버지가 농사를 짓는 산골을 떠나 엔지니어가 되고 사업가가 되었듯이, 아들도 제성을 떠나 새로운 업종으로 그가 추구하는 새로운 미래에 도전하는 길을 걷는다면 쌍수를 들고 격려할 일이라고 생각한다.

이제 상해 〈제성유압〉도 새로운 기로를 앞에 두고 있다. 사업의 영역도 정통 제조업에서 다른 분야로 도전의 눈길을 돌리고 있다. 내가 관여하는 부분도 조금씩 줄여 나가야겠다는 생각이다. 다만 여전히 높은 산을 걸어야 하는 제성의 동반자이자 조력자로 남고자 한다. 왜냐하면 사업의 고비마다 누군가 유의할 점을 일러 주거나 위험표지판을 알려 주었더라면, 충분히 그 난관을 피하거나 이겨내지 않았을까 아쉬워했던 기억이 있기 때문이다. 〈제성유압〉은 그 자체로 여전히 하나의 생명이고, 희망이다.

4. 다시 손잡은 중국 친구들

중국에서 일하다 보면, 우리나라와 중국 간의 정치적 관계에 따라 중국에서의 사업이 어떤 영향을 받는지 궁금해하는 사람들이 많다. 한 국가 단위뿐 아니라 국가들이 모인 국제 사회도 모든 분야가 얽히고설킨 유기체이므로 정치 외교적 관계가 경제에 영향을 안 미칠 수 없고, 거꾸로 경제도 정치적 관계에 영향을 미친다. 특히 중국은 개혁개방 이후 시장경제 노선을 따르고 있다고는 하나, 정치체제가 공산당이 지배하는 사회주의 이념을 지향하고 있어서 미국이나 일본, EU 등 자본주의 선진국과는 달리 경제가 정치적 바람을 더 많이 타는 건 사실이다.

하지만 좀 더 깊이 들어가 사업가의 시선으로 보면 또 다른 면이 나타난다. 기업의 이익과 성장을 추구하는 기업가의 세계는 이념과 체제를 초월한다. 물론 각기 자국의 경제를 살찌우겠다는 공명심도 없진 않겠지만, 사업의 최전선에서는 냉철할 정도로 철두철미하게 계산적인 이해관계가 자리 잡고 있다.

조금이라도 도움이 되면 한중간의 정치적 관계가 아무리 험악해도 손을 잡고, 도움이 되지 않거나 해를 입힐 성싶으면 두 나라 관계가 아무리 좋아도 결별이다. 바로 프로페셔널 사업가의 영역이다. 이런 세계에서 이해관계를 서로 나누는 인간적 친구가 되기 위해서는 여간한 경력과 교류, 공력으로는 쉽지 않다.

나에게는 이념이나 정치체제를 초월하여 인간적으로 만나는 서너 명의 중국 친구들이 있다. 바로 대구 공장에서 손을 떼거나 상해 서산공장을 접을 때 함께 밥 먹고 술을 마시며 진심 어린 조언을 해준 친구들이다. 나이도 비슷하고 사업가로서의 기질도 많이 닮았다. 우리 사이에는 한중간의 정치적 관계가 별로 끼어들 틈이 없다. 그래서 더더욱 부담 없이 만나 사업가로서의 여러 얘기를 나눈다. 굴삭기 사업을 접은 이후 중국에서의 사업 활동 방향도 그중의 하나이다.

중국 친구들의 얘기를 종합하면, 이제 굴삭기 같은 제조업은 중국이 상당한 반열로 도약했기 때문에 품질과 가격 경쟁력은 기본이고 서비스까지 월등해야 살아남을 수 있게 되었다. 거의 동물적인 후각을 지닌 사업가 친구들로부터 얻은 힌트 중의 하나가 투자 사업이었다.

강소성 소주 옆의 태창에 양 사장이라는 친구가 있다. 나이도 서로 비슷하고 아들끼리도 몇 살 터울로 서로 형, 동생 하며 지내고 있다. 그즈음 양 사장은 건설을 비롯해 핸드폰 액정 제조와 투자 사업으로까지 영역을 넓혀가고 있었다. 얘기를 들어보니 영업 성적도 꽤 괜찮아 보였다.

건설 사업은 투자자금을 모아 땅을 산 뒤에 아파트를 지어 분양하는 형식이었다. 마침 2018년 당시 태창에 아파트 건설을 준비하고 있었다. 〈제성유압〉도 시험 삼아 중국 초상(招商)은행과 함께 투자사로 참여하기로 했다. 997세대를 짓는 아파트 공사는 2019년에 시작됐다. 2020년에 건물이 올라가는 모습을 본 이후로 코로나 사태로 가본 적은 없다. 그런데도 이미 투자 원금을 다 회수했고 약간의 이익금 배당도 받았다. 향후 중국에서 할 수 있는 사업의 한 사례로 검토해 볼 수 있다고 생각한다.

요즘 중국에서는 자기 돈으로 사업하는 사람은 거의 없다. 사업성이 있는 아이템이나 아이디어가 있으면 주위에서 돈을 모아 투자를 한 뒤 이익금을 나눠 가진다. 말할 것도 없이 위험 부담도 있다. 그래도 보통 투자 원금 대비 이익 배당률이 은행 이자율보다는 높게 보장되는 편이다.

투자의 대상도 다양하다. 전도유망한 IT 기업이나 내실 있지만 자금이 부족한 작은 중소기업도 해당한다. 원금 상환 기간은 보통 짧게는 1년, 길면 3년 정도 걸린다고 한다. 당연히 믿을 수 있는 중국 친구들과 협력해서 들어가야 할 사업 영역이다. 경제 환경과 시대의 변화에 맞추는 도전과 창조의 길이다.

5. 차세대 꿈나무를 찾아라

2016년 이후 중국뿐만 아니라 대한민국 곳곳도 돌아다녔다. 여행을 다녀보고 사람을 만나봐야 세상 돌아가는 사정이나 변화가 보인다. 그래야만 또 내가 무엇을 해야 하는지 방향을 잡을 수도 있다.

아무리 도전 정신과 의욕에 넘친다고 해도 60 언저리에 있는 나이로 다른 제조 사업에 뛰어드는 건 아무래도 무리라고 생각되었다. 그래서 사업가의 꿈을 꾸는 젊은 후배들을 많이 찾아다녔다. 차세대 우리나라를 짊어질 꿈나무들이기 때문이다.

꿈을 가진 젊은이들에게 나의 경험담이나 노하우뿐 아니라 인생사까지 들려주고 싶었다. 이것은 작게 보면 제대로 된 사업가 한 명을 키우는 일이고, 크게 보면 국가의 인재 육성에 일익을 담당하는 일일 것이다. 이 새로운 도전을 위해 적어도 10년간은 그 정상을 향해 한 계단 한 계단 올라가고자 한다.

나의 사업 경험상 중요한 결정을 내려야 할 시점에 경륜 있는 선배들의 조언이나 지도가 큰 도움이 되었다. 현대중공업 중장비사업부 본부장을 지낸 박규현 부사장과 김종진 전무 두 분이 대표적인 멘토였다. 옛날부터 이어져 온 두 분의 코치는 호통까지 포함되어 있다. 그런 쓴소리가 기분을 상하게 하기보다는 오히려 약이 되었다.

그래서 성과가 좋지 않았던 때 조금만 도움을 받았더라면 시행착오를 확 줄일 수 있었겠다고 생각한 적도 적지 않았다. 지난 30~40년간 대기업에도 근무해봤고 창업도 해 봤으며 공장 정리도 해봤다. 이러한 과정에서 터득한 나의 경험과 경륜이 젊은 꿈나무들에게 큰 도움이 될 것이다.

어느 해인가 경북 청도에서 와인(wine)을 만드는 청년들을 만났다. 와인을 참 잘 만들었는데 유통에 필요한 자금이 없었다. 젊은 친구들이 은행에서 자금을 빌리려면 담보가 있어야 했는데 젊은 창업자들이 무슨 담보가 있겠는가. 그런 업체에 펀드 형식으로 담보에 참여하기도 했다. 이런 창업자들에게 이익이 생기든 손해가 나든 일단 도전하고 실험해 볼 수 있는 기회를 주는 공간이 필요하다고 생각했다.

그렇다고 아무 데나 자금을 투자할 수는 없는 일이다. 그냥 이곳저곳에 적선하듯 투자하다 보면 자금은 물 새듯 빠져나가기 마련이다. 투자받는 기업인의 도덕적 해이도 반드시 감안해야 한다. 바이오 생명공학 분야든, 반도체든, 전기자동차 배터리든, 내연기관에서 전기로 변하는 고압력 유압 제품이든, 유압 호스에 들어가는 오링 고무 패킹이든 투자 펀드를 만들어 반드시 책임을 지도록 하거나 3~5년 뒤 상장하는 조건을 내거는 것도 한 방법일 수 있다. 이런 기업 가운데 한두 군데라도 살아나면 투자의 의미가 있다고 생각한다.

최근 대구의 한 업체의 경우 한 해 몇억씩 하던 매출이 20억 원 수준으로 오른 적도 있다. 이처럼 발전 가능성이 높은 기업이 나아갈 방향에 대해서는 공장 운영 경험과 제조 판매 경험이 있고 고객의 심리도 잘 아는 유능한 선배 사업가들이 더 잘 조언해 줄 수 있을 것이다. 그러므로 이제 대한민국에서는 이런 선배 그룹들이 힘을 합쳐 장래의 가망성 있는 후배 그룹들을 찾아 밀어주고 지원해 주는 기업 문화와 창의적 시스템이 갖춰져야 한다고 생각한다.

요즘 스타트업기업을 창업하거나 사업을 꿈꾸는 후배들을 만나면 꼭 들려주고 싶은 시가 있다. 학창 시절에 배웠던 조병화 시인의 '해마다 봄이 오면'이라는 시다.

> 해마다 봄이 되면
> 어린 시절 그분의 말씀
> 항상 봄처럼 부지런해라.
> 땅속에서, 땅 위에서,
> 공중에서
> 생명을 만드는 쉬임 없는 작업

지금 내가 어린 벗에게 다시 하는 말이
항상 봄처럼 부지런해라.

꿈이 없는 사람은 인생이 쓰다고 말한다. 조병화 시인은 봄이 되면 버들가지에 물오르듯 그렇게 쉼 없이 부지런해지고, 꿈을 지니고, 새로워지라고 노래했다. 바로 우리의 꿈나무 후배들에게 당부하고 싶은 말이다.

6. 이창호의 귀거래사(歸去來辭)

중국 동진(東晉) 말기, 유명한 '도화원기(桃花源記)'를 지어 무릉도원(武陵桃源)을 노래한 도연명(陶淵明)이라는 시인이 있었다. 그가 권력자에게 굽실거려야 하는 관리 생활이 싫어 벼슬을 그만두고 고향으로 돌아가면서 지은 시가 '귀거래사(歸去來辭)'이다. 속세에 때 묻지 않은 고향 산천의 품으로 돌아가 농사를 짓고 유유자적하며 안빈낙도하는 삶을 그리고 있다.

이 시는 중국인들도 좋아하고, 나도 좋아한다. 다만 내가 도연명과 다른 점이 있다면, 가난한 가운데서 즐기는 자연 속의 삶이 아니라 사업 경륜과 기술을 고향의 발전을 위해 투자하는 꿈을 실현하는 삶을 살겠다는 것이다.

나는 중국 땅에서 사업을 하면서도 반드시 성공하여 고국에도 투자하겠다는 사업보국의 꿈을 한시도 잊은 적이 없다. 그 다음의 꿈은 고향

봉화군 춘양면에 세운 이창호의 '귀거래사' (2016)

봉화로 다시 돌아가 나를 키워 준 고향 산천과 고향 마을, 모교의 발전과 동창, 주민들을 위해 봉사하며 은혜를 갚겠다는 희망이었다.

나의 '귀거래사'에서 서두 내용은 고향 마을에 다시 나의 터전을 닦는 것이었다. 공기 좋은 봉화 산골짝 산등성이에 주위 사람들과 함께 공동 마을을 꾸미고 사는 그림을 그렸다. 마음을 나누고 뜻이 통하는 지인들이 모여 함께 농사도 짓고, 가축도 기르며 작은 공동체 생활을 하면서 그동안 경험한 것들을 후배들에게 가르쳐 주고 나눠 주며 사는 것이다. 이것이야말로 인생을 먼저 살아온 선배들이 물려주어야 할 가장 큰 유산이 아니겠는가.

처음에 산등성이를 개간하려면 '포클레인(poclain)'도 필요할 테니까 내가 배운 조종 기술을 가르쳐 주면서 함께 마을도 만들고, 오솔길도 만들고, 농장도 만들어 토끼. 염소. 닭 등을 야생으로 키우는 모습을 상상하면 머리가 맑아졌다.

2016년, 드디어 봉화군 춘양면에 있는 산등성이를 매입했다. 아버지께서는 농한기 때 식구들을 먹여 살리기 위해 광산에 일을 나가셨는데, 지금은 폐광된 그 광산과 고개 하나를 사이에 두고 있는 곳이다. 산 중턱에 집을 지었고, 집 옆에는 게스트하우스를 겸한 별도의 사무실과 세미나실도 마련했다. 공동체를 이끌어가기 위해서는 꼭 필요한 시설들이라고 생각했다.

집 뒤쪽으로 산꼭대기까지는 하늘로 쭉쭉 뻗은 삼나무들이 호위병처럼 빽빽하게 지키고 있고, 봄이 오면 쑥이 지천으로 올라오는 산속에는 두릅과 산딸기, 망개나무 등이 앞다투어 자라고 있다. 앞쪽 계곡에는 사시사철 맑은 물이 졸졸 흐르며, 건너 앞산에는 산처럼 듬직한 아름드리 소나무들이 씩씩하게 버티고 서 있다. 물론 멧돼지와 노루, 토끼, 너구리, 다람쥐를 비롯한 야생동물들과 온갖 산새들도 이웃으로 함께 산다. 눈을 동쪽으로 돌려 하늘가를 쳐다보면 강원도에서 내려온 태백준령이 물결치듯 아득하게 펼쳐진다. 새벽녘 태백준령을 짚고 아스라이 치솟는 태양을 보노라면, '아, 도연명의 무릉도원이 따로 없구나!'하는 감탄사가 절로 나온다.

집 아래 계곡 구릉 쪽으로 밭을 개간하여 감자나 고구마, 옥수수 등을 심어 지인들과 나눠 먹기도 한다. 어릴 적 먹던 그 감자, 그 고구마 맛이다. 자연히 아버지와 어머니, 형제들과 누나가 함께했던 유년 시절의 온갖 추억과 기억이 아련하게 떠오른다. 가난하고 배고팠지만 참으로 따뜻하고 그리운 시절이었다. 상념에 젖다 보면 철모르고 뛰어놀았던 어릴 적 친구들이 저 멀리서 '창호야!' 하며 달려오는 것 같기도 하다.

고향에 터를 잡은 뒤 진짜 좋은 점은 실제로 죽마고우들을 만날 수 있다는 것이다. 아직 적지 않은 친구들이 봉화를 지키며 살고 있기 때문이다. 옛 추억이 떠오를 때면 언제든 친구들을 만나 막걸리를 걸치며 가슴을 열고 그 시절 얘기를 나눌 수 있다. 어릴 적 친구는 언제 만나도 격의 없고 기분이 좋다. 아무런 이해 관계없이 얘기를 나누다 보면 고향 봉화를 위해서, 고향의 후배들을 위해서 우리가 어떤 일을 할 것인지 등에 대한 아이디어도 자연스럽게 얻을 수 있다.

이런 고향 봉화에서 서울 집을 오가며 생활하니 중국에서 너무나 간절했던 향수병은 이제 말끔히 사라졌다. 아내도 전원생활을 무척 즐기고 있어 나의 귀거래사(**歸去來辭**)는 보람과 즐거움이 두 배다.

11

나의 살던 고향은

1. 봉화 산골 내 고향

넓디넓은 중국에서 하루에도 몇 번씩 지역을 옮겨 다니며 출장을 다니다 보면, 기차나 비행기 시트가 안방 침대만큼이나 익숙해진다. 그래도 여전히 익숙해지지 않는 것이 하나 있다. 창밖으로 보이는 중국의 풍경이 그것이다. 그토록 많이 보아와서 친숙해질 만도 하지만, 볼 때마다 처음 보는 것처럼 감탄사가 튀어나오게 하는 이국의 풍경이다. 그런 이국의 풍경을 보고 있노라면, 탐스러운 백일홍이 붉게 빛나던 어린 시절의 고향에 대한 '향수(nostalgia)'가 아련하게 피어오르곤 한다.

중국 땅 어디를 가든 선명하게 떠오르는 내 고향은 경상북도 봉화군 법전면 풍정1리이다. 갈방산의 맑은 정기를 받는 그곳 678번지에서 나는

4남 1녀 중 넷째로 태어났다. 그 당시에는 어느 집이나 아이들이 북적거렸다. 형제들이 많아서 투덕투덕 다투는 일도 잦았지만, 함께 말썽도 부리고 때로는 뒹굴고 놀면서 둥글둥글한 성격으로 성장할 수 있었다.

50~60년 전 우리 농촌은 너나 할 것 없이 모두 형편이 어려웠다. 잘 곳이 있고 하루하루 먹을 양식이 있다면 만족했다. 그 시절의 삶은 대개 자연과 함께 해가 지고, 날이 가고, 달이 갔고, 한 해가 저물었다.

기억을 더듬어 보면, 처음 지게를 지고 나무를 하러 갔던 때가 초등학교 3학년이었다. 내 몸보다 훨씬 큰 지게를 짊어지고 산을 올랐다. 내가 지게를 진 것이 아니라, 지게가 내 야윈 어깨에 억지로 업혀 있는 꼴이었다.

겨울방학의 첫 번째 과제는 학교 숙제가 아니라, 집에서 겨우내 사용할 땔감을 준비하는 것이었다. 땔감을 해야만 겨울을 따뜻하게 보낼 수 있으니, 또래의 아이들은 모두 땔감을 하러 산에 가는 게 일과였다.

가끔 땔감을 쉽게 하려고 싱싱하게 살아 있는 소나무를 통째로 자르는 경우가 있었는데, 불시에 찾아오는 산림간수는 모두의 가슴을 서늘하게 했다. 아이뿐 아니라 어른들도 긴장하기는 마찬가지였다.

그리고 그 당시에는 명절이 다가오거나 집안의 잔치가 있을 때를 대비해 집에서 술을 직접 담갔다. 식량이 부족해 국가에서 개인이 술을 담지 못하도록 엄금했기에 밀주(密酒)가 되었다. 손님 대접할 술을 살 수 있는 돈도 없을뿐더러, 모든 것을 자급자족하던 생활 때문이었다. 술을 담근 후 어머니는 장독을 안방 아랫목의 가장 따뜻한 곳에 모셔다 놓았고, 그것도 모자라 그 위에 담요를 덮어씌웠다. 그래야 발효가 잘되었다.

집집마다 안방에 장독이 담요를 덮어쓰고 있으면 머지않아 설이 다가온다는 신호였다. 굳이 묻지 않아도 아이들도 자연스럽게 다 아는 일이었다. 그렇게 동네 어른들은 너나 할 것 없이 밀주를 담가 명절이 되면 주전자에 담아내 손님을 대접하는 것이 관행이었다.

이렇게 밀주를 담그는 일이 예사였으나, 한 가지 두려운 것은 가끔 단속반이 나타나 밀주를 확인할 때였다. 그러면 온 동네는 술동이를 숨기느라 한바탕 소동이 벌어지곤 했다.

모두가 가난했던 그 시절, 자급자족하며 근근이 살아가던 주민들에게 단속은 항상 매정하게 느껴졌고, 싸늘한 긴장감을 주었다. 그렇게 땔감을 준비하고, 명절을 지내노라면 방학은 어느새 끝나가고 있었다.

고향 봉화는 그야말로 심심산골이라서 논보다는 밭이 더 많았다. 강원도 산골이나 다름없는 곳이라 자연히 감자, 고구마를 많이 심었다. 겨울에는 주식이 감자와 고구마였다.

'사각사각.'

그 시절 새벽이면 어김없이 들려오는 소리가 있었다. 아직도 눈을 감으면 귓가에 선명하게 울려오는 그 소리, 바로 어머니가 감자 깎는 소리였다.

어머니가 '빼태기'로 감자 깎는 소리는 시간의 흐름을 알리는 시계 초침같이 낮고 규칙적이었다. '빼태기'는 고향 사투리로, 놋숟가락의 끝부분을 비스듬히 잘라내어 감자를 깎을 때 쓰는 도구를 말한다. '퐁당' 하는 소리가 나면 그것은 벌써 한 개를 다 깎았다는 신호였다.

어머니는 그렇게 처마 밑 멍석에 앉아 감자 깎는 소리로 우리들의 아침을 깨우곤 했다. 아버지는 새벽같이 밭에 다녀오셔서 몇 번의 마른기침으로 우리들을 일어나게 했다.

어머니는 마당 한쪽 귀퉁이에 걸어 놓은 솥에 보리쌀을 안치고 그 위에 고구마나 감자를 같이 쪄서 아침밥으로 주셨다. 아침마다 마루 가득 도시락들이 줄을 섰다. 우리 5남매가 줄줄이 학생이었으니, 매일같이 다섯 개의 도시락을 싸는 게 엄마의 큰일이었다.

도시락의 반찬도 거의 감자로 만들었다. 감자를 채로 썰어 고춧가루를 넣고 간장과 마늘을 넣어 만든 감자볶음. 친구들의 반찬도 보나 마나 감자볶음 일색이었다. 초, 중, 고 12년 동안 오로지 도시락 반찬은 감자볶음이었다.

그렇게 지겹도록 먹었건만, 감자볶음은 어머니의 변함없는 사랑이었으며, 지금도 유년 시절의 아련한 그리움으로 남아 있다.

초여름마다 햇감자가 나올 즈음, 삶은 감자를 탁탁 털어먹으면 뽀얀 감자분이 화장품보다 더 하얗다. 그 맛을 잊을 수 없다.

2. 온 동네가 한 가족

요즘은 전화기도 한 집에 한 대, 아니 개인마다 하나씩 들고 다니는데, 어릴 적 봉화에는 마을마다 전화기가 한두 대뿐이었다. 주로 이장 집에 전화기가 있었기에, 외지에서 오는 급한 연락은 모두 이장 집 전화를 통해야 받을 수 있었다. 이장 집으로 전화가 오면 여느 마을과 마찬가지로,

"아아, 아아, 마이크 시험 중입니다. 창호네 집에 울산에서 전화 왔어

요. 빨리 전화 받으러 오세요."

라는 마이크 소리가 동네를 쩌렁쩌렁하게 울렸다.

그러면 어머니는 입었던 옷차림 그대로 마치 달리기 시합하듯 이장 집으로 막 달려갔다. 이장 집에서 전화 통화를 하다 보면 옆에 있던 사람들은 전화 내용을 다 들을 수밖에 없었다.

그때는 작은 마을 누구네 집 숟가락 숫자까지 다 알 정도였으니, 상대방의 목소리가 들리지 않아도 누가 무슨 내용으로 전화했는지 다들 귀신같이 알아챘다. 꼭 그렇지 않아도 어머니는 고맙기도 하고 죄송스럽기도 해서 전화를 받고 나면 전화 내용을 죄다 이야기했다. 그러니 한 집안의 이야기는 온 동네가 다 알 수밖에 없었다. 좋은 소식 나쁜 소식 할 것 없이 숨기는 게 없던 시절이었다.

사람 사는 얘기나 농사일 말고는 딱히 화젯거리가 없었으므로, 아낙네들이 모이는 빨래터는 동네 사람들의 사정과 형편에 대한 시시콜콜한 얘기까지 모든 정보가 공유되는 장소였다.

어느 집에서 부부싸움이 벌어졌다면 그보다 더 재미있는 대화거리가 없었다. 전달하는 사람이 약간의 과장까지 보태어 극적 요소를 더하면, 그 이야기는 삽시간에 온 동네에 전파됐다.

심지어 아이들 세계에서도 어른들의 세계는 비밀이 아니었다. 요즘은 한집에 살면서도 서로 무얼 하는지 알 수 없지만, 그때는 온 동네 이야기를 모두가 낱낱이 알고 지냈다. 온 동네 주민이 한 가족이나 다름없었다.

3. 돼지 오줌보 축구공

모두 한 가족 같은 동네였기에 경조사가 있을 때는 지금과는 사뭇 다른 미풍양속이 있었다. 지금은 부조금이나 조의금을 전달하면 끝이지만, 그때는 각자의 집에서 음식을 하나씩 만들어 가져갔다. 대체로 막걸리나 각종 전, 감주 등이 많았다. 물론 돈이 없어서 그랬을 수도 있겠지만, 우리 부모 세대의 삶은 요즘보다 훨씬 더 사람 냄새가 났다. 큰일이나 힘든 일이 있을 때마다 품앗이하며 사는 것이 일반적이었다.

동네에 큰 잔치가 있으면 빼놓을 수 없는 게 하나 있다. 돼지를 잡는 일이었다. 동네잔치를 하려니 돼지 한 마리는 잡아야 했다. 돼지를 잡는 날은 그게 또 하나의 큰 잔치이자 구경거리였다.

돼지를 잡고 나서 어른들이 고기를 가져가고 나면, 남자아이들에게 덤으로 오는 게 하나 있었다. 바로 돼지 오줌보다. 돼지에게는 오줌보가 사는 데 필요한 생리 기관이었지만, 아이들에게는 장난감 공이었다. 밀짚 대롱으로 세게 입김을 불어 넣으면 바로 둥근 축구공이 되었다.

어린 시절에는 축구공 구하기가 하늘의 별 따기였다. 입에 풀칠하기도 빠듯한 판에 지금의 부모들처럼 축구공을 사 주고, 함께 놀아준다는 건 언감생심이었다. 그래서 한창 뛰어놀 우리 또래들에게 돼지 잡는 날은 정말 신나는 선물을 받는 날이었다.

"우와!"

축구공이 만들어지는 순간, 동네 형이나 동생들 할 것 없이 우르르 운동장 격인 동네 앞 논바닥으로 달려갔다. 그 당시엔 몇 살 차이 나는 형과 동생들이 함께 어울렸고, 반말도 예사였다. 누가 먼저랄 것도 없이 자원하여 축구장을 만들면, 즉석에서 아이들은 두 편으로 갈렸다. 골대는 논 끄트머리에 짚 동에서 빼낸 짚단을 쌓아 만들었다.

경기가 시작되면 아이들은 벼 밑동이 남아 있는 논바닥 경기장에서 돼지 오줌보 축구공 하나를 향해 이리 뛰었다 저리 뛰었다 하며 말 그대로 동네 축구를 했다. 검정 고무신을 신고 돼지 오줌보 축구공을 차노라면, 공보다 고무신이 더 멀리 날아갔다. 고무신을 다시 신고 축구공을 향해 달려가는 우리의 가슴에는 2002년의 월드컵 열기 못지않은 열정이 뜨겁게 타올랐다.

정신없이 공을 쫓아 달리다 보면 해는 어느새 서산 너머로 뉘엿뉘엿 넘어가고 있었다. 오줌보가 너덜너덜해지고서야 모두들 아쉬운 발걸음으로 집으로 돌아갔다. 어두컴컴한 동네 골목길을 걸어가는 아이들의 얼굴엔 땀보다 더 진한 웃음이 가득 퍼지곤 했다.

가마솥에 데운 물로 손발을 씻고 저녁을 먹고 나면, 우리는 이불 속으로 들어갔다. 참 따뜻하고 행복했다. 옹기종기 누운 머리맡에는 라디오에서 드라마가 흘러나왔다. 드라마 속에 빠져 상상의 나래를 펼치다가 스르르 잠이 들었다. 돌아보면 그날들은 너무나 아름답고 소중한 추억으로 내 삶의 한 페이지에 남아 있다.

설날을 지나 대보름까지의 보름 정도는 어른이나 아이나 함께 어울려 즐기며 놀았다. 어른들은 윷놀이를 즐겼다. 햇볕이 따스한 마당에 멍석을 깔아놓고 윷판도 없이 하는 놀이였다. 모두 머릿속에 윷판을 기억해 놓고 윷놀이를 하는 게 참 신기했다.

아이들은 밤에 모여 윷놀이를 즐겼다.

윷판을 그려서 바둑의 흰 돌과 검은 돌을 말로 썼다. 진 팀에서는 남의 집 헛간에 가서 고구마, 물감자를 훔쳐 와서 날것으로 깎아 먹거나 쪄서 먹었다. 어떨 땐 김치까지 몰래 가져와 이불을 뒤집어쓰고 먹었다. 키득키득 웃으면서 먹는 그 맛은 가히 꿀맛이었다.

그러다가 우리는 함께 어우러져 잤다. 아침에 자고 나면 김칫국물이 이불깃에 묻어 있기 마련이었고, 어머니의 꾸중을 감수해야 했다.

"아이구, 이놈들. 또 이불에 김칫국물 묻혔네. 쯧쯧."

어머니의 혀 차는 소리가 지금도 귓가에 생생하다.

또래끼리 모여 자치기, 공기놀이, 딱지치기, 오징어 놀이 등을 했던 기억도 선명하다. 동네 아이들은 오늘은 이 집, 내일은 저 집 돌아가며 밥을 같이 먹고 재미있게 놀기에 날 가는 줄 몰랐다.

가정형편이 어려운 집에 갈 때는 십시일반으로 쌀이나 반찬 등을 조금씩 모으곤 했다. 요즘의 왕따처럼 또래에서 소외되는 아이들이 없이 다 같이 한 식구처럼 지냈다. 서로 밥을 나눠 먹으며 친해지고, 다양한 이야기와 놀이를 통해 아이들은 함께 어우러져 사는 법을 자연스럽게 익히며 자랐다.

4. 아, 나일론 바지여

해마다 겨울이 오면 가장 먼저 생각나는 추억이 있다. 찬바람을 가르며 타는 썰매다. 무논이 꽁꽁 얼면 논에서 '시게또'를 탔다. '시게또'는 스케이트의 일본식 발음으로, 내가 어릴 때까지만 해도 봉화에서는 스케이트를 '시게또'라고 불렀다.

두 개의 받침대 밑에 굵은 철사를 둘러 박고, 그 위에 널빤지를 얹으면 '시게또'가 완성되었다. 썰매를 지칠 때 얼음에 짚고 미는 막대기의 끝부분에 뾰족한 못을 박았다. 썰매를 만들 때 나무는 산에서 얼마든지 구할 수 있었으나, 문제는 굵은 철사였다. 철물점에서 굵은 철사를 사서 썰매를 만들 형편까지는 되지 않았다. 하는 수 없이 아버지 몰래 집안의 농기구 중 '꽉지'(추수 때 곡식을 긁어모으거나, 나무할 때 낙엽을 긁어모을 때 쓰는 갈퀴의 사투리)를 부수는 수밖에 없었다. 친구들이 다 가진 썰매를 혼자만 없어서 기죽기보다는 아버지에게 혼나더라도 갈퀴의 철사 몇 개를 빼낼 수밖에 없었다. 애써 만든 썰매를 들고 논으로 갈 때는 간이 콩닥거리는 불안함도 씻은 듯 없어졌다.

썰매 타기의 백미는 빨리 달리기 경주였다. 엎어지고 넘어지면서도 꼭 이겨야만 하는 경주처럼 죽기 살기로 달렸다. 썰매 타는 기술도 날로 늘었다.

좀 더 나이가 많은 형들은 받침대를 하나만 만들어 한 발로 딛고 서서 스케이트를 탔다. 형들이 부러워 형들이 쉴 때 배우려고 연습해 보았지만, 꽈당 넘어지기 일쑤였다. 그러나 연습해서 안 되는 게 어디 있는가.

나이가 들면서 앉아서 타는 것보다 서서 타는 것에 익숙해진 나를 발견하고 나이는 그저 먹는 게 아니라는 생각도 했다.

한두 시간이 지나면 손발이 시리거나 옷이 물에 젖어서 논두렁 모닥불을 쬐러 모였다. 길가에 흩어진 삭정이를 긁어모으면 금방 불을 피울 수 있었다.

어느 날이었다. 새로 산 바지를 입고 손을 녹이느라 모닥불을 쬐고 있었다.

"창호야, 니 바지 좀 봐라."

"아이구, 우짜노?"

새로 산 나일론 바지가 불기운에 쪼그라들고 있었다. 급한 김에 쪼그라든 부분을 아래로 확 잡아당겼다. 아니, 이게 어떻게 된 일인가? 원래 상태로 되는 것이 아니라, 나일론 옷감이 찍 늘어나면서 바지 모양이 뒤틀려졌다. 살이 불에 덴 것처럼 번들거렸다.

"와하하하…."

"에이, 큰일 났다. 산 지 얼마 되지 않았는데…."

썰매놀이의 신나던 맛도 일순간에 사라져 버렸다. 누가 볼세라 부끄러움 반 걱정 반 전전긍긍하면서 집에 들어서니, 아니나 다를까 어머니의 목소리는 거칠고 날카롭게 귀청을 때렸다.

"창호야, 옷을 새로 샀으면 조심해야지!"

"불이…."

"어이쿠, 속상해서. 원…."

속상한 어머니에게 죄송하기도 했지만, 한편으로는 억울하다는 생각도 들었다.

내가 일부러 그런 것도 아니고, 추워서 손을 녹이려고 한 것뿐인데⋯.

그날은 저녁도 굶었다.

"창호야, 밥 먹어라."

"배 안 고파요."

달그락거리는 숟가락 소리를 들으면서 배는 고팠지만, 도저히 가족들 앞에 얼굴을 내밀 수 없었다. 그날 밤은 유난히 길었다. 배도 무척이나 고팠거니와 무엇보다 나를 이해해 주는 사람이 아무도 없다는 외로움 때문이었다. 길고 긴 그날 밤만은 외로움을 끌어안고 잠이 들었다.

지금 생각하면 대수롭지 않은 일이지만, 그날의 실수는 아직도 아픈 상처로 남아 있다. 사람은 누구나 실수를 한다. 하지만 실수했을 때 누군가 보듬어 준다면 그것보다 좋은 치유책이 없다는 생각도 든다.

5. 내려앉은 구들장

아직도 생생하게 기억나는 우스운 에피소드가 하나 있다. 그 당시 내가 다니던 다덕초등학교는 1학년부터 6학년까지 모두 한 반씩밖에 없었다. 졸업생은 60명 정도였다. 그 아이들이 모두 모여 놀기 위해서는 넓은 방이 필요했는데, 마침 마을에서 우리 집 아래채 방이 제일 넓었다. 평소 누에를 치던 잠실방이었다. 그래서 아이들이 우리 집으로 몰려들었다.

그날도 뭔지는 몰라도 집에서 지치도록 웃으면서 떠들고 놀았다. 어

다덕초등학교 2학년 전체 봄 소풍(우르실)[뒷줄 왼쪽에서 4번째가 저자] (1970)

릴 때는 뭐가 그리 재미있는지 모이기만 하면 웃고 떠들었다. 한창 신이 난 와중에 기찬이와 삼석, 호재, 현재, 순재, 인자, 경호, 인홍, 순복이 등 40여 명이 큰 소리로 노래를 부르기 시작했다. 당시 유행하던 가요 중 한 소절이었다.

"가다 말다 돌아서서 아쉬운 듯 바라본다~ 미련 없이 후회 없이 남자답게 길을 간다~ 눈물을 감추려고~~"

그때였다. '두~두~둑' 하며 무엇인가 무너지는 소리가 나더니, 노래를 부르던 여러 친구의 발밑이 움푹 내려앉았다. 구들장이 주저앉은 것이다. 찬물을 끼얹은 듯 순식간에 웃음이 멈추었다. 얼마나 야단법석으로 뛰어놀았으면 멀쩡하던 구들장이 내려앉았겠는가.

그날 저녁. 나는 죽지 않을 만큼 회초리를 맞았다. 어머니가 대체 무얼 하다 그리되었느냐고 물었지만, 아무리 생각해도 변명할 말이 없었다. 구들장이 내려앉으면 그 무게만큼 부모님이 고생해야 한다는 것을 어린 나이에도 알았다.

어릴 적 우리는 혼자 노는 아이도 없었고, 혼자서 할 수 있는 놀이도 없었다. 무조건 무리를 지어서 놀았다. 자치기, 썰매 타기, 땔감 하기, 오징어 놀이, 공기놀이, 축구, 숨바꼭질, 구슬치기, 딱지치기, 말타기, 연날리기, 활쏘기, 토끼와 노루 잡기 등 어느 하나도 혼자서는 재미를 느낄 수 없었고, 최소한 두 명은 모여야 놀이를 할 수 있었다.

또래들과 그렇게 놀면서 인간관계를 배웠고, 인생을 배웠다. 살아가는 데 필요한 많은 것들을 학교 책상에서가 아니라, 책상 밖에서 대부분 배웠다. 지금 생각해 보면 학교에 오가는 시간, 수업이 끝난 후 쉬는 시간, 점심시간, 하교 이후에 동네에서 아이들과 떼를 지어 몰려다니던 때가 내게는 인생을 배우는 수업 시간이었다. 심지어 꾸중을 들으면서도 그 안에는 배움이 있었고, 산에 가서 땔감을 마련하는 와중에도 배움이 있었다.

산에서 땔감을 할 때는 양지바른 언덕에 소나무 잎과 떡갈나무 잎이 뭉쳐 있는 것을 갈퀴로 위에서 아래로 내리훑어 가득 모은 뒤 지게에 가득 지고 내려왔다. 나무를 하다 보면 금세 날이 어두워지곤 했다. 무서운 생각이 들면 저쪽 산등성이에서 땔감을 하는 형들을 불렀다. 멀리서 들려오는 형들의 소리는 참으로 위로가 되었다.

그러나 내려올 때가 문제였다. 처음 산에서 내려올 때는 무서워서 금방이라도 바지에 오줌을 지릴 것 같았다. 가끔 꿩이 바삭거리거나 동물들이 지나갈 때면 간담이 서늘해졌다. 어두운 산속에서 사람 소리는 반갑지만, 동물들의 소리는 공포의 대상이었다. 스치는 낙엽 소리에도 심장이 콩알만 해지곤 했다. 구들장이 내려앉아 부모님께 야단맞는 것보다 더 무서웠다. 그렇게 밤길을 몇 번 오가다 보니 어느새 그 어둠에 익숙해져 있었다.

구들장이 내려앉는 사고까지 칠 정도로 놀기 좋아하고, 장난기 가득했던 어린 시절이었지만, 그 시절 하루하루는 다 훗날의 나를 만드는 밑거름이었다. 그때 내려앉은 구들장 값이 어쩌면 인생 수업료가 아니었을까?

6. 공부 빼고는 다했다

우리 집에서는 해가 중천에 떠올라도 아버지나 어머니나 아침에 학교 가라고 깨우는 법이 없었다. 학교에 가지 않으면 그 시간에 당연히 농사를 지어야 했기 때문에 굳이 깨울 필요가 없다고 생각하셨던 것 같다. 그 바람에 나는 수업 시간에 몇 번 지각하기도 했다. 결국 할 수 없이 스스로 잠을 깨기 위해 애쓸 수밖에 없었다. 내가 할 일은 내 혼자서 해내야 하는 과제임을 그때부터 저절로 몸으로 배웠다.

아침에 일어나는 것뿐 아니라 노는 것 빼고는 무슨 일이든 혼자 해야만 했다. 다른 아이들과 달리 학교에 다녀와서 교복을 빨래하는 것도, 옷

깃을 다림질하는 일도 언제나 내 몫이었다. 처음부터 그렇게 습관이 들었기 때문에 한 번도 그런 것들을 어머니가 해 줘야 한다고 생각해 본 적이 없었다.

길가에 있는 빨래터에는 동네 아주머니들과 누나들이 모여 앉아 온갖 이야기를 해가며 빨래를 하곤 했다. 방과 후에는 나도 교복과 신발을 들고 그 틈에 들어가 옷을 열심히 빨았다. 조금 자라면서는 어쩐지 부끄러워 집에서 펌프로 물을 퍼 올려 빨래를 했다. 어쨌든 내가 직접 빨래를 해야 했으므로 옷을 조심스럽게 입고 항상 때가 덜 묻도록 신경을 쓰는 습관이 몸에 익었다. 그 오랜 습관 덕택에 지금도 나는 옷을 매우 깔끔하게 입는 편이다.

빨래 외에도 여러 집안일을 부모님이 시키지 않아도 스스로 했다. 주로 소꼴 베기, 저녁밥 준비, 빨래 정리, 마루와 방 청소 같은 것들이었다.

저자가 태어나서 고등학교까지 성장한 시골집

누가 무얼 어떻게 하라고 가르친 적도 없었지만, 논밭에서 허리가 휘도록 고생하시는 부모님을 보면 수고를 조금이라도 덜어 드리고 싶은 마음에 가만히 앉아 쉴 수가 없었다.

나는 말썽꾸러기 짓도 많이 했다. 운송 수단이라고는 지게밖에 없었던 동네에서 가끔 눈길을 사로잡은 것이 있었으니, 다름 아닌 삼륜 자동차였다. 바퀴는 앞에 하나, 뒤에 두 개가 있었다. 가을이 되면 수확한 농작물을 매입하려고 삼륜차가 이 마을 저 마을로 돌아다녔다. 주로 고추, 감자, 고구마, 사과, 무 등을 가득 싣고 다녔다.

철부지였던 우리 또래들은 자동차가 신기해서 운전기사가 안 보일 때면 몰래 삼륜차의 라이트를 돌로 내리쳐서 전구를 빼내어 도망을 갔다. 그 라이트 전구가 얼마나 신기했는지 차 주인의 입장은 생각지도 않고 간 큰 장난을 쳤다. 아무리 생각해도 참 말썽꾸러기였던 것 같다. 어디 그 장난만 쳤겠는가? 지금은 기억에도 없는 숱한 장난을 쳤다. 동창생들을 만나 추억을 이야기하다 보면, 말썽을 일으켜 어른들 속을 썩인 크고 작은 장난이 한두 개가 아니었다.

그러나 그 많은 일 중에 유독 하지 않은 하나가 있었으니 바로 공부였다. 공부는 학교 수업 시간에만 하는 걸로 생각했고, 책상에 앉아 팔자 좋게 공부나 하는 건 나와는 전혀 다른 세계의 일이라고 여겼다.

그러던 내가 불과 몇 년 후에 자진해서 '공부를 하고 싶다.'는 말을 하게 될 줄 누가 알았겠는가. 공부를 하는 것 역시 스스로의 힘으로 딛고 일어나야 하는 과정임을 그때까지는 몰랐다.

12

그리운 우리 가족

"어디서든 남들보다 풀 한 포기 더 뽑아라!"

- 아버지의 말씀 중에서 -

1. 연하 아버지, 연상 어머니

요즘에는 연상인 여자와 연하인 남자 커플이 흔하지만, 내 부모님 세대만 해도 연상연하 커플은 남들 입에 오르내리는 화젯거리가 될 정도로 매우 드물었다. 그것도 시골 마을에서 한두 살도 아니고 세 살 차이의 연상연하 커플이 나왔으니, 내 부모님 두 분은 결혼하기도 전에 이미 유명세를 탔다.

아버지와 어머니는 당시 관행에 따라 중매로 만났다. 아버지는 17세, 어머니는 20세에 혼인하셨다. 신랑 이동억(李東億)과 신부 금순홍(琴順

부모님 회갑 기념 (1993)

紅), 요즘으로 치면 고등학생 1학년과 고등학교를 갓 졸업한 스무 살 처녀가 그렇게 부부의 연을 맺은 것이었다. 그 장면을 떠올리면 나도 몰래 웃음이 나와, 가끔 어머니께 장난삼아 묻곤 했다.

"엄마, 그 어린 남자애 어디가 마음에 드셨어요?"

짓궂은 농담에 옛날 생각이 나는 듯 어머니는 가만히 혼자만 엷은 미소로 웃으시곤 했다. 그 시절이 그리움 속에 아련하게 떠오르는 듯이.

아버지와 어머니가 인연을 맺게 된 계기는 소 때문이었다. 당시 할아버지는 정식 수의사는 아니었지만, 먼 마을에까지 소를 잘 본다는 소문이 자자했다. 그때 봉화군 명호면 고감리에서 농사를 짓던 금석상이라는 어른 댁의 황소가 병이 나 할아버지에게 급한 연락이 왔다.

황소의 병도 병이었지만, 할아버지는 금석상 어른의 집에서 왔다 갔다 하는 예쁘장한 처자가 더 눈에 들어왔던 모양이었다. 알아보니 금씨 어른의 어린 여동생인데, 어머니가 일찍 돌아가시는 바람에 오빠 집에서 지낸다는 것이었다. 나이는 스무 살, 당신의 아들보다 세 살 많지만 얌전하고 아리따운 자태를 보고는 그 자리에서 아들의 천생배필로 점을 찍었다고 했다. 황소를 돌보고 난 뒤 할아버지는 금석상 어른에게 곧바로 아들을 보내겠으니 한번 보라고 했다.

며칠 뒤 할아버지의 명에 따라 소년티를 갓 벗어난 17살 아버지는 장닭 두 마리를 묶어 들고 법전면에서 명호면 어머니 집으로 갔다고 했다. 그렇게 인사를 올리고 난 뒤 서로 성격이 맞는지, 상대방이 어떤 사람인지 제대로 알아볼 겨를도 없이 결혼 절차는 일사천리로 진행되었다. 1949년 11월이었다.

두 분은 결혼 직후에 우리의 고향 집도 지었다. 황소 병을 살피러 갔다가 할아버지의 눈썰미 덕분에 두 분은 그렇게 부부의 연을 맺은 것이다. 그러고 보니 할아버지는 소뿐만 아니라 사람도 잘 보신 게 틀림없다.

풋풋했던 시절이야 옛날이야기이고, 아버지 어머니도 시골의 여느 부부들처럼 별로 대화가 없었다. 오래된 부부는 우스갯소리로 전우라고 한다. 전쟁 같은 결혼생활에서 싹튼 동지애를 빗댄 말이다. 부모님은 특히 시골의 옛날 분들이라 그런지 서로 애정 표현이나 존경스러움을 내보이지도 않으셨다. 그저 농사일을 묵묵히 하면서 비가 오나 눈이 내리나 논과 밭에서 땀 흘리는 일상이 두 분의 삶이었다.

아버지와 어머니 사이에는 모두 4남 1녀의 자식이 있다. 나는 넷째다. 위로는 큰 형 이원창과 둘째 형 이창원, 그리고 누나 이선희가 있고, 밑으로는 남동생 이호원이 있다.

항상 아버지 못지않게 의지가 됐던 큰형은 공부를 잘했다는 기억이 있다. 중학교를 졸업하고 지역 유수의 고등학교에 합격했지만, 입학은 하지 않았다. 그때는 더 원했던 학교에 가지 못해서 포기한 것으로 알고 있었는데, 그건 아버지와 어머니의 가슴을 덜 아프게 하려는 속 깊은 변명이었던 같다. 지금 생각해 보니 형이 집안 형편을 생각해 스스로 학업을 접었던 것이라는 확신이 든다.

어떻게든 공부는 해야 한다고 생각했던 꿈 많던 시절, 친구들은 모두 교복을 입고 학교로 가는데 어느 누가 상급학교 진학을 마다하고 싶을 것인가. 확실히 첫째와 넷째의 차이는 있었다.

둘째 형과 나는 놀았던 기억이 주로 남아 있다. 우리는 공부는 잘 안 했지만, 갈방산 먼 산까지 같이 나무도 하러 다니고 때때로 함께 농사일도 하며 누구보다 끈끈한 형제애로 뭉쳐 지냈다. 둘째 형은 누구보다도 활달하고 활동적이었다. 특히 토끼와 꿩 사냥에 재주가 뛰어나서 종종 가족들에게 고기 맛을 보여 주곤 했다.

동생 호원이는 공부를 참 잘했다. 형과 누나, 나의 공부에는 무관심했던 아버지도 막내의 공부만은 신경을 많이 쓰는 것 같았다. 그 덕분이었는지 동생은 법전중학교에서 늘 1, 2등을 차지했고 그 당시 시골에서는 진학하기 어려운 서울 수도공고에 합격했고 나중에 대학교까지 마쳤다.

2. 빚보증과 노름, 그리고 술

아버지는 성실하게 농사를 지으면서도 어린 내가 보기에도 어머니 속을 무던히 썩였다. 특히 돈 문제와 노름으로 어머니가 언성을 높일 때가 많았다. 어머니를 속상하게 만드는 그런 아버지가 밉기도 했다. 형들과 누나도 나와 같은 마음에 아버지와 별로 대화를 나누지 않았지만 그래도 꾸준히 아버지를 챙기는 사람은 어머니였다. 아버지의 무책임하고 대책 없는 일탈은 영락없는 연하남의 모습이었고, 그런 아버지를 챙기는 어머니는 듬직하고 그릇이 큰 연상녀의 전형처럼 보였다.

그런 아버지와 어머니 두 분뿐 아니라 우리 가족 모두에게 지워지지 않는 아픈 기억이 있다. 아버지가 어머니의 만류를 뿌리치고 선뜻 친구의 보증을 선 것이다. 아버지의 호탕한 성격 탓에 늘 조심스러워했던 어머니는 그때 집에서 큰 소리가 들릴 정도로 대거리를 하셨다.

아니나 다를까. 아버지는 한순간의 잘못된 선택으로 애써 모은 논밭을 한순간에 모두 날리게 되었다. 물이 잘 드는 논 네 마지기와 산자락에 있는 비옥한 밭이었다. 젊은 시절 안 먹고 안 입으면서 악착같이 모은 논과 밭이 순식간에 홀랑 남의 손에 넘어간 것이었다.

성경에도 보증은 서지 말라고 했는데, 아버지는 오래전부터 내려오던 그 말을 무시했다. 결국 친구를 위한답시고 온 가족에게는 평생 지울 수 없는 상처를 남기고 말았다.

식구들 마음속에 쌓인 원망과 불평을 느끼신 아버지는 말씀이 없어졌고, 우리도 불평을 말로만 풀어내고 있을 수만은 없었다. 그래도 먹고 살기 위해서는 이를 깨물고 아픔을 이겨내야만 했다. 우리는 서로 그 말을 일부러 피했고, 그 기억을 머리에서 지우기 위해 애썼다. 솔직히 지우려고 애쓸수록 오히려 생생한 아픔으로 남아 있었지만.

그 이후 아버지는 남의 가슴에 못질하지 않고 우리 다섯 남매를 키우기 위하여 가을걷이가 끝나면 이듬해 봄까지 탄광이나 금광에서 일했다. 한 푼이라도 벌어서 당신께서 저지른 실수를 만회하려고 부단히 애쓰는 뒷모습을 여러 번 보았다. 아직도 아버지를 떠올리면 보증 때문에 늘 기가 꺾인 모습이 먼저 생각난다. 논밭을 잃었을 뿐 아니라 부부간의 신뢰도 잃었고, 자식들에게도 큰 상처를 남기며 아버지로서의 권위도 잃어버렸는지 모른다.

어머니의 속을 끓인 건 보증뿐만이 아니었다. 겨울이 되면 아버지는 소소한 노름으로 어머니의 애간장을 녹였다. 장롱 속에 있던 금을 몰래 내다 팔아 노름판에 나가기도 했다. 어떤 때는 일주일씩 들어오지 않는 날도 있었다. 아마 며칠씩 밤을 새우는 것 같았다. 술도 자주 마시면서 몸을 돌보지 않아 어머니의 한숨은 가실 날이 없었다. 그럴 때마다 어머니는 말없이 윗마을 이모네로 가시곤 했다. 그곳에 가셔야만 그나마 숨통이 조금 트이시는 것 같았다.

아버지가 술을 마시는 날이면, 나는 작은형, 누나와 번갈아 가며 명찰골에 있는 주막집에 아버지를 모시러 갔다. 타박타박 걸어가는 길에 파

앞줄 왼쪽: 이원창(큰형), 오른쪽: 이창원(작은형)
뒷줄 왼쪽: 박상원(자형), 가운데: 저자, 오른쪽: 이호원(막내)

삭파삭 생기는 먼지는 마치 억지로 한 걸음 한 걸음 내딛는 내 마음 같았
다. 그런 날은 어머니 눈치 보랴, 아버지 부축하랴, 여러모로 몸과 마음이
불편했다. 어렸음에도 아버지의 행동이 남 보기에 창피하다는 생각이 들
었다. 그때 이런 다짐도 했다.

'내가 크면 저렇게 몸을 가누지 못할 정도로 술을 마시지는 말아야지.'
'저렇게 술을 마셔서 자식에게 부끄러운 아버지가 되지는 말아야지.'
그 아픈 기억 때문인지 나는 성인이 되어서도 내가 술을 마시면 마셨
지, 술이 나를 마시지는 않도록 했다. 그런 모습을 아내에게 보여 주고 싶
지 않았고, 자식들에게는 더더욱 물려주고 싶지 않아서였다.

3. 여름 농부, 겨울 광부

아버지는 1933년 당시 행정구역상으로 경북 안동군 녹전면 내정리에서 3남 2녀 가운데 넷째로 태어났다. 나도 넷째여서 때때로 아버지와 묘한 동질감을 느끼곤 했다.

아버지는 그곳에서 9살 때 할아버지를 따라 강원도 삼척 탄광촌으로 갔다. 아버지의 고향 마을이 산골이라 먹을거리가 턱없이 부족하고 살림도 형편없었으므로 할아버지가 돈벌이하러 아들을 데리고 탄광으로 떠났을 것이다.

또 그 당시는 일제 치하인지라 어린 아버지도 할아버지 곁에서 탄광 일을 거들며 밥벌이에 나섰을 것이다. 세상의 모든 아버지가 그렇듯이, 당신들이 고생했던 시절을 가슴에 묻어두고 자식들에게는 잘 말씀을 안 하셨기에 짐작으로 생각할 뿐이다.

아버지가 봉화군 법전면 풍정리로 들어 온 때는 해방 직후인 15살 무렵이었다. 아버지가 정착한 마을은 금광이 있는 분미골이었다. 그 당시 봉화군 법전면 우리 고향 마을 주변은 온통 금은 광산 지역이었다. 삼척과 도계에서 석탄을 캐다가 좀 더 돈벌이가 되는 금광 지역으로 옮긴 것으로 보인다. 여기서 할아버지의 주선으로 어머니를 만나 자리를 잡고 평생을 보내셨다.

그 당시는 추수가 끝나고 겨울이 되면 농한기여서 아버지는 변함없이 광산에서 막노동을 했다. 농사철에는 농부로 농한기에는 광부로, 요즘 말로 하면 '투잡(two job)'을 뛴 셈이었다. 그렇게 피땀 흘려가며 일해서 동네 집 주변의 논밭과 조그만 산도 마련했다.

그뿐만 아니라, 집 주변 공터에는 축사를 지어 돼지와 닭을 제법 규모 있게 사육하기도 했다. 그 덕분에 어릴 때 살림살이가 부유하지는 않았지만, 밥을 먹지 못하고 굶을 정도로 궁핍한 정도는 아니었다. 특히 닭을 많이 사육한 덕분에 닭죽은 질릴 정도로 먹었던 것 같다. 다 가장인 아버지가 더울 때나 추울 때나 부지런하게 일하신 덕택이었다.

그러나 아버지는 착실히 돈을 모으며 재산을 키워가는 성향은 아니었던 것 같았다. 어릴 적 기억 중의 하나로 아버지가 개인 돈으로 마을 회관을 하나 지었던 게 있었는데 그 문제로도 어머니와 자주 언쟁이 있었다. 광부와 농부로서 일하면서도 어려운 사람이 있으면 도와주고 베푸는 기질이 있었고, 동네나 고을 행사에도 앞장서서 일하기 좋아했다. 이웃의 빚보증을 잘못 서는 바람에 애써 마련했던 논과 밭을 날린 것도 아버지의 그러한 성품이 작용했다고 짐작된다.

여느 집안이 그러했듯 내가 어릴 때는 아버지와 많은 이야기를 나누지는 못했다. 아버지와의 마지막 대화는 김천 직업훈련원으로 떠날 때였다.

1980년 10월 4일, 그날은 아침부터 유난히 비가 많이 내렸다. 어머니가 맞춰 준 바지와 와이셔츠를 입고 옷 보따리를 옆에 둔 채 두 분께 큰절을 올렸다. 비록 눈물을 보이지는 않았지만, 집을 떠나는 자식에 대한 애잔한 마음이 두 분의 얼굴에 확연히 묻어났다.

아버지는 목이 메었는지 헛기침을 서너 번 하고는 처음으로 긴 말씀을 하셨다. 비장한 기운마저 흘렀다.

"창호야, 이제 오늘 이렇게 집 나가면 아마도 돌아오기 어려울 거다. 네가 어디 가서 무엇을 하든 간에 남들보다 풀 한 포기 더 뽑아라! 그리고 객지에서 주색을 멀리해야 성공한다. 알았제? 내 말 명심해라."

아버지의 목소리가 매인 것으로 봐서는 그때 이미 내가 집에 있는 마지막 날이라는 사실을 예감하고 계셨음에 틀림이 없었다. 남들보다 더 부지런하고 열심히 살라는 아버지의 그 당부 말씀을 나는 어디서든 잊지 않았다.

특히 어린 나에게 주색을 멀리해야 한다는 말씀은 뭔가 어색하면서도 인상적이었다. 아버지의 경험에서 나온 당부라는 것쯤은 알 수 있었다.

그렇게 집을 떠난 이후 추석이나 설 명절을 빼고는 집에 제대로 들어가 살아보지를 못했다. 물론 아버지와 대화다운 대화를 나눠본 적도 없다. 그 뒤 아버지는 쭉 농사를 짓다가 1997년 세상을 떠나셨다. 광산에서도 일을 많이 해서 폐에 진폐증세가 있었다는데, 그게 일찍 돌아가신 원인이었던 것으로 보인다. 그래서 '어디 가든 남들보다 풀 한 포기 더 뽑아라!'라는 말씀은 지금까지 나의 가슴속에 유언과도 같이 새겨져 있다.

4. 어머니의 공휴일

어렸을 적엔 아버지와 어머니를 따라 논밭을 다니면서 농사일을 거들고 잔심부름도 많이 했다. 그래도 어김없이 5월 5일 어린이날이 오면, 그날만은 모든 일로부터 해방이었다.

논밭에 안 가도, 숙제를 안 해도 어머니는 절대로 꾸중하지 않았다.

그저 그날 하루만이라도 실컷 놀아도 된다고 하셨다.

요즘처럼 백화점에서 원하는 선물은 고사하고 학용품 하나 사 주지 못했지만, 어머니가 나에게 준 '자유'라는 그 선물이 너무나 고마웠다. 산골에서 아이들이 해야 하는 모든 일과로부터의 자유 선언, 그것은 우리가 얻을 수 있는 선물 중에서 무엇보다 값진 것이었다. 그날만은 우리 동네 이집 저집 아이들은 산과 들을 자유롭게 뛰어다니며 놀았다. 소파 방정환 선생의 덕을 톡톡히 입었다.

하지만 그날도 어머니는 고된 몸을 이끌고 뙤약볕을 맞으며 밭으로 나가셨다. 어린이날의 해가 뉘엿뉘엿 넘어갈 때까지 실컷 놀다가 밭에서 돌아오던 부모님을 기다리면 벌써 어둠은 마당 안으로 짙게 배어들고 있었다.

어머니는 평일에도 일했고, 주말에도 일했으며, 심지어 어머니날에도 일했다. 자식들이 달아준 카네이션이 그렇게 고마웠던지 눈시울을 붉히면서도 밭으로 나갔다. 어린 자식들을 먹여 살리려는 지극한 모성이었다.

어머니는 아픈 날만 논밭으로 나가지 않았다. 그러니까 우리 어머니의 공휴일은 오직 고된 농사일이 힘에 겨워 몸져누운 날이었다. 쉬는 날이 아니라 끙끙 앓는 날이었다. 그러니까 어머니의 쉬는 날은 평생 하루도 없었다. 아, 자식들의 사슬과 땅의 굴레에 평생 얽매여 살아야 하셨던 어머니, 우리 어머니.

이 땅의 어머니들에게 왜 공휴일이 없었을까? 철없이 놀던 그 시절에는 어머니의 고단한 일상을 몰랐지만, 지금에서야 생각하면 너무 가슴이 아려 온다. 지열이 흠씬 올라오는 뜨거운 밭고랑에서 얼마나 고된 숨을 많이 내쉬셨을까?

그렇게 일을 하고도 집에 와서는 어둑한 부엌에 들어가 밥이며 반찬이며 준비했고, 식사가 끝나면 설거지도 오롯이 어머니 몫이었다. 새벽부터 잠잘 때까지 한시도 쉴 틈이 없었던 우리 어머니. 어머니에게는 일 밖에는 아무것도 없었다. 그래도 어머니는 병 한번 걸리지 않으셨다. 허리 한번 펼 여유가 없을 정도로 너무 바빠서 병에 걸릴 시간도 없으셨나 보다.

어머니의 옷이라고 해봤자 장에 갈 때 입는 하얀 한복 치마저고리와 일할 때 입는 '몸빼'밖에 기억나지 않는다. 평생 치장 한번 제대로 하지 않고 흙과 함께 지내셨다.

그런 어머니가 2005년 3월 27일, 갑자기 돌아가셨다. 중국에서 하는 나의 사업도 어느 정도 자리를 잡아갈 무렵이었다. 상해 사무실에서 오전 회의를 하고 있는데 봉화에 있는 사촌 동생 이만원에게서 청천벽력 같은 연락이 왔다. 어머니가 무슨 약을 드시고 기도가 막혀 돌아가신 것 같다고 했다.

"야, 무슨 소리야. 어제 통화도 했는데?"

그냥 숨이 턱 막혔다. 봉화 청량산 자락 명호면에서 시집와 택호가 '명호댁'인 어머니는 그렇게 허망하게 우리 곁을 떠나셨다. 뭐가 그리 급하셨는지….

돌아가신 어머니를 보고 후회하는 눈물은 흘리지 않았다. 다만 이별의 아쉬움과 그간 켜켜이 쌓인 정 때문에 눈물을 흘렸을 뿐이다. 사실 아버지를 먼저 보내고 어머니께는 할 수 있다면 최대한의 효도를 다 하고자 했다. 중국에 있을 때도 찾아뵐 수 있는 시간만 있으면 찾아뵙고 한나절 동안 이런저런 이야기를 나누며 보낸 적도 많았다. 옛 추억을 얘기하며 어릴 적 어머니가 해주셨던 음식을 만들어 먹기도 했다. 항상 자식을 그리워하는 어머니와 그저 살을 비비며 자식으로서 정을 나누었다.

더더욱 애절하고 비통했던 것은 그해 4월 초부터는 어머니를 상해로 모시고 1년 정도 우리 가족과 함께 지내기로 약속까지 해놓은 상태였기 때문이다. 며칠만 더 기다렸더라면 중국 구경이라도 실컷 시켜 드렸을 텐데.

어머니가 돌아가신 뒤에 새로이 알게 된 사실이 하나 있다. 어머니의 고향 마을을 찾아가 그곳 어르신들에게서 들은 내용이다. 어머니가 한 번도 얘기하지 않았던 사연이기도 하다.

1930년생인 어머니는 경북 영양군 일월면 주곡리가 고향으로 2남 3녀 중의 막내였다. 그런데 외할머니가 어머니를 낳은 직후 과다출혈로 그만 세상을 떠나셨다. 어머니는 핏덩이 갓난아이 때부터 엄마의 품을 느끼거나 정을 받는 건 고사하고, 젖도 제대로 먹지 못한 채 오빠 언니들의 손안에서 자라야 했던 것이다.

나에게는 외삼촌인 큰오빠 금석상 어른이 결혼하면서 어머니는 오빠 집으로 갔다. 집안 형편상 학교는 문 앞에도 못 가보고 집안일만 해야 했을 것이다. 남들은 다 엄마가 다정스럽게 보살펴주던 꿈 많던 소녀 시절, 어머니는 하늘을 보고 오빠 언니들에게서 들은 엄마의 얼굴을 상상하며 가슴속으로만 그리움을 삭였을지도 모를 일이다.

하늘에서 엄마 없는 어린 딸을 보고 있는 외할머니는 또 얼마나 가슴이 아렸을까? 우리 형제자매들에게는 한 번도 얘기하지 않고 당신 마음 속에만 숨겨 왔을 아픈 사연을 처음 듣고는 나도 모르게 눈가에 뜨거운 이슬이 맺혔다.

어머니가 살아생전 한평생 그리워했을 어머니의 어머니, 그러니까 나의 외할머니를 찾아 인사를 올리는 게 돌아가신 어머니의 한평생 한(恨)을 풀어드리는 마지막 효도라고 생각하고 외할머니의 묘소를 수소문했다. 그러나 90년 가까이 세월이 흐른 뒤라 아무도 외할머니의 묘소를 찾을 수 없었다. 겨우 무슨 고개 정상의 오른쪽이라는 대충의 위치만 파악했다. 외사촌들과 함께 육포와 술을 준비한 뒤 어머니의 고향 마을에서 술을 따르고 외할머니 산소 방향으로 절을 올렸다.

'외할머니, 우리 엄마 많이 보고 싶었지예? 이제 꼭 안고 잘 보살펴 주이소.'

어머니를 생각하며 한 번도 보지 못한 외할머니에게 기도하듯 부탁을 드렸다. 눈물 어린 뿌연 하늘가에 어린 시절 꼬마 소녀 같은 어머니가 그제야 외할머니 품에 꼭 안겨 활짝 웃고 계신 것 같았다.

세상의 자식들은 말한다.

"나중에 돈 많이 벌어서 효도할게요."

그러나 야속하게도 부모님은 그때까지 기다려 주지 않는다. 철이 들어 보니 어린이날이 부모님의 사랑에 감사하는 날로 바뀌었으면 좋겠다는 생각도 든다. 해마다 어린이날이 저물어 가면 저 멀리 산모롱이 길에서 일을 마치고 터벅터벅 돌아오는 어머니의 발소리가 환청처럼 들려온다.

5. 어머니가 남긴 고향의 맛

중국 산천을 종횡무진 떠돌아다니다 해 질 무렵 시골 풍경을 보면, 언제나 굴뚝에 연기가 모락모락 피어오르던 고향이 아른거린다. 고향 집 부엌에서 상을 차리는 어머니의 모습도 보인다. 사기를 당한 사업 초창기, 먹고살기 위해서 허겁지겁 뛰어다니던 시절에는 고향 생각이 더더욱 간절했다. '아들이 이국에서 사기를 당해 쫄쫄 굶고 있는 사실을 아신다면 얼마나 애간장을 태우실까?' 주린 배가 '꼬르륵' 소리를 내면 어머니가 해주던 음식이 눈물 나게 그리워지기도 했다.

어렸을 적 겨울철에 먹었던 점심이 유독 많이 생각났다.

부엌 아궁이에 나뭇가지와 삭정이를 넣고 무쇠솥에 불을 조금 피워 아침에 해 놓았던 보리밥의 찬 기운을 없앤다. 무쇠솥에 미지근한 기운이 남아 있으면 그것도 좋았다. 양푼에 보리밥을 몇 주걱 퍼 담고, 들기름을 한 숟가락 부었다. 담벼락 밑에 묻어둔 김칫독을 열면 무김치, 배추김치가 있었다. 김치를 가져와 숭덩숭덩 썰어 넣고 고추장과 무말랭이를 넣고 나무 주걱으로 휘휘 돌려 비볐다. 김치는 손으로 죽죽 찢어 한입 가득 베어 물었다. 그런 시절을 회상하면서 침만 삼켜야 했던 날이 얼마인지도 모른다.

겨울방학이 되면 중참으로 감자나 고구마를 쪄서 먹었다. 목이 막힌다고 어머니는 알타리 무김치를 건넸다. 어머니가 건네는 무김치를 '아' 하며 입을 벌려 받아먹곤 했다. 무김치의 아삭아삭함과 시원함이 입 안 가득했다. 감자와 고구마가 절로 소화되었다. 그 맛은 내 고향 경북 봉화에서만 느끼는 맛이 아닐까? 아니, 어머니가 나에게 남겨 준 입맛이 아닐까?

고등어구이도 잊을 수 없다. 화롯불에 고등어를 구워내면 몸통 부분은 할아버지와 아버지가 드시고, 대가리와 꼬리 부분은 어머니와 우리 형제들 차지였다. 대가리의 오른쪽 눈알을 꺼내어 밥 한술 뜨고, 왼쪽 눈알을 꺼내어 또 밥 한술을 먹었다. 바싹 구운 고등어 대가리를 먹을 때 손가락을 쪽쪽 빨아가면서 고기 맛을 오래오래 음미했다.

그렇게 맛있게 점심을 먹고는 얼음이 꽝꽝 언 논에 들어가 썰매를 타기도 하고, 땔감을 하러 꽁꽁 얼어붙은 산비탈을 오르기도 했었다. 지금도 엄마의 정겨운 손맛이 느껴지는 그 고등어구이가 너무나 먹고 싶다.

겨울 해는 무척 짧아 한창 성장하던 시기의 우리는 긴긴밤 동안 허기진 배를 따로 채우지 않을 수 없었다.

이때의 간식도 주로 고구마, 감자, 무 외에는 없었다. 고구마와 감자는 헛간이나 마루 밑에 쌀 등겨로 덮어 두었고, 무는 땅속에 깊이 묻어두었다. 이것들을 꺼내는 구멍을 통해 썰매 막대기의 침으로 무와 감자를 찍어내었다. 감자와 고구마는 주로 소죽을 끓이는 불에 구워 먹었다.

아스라한 그 시절을 떠올리면 어김없이 고향의 맛, 어머니의 맛이 입안에 가득 고인다. 빨리 집에 가서 고등어구이도 먹고 싶고, 고구마와 감자도 구워 먹고 싶고, 깎은 무도 와삭와삭 씹어 먹고 싶다.

6. 동네의 자랑, 우리 누나

매년 가을이면 학교에서는 운동회가 열렸고, 마을에서는 봉화군민 체육대회가 열렸다. 우리 누나는 달리기를 무척 잘했다. 우리 남매가 다녔던 다덕초등학교가 봉화군민 체육대회에서 연속 2년 우승한 적이 있었는데, 그때 누나가 200m, 400m, 800m, 1,500m 경기에 선수로 뛰었다. 놀랍게도 누나는 그 종목들에서 모두 1등을 휩쓸었다. 우리 학교가 종합 우승을 거머쥘 수 있었던 것은 물론 타 종목에서 다른 선수들의 성과도 있었지만, 달리기 선수인 누나의 공이 가장 컸다.

군민체육대회 달리기 경기가 열리면, 우리 가족은 물론 동네 사람들이 모두 함께 응원을 나갔다. 누나가 질풍같이 달려 다른 선수들을 제치고 결승선을 1등으로 통과하던 순간, 아버지가 환호하던 모습을 나는 아직도 선명하게 기억한다. 아버지는 너무나 좋아서 눈물을 흘리시는 것 같았다. 우리야 당연히 기뻐 펄쩍펄쩍 뛰며 누나가 자랑스러웠지만, 그 무뚝뚝한 아버지가 체면도 고사하고 덩실덩실 춤까지 추며 기뻐하시는 모습을 보니, 누나가 정말 대단한 일을 했다는 생각이 들었다.

그날 아버지는 적지 않은 돈을 들여 트럭 한 대를 빌렸다. 운동선수들을 몽땅 태우고 이 동네 저 동네를 한 바퀴 쭉 돌아다녔다. 일종의 카퍼레이드였다. 그 흥겨움과 기쁨이 너무나 커서 아버지는 돈이 많이 들더라도 이웃들과 함께 나누지 않고는 배길 수 없으셨던 모양이었다. 우승 이야기는 아무리 반복해도 신났고, 즐거움은 줄어들지 않았다. 덜컹거리는

봉화군 체육대회에서 다덕초등학교 우승 기념[앞줄 맨 왼쪽 4학년 여학생이 저자의 누나 이선희] (1970.9)

트럭을 타고 우리는 다덕초등학교의 승리를 마음껏 자축했다.

　아버지가 그날 하루 내내 웃고 계셔서 얼굴 가득 주름살이 퍼졌는데, 그 주름살조차 기쁨으로 일렁거린다는 느낌을 받았다. 누나가 1등을 했는데, 누나보다 더 행복해하는 아버지에게서 부모의 사랑이 어떤 것인지 충분히 읽을 수 있었다.

　누나에 대한 아버지의 자부심을 떠올리게 하는 기억이 하나 더 있다. 언젠가 누나가 경기 때마다 신고 뛰는 못이 박힌 스파이크 신발을 버스에 두고 내려 잃어버렸다. 대부분의 시골 학생들이 고무신을 신던 그 당시로서는 꽤 비싼 신발이었다. 어머니는 뭐라고 누나를 나무라는 것 같

았지만, 아버지는 아무 군소리 한마디 없이 누나의 신발을 곧바로 사다
주셨다.

육상대회를 준비하면서 누나는 언제나 혼자였다. 누구 하나 학교 대
표라고 도와주는 이가 없었다. 누나는 그저 혼자서 죽기 살기로 뛰고 뛰
었다. 그때는 누나도 어린 나이였지만, 자신이 아니면 누구도 자신의 길
을 가르쳐주지 않는다는 사실을 깨우친 것 같았다.

어릴 때 내가 누나와 함께했던 추억거리는 별로 없다. 누나는 주로 달
리기만 했고, 나는 내 또래와 놀았기 때문이다. 중학교 때도 누나는 군
단위, 도 단위 체육대회나 경기에 자주 출전했기에 합숙 훈련이 잦았고,
집에 없는 날도 많았다.

그렇게 달리기를 잘한 누나였지만, 고등학교 진학은 누나 뜻대로 할
수 있는 문제가 아니었다. 누나도 고등학교에 보내줄 수 없는 집안 형편
을 모를 리 없었다. 그래도 누나는 불평불만 한마디 없었다. 머리가 깨었
는지 누나는 혼자 힘으로 서울로 올라가 낮에는 봉제 공장에서 일하고
밤에는 야간학교에서 공부하며 자리를 잡았다. 그렇게 해서 내가 고등학
교 2학년 때에는 세상모르고 있던 남동생에게 편지를 보내 미래의 길을
열어 주기까지 했던 것이다. 누나는 지혜로웠다.

정도의 차이는 있지만, 우리 형제 모두가 그렇게 스스로 자신의 길을
걸었다. 부모가 이래라저래라 가르치지 않아도, 부모님이 힘들게 농사짓
는 모습을 보면서 자신의 힘으로 일어서서 세상을 향해 나가는 법을 배
워 나갔다.

13

나눔 정신과 실천

- 나눔은 나중이 아니라, 지금이다.[right now] -

1. 돈의 두 얼굴

흔히 사업을 한다면 돈을 번다고 생각하는 사람들이 많다. 사업의 목적을 돈에 한정하는 가치관이다. 돈을 버는 데 목적을 두면 돈을 최대한 많이 모으는 경영이 최상으로 취급된다. 이러면 회사 직원들이나 고객인 소비자보다도 기업 경영인 자신의 이익이나 복지가 최우선 기준이 된다. 그래야 먹고 싶은 음식 마음대로 먹고, 사고 싶은 명품 마음대로 사고, 놀고 싶은 관광지 마음대로 갈 수 있기 때문이다.

사업의 목적에 대한 이런 시각은 매우 단순한 1차원적 생각이다. 사업가에 대한 인식이 그릇됐을 뿐 아니라 모독적이기까지 하다.

두말할 필요 없이 사업하면서 돈을 벌지 못하면 사업을 계속할 수 없다. 그렇기에 사업을 하기 위해서는 마땅히 이익을 내는 경영을 해야 한다. 돈이 돌지 않으면 직원들 월급을 줄 수 없고 원자재도 살 수 없어 공장을 가동할 수도 없기 때문이다. 돈을 벌어야만 가족과 직원들의 삶을 풍족하게 해줄 수 있을 뿐 아니라, 새로운 기술과 제품을 개발하여 기업을 좀 더 크게 키울 수 있다. 좀 더 성장하면 많은 인재를 채용하고 국제 시장으로도 진출하여 세계적인 기업으로 만들 기회도 생긴다.

이런 측면에서 한 번 더 생각해 보면, 기업가의 진정한 목적은 돈이 아니라 기업을 성장시켜 사회적으로나 국가적으로, 나아가서는 세계적으로 그 존재 가치를 높이는 것이다. 그렇기에 기업인이 사업을 하는 진정한 목적은 돈에 있는 게 아니라, 기업의 역할을 증대시켜 사회적 가치를 높이는 데 있다.

만약 기업가가 돈을 실컷 벌어서 먹고 노는 데 목적을 두고 있다면, 현대를 일으킨 고(故) 정주영 회장이나 삼성을 키운 고(故) 이병철 회장이 왜 쓸데없는 고생을 하며 이 사업 저 사업을 벌였겠는가? 일찌감치 그분들은 마음대로 쓸 수 있는 돈을 충분히 모았을 것이다. 아니 돈의 액수로 따지면 후대까지 펑펑 쓰고도 남을 것이다. 진정한 예술가에게는 돈보다 예술작품 그 자체가 목적이듯이, 진정한 기업인에게도 돈보다는 기업 그 자체가 목적이다.

나는 기업도 사람과 같이 생명이 있는 유기체라고 보고 있다. 그래서 법에서도 기업을 법인(法人)이라고 하지 않는가? 사람도 소득이 없으면 가난해지고 굶듯이 기업도 돈을 벌지 못하면 왜소해지고 심지어는 망한다. 사람으로 치면 죽음이다.

사업가는 이 기업을 튼튼하고 내실 있게 키워야 할 사명을 짊어진 사람들이다. 기업을 잘 키우기 위해서는 사회에 필요한 재화나 서비스를 가장 경쟁력 높게 만들고, 시장을 개척해서 이익을 창출해야 한다. 그래야 다시 투자된 돈이 피처럼 돌며 생산 현장 곳곳에 필요한 자재를 공급하고 새로운 제품을 생산해 내면서 기업은 하나의 생명체로서 점점 튼튼하게 성장하는 것이다.

돈과 기업의 관계는 피와 사람의 관계와 똑같다. 피 같은 돈의 가치를 알기에 고(故) 정주영 회장은 한 푼의 돈도 절대 허투루 쓰지 않았다고 한다. 돈은 필요한 데 쓰일 때 가치가 있는 것이다. 그래서 돈의 가치는 돈을 벌어본 사람이 안다고 한다. 내가 요즘 잠재력과 장래성이 있는 분야의 투자에 관심을 두는 것도 이 때문이다.

갑자기 일확천금이 생기면 행복하겠는가? 가난에 쪼들린 어떤 사람이 수백억 원의 복권에 당첨됐다고 하자. 평생 먹고 놀 돈이 생기면 누구나 가장 먼저 좋은 집을 사고, 먹고 싶은 음식 마음대로 사 먹고, 해외여행도 마음껏 다닐 것이다. 그러나 사람이 아무 일 없이 계속 먹고 놀기만 하다 보면, 곧 싫증을 느끼게 된다.

인간관계도 소원해진다. 왜냐하면 친구든 친척이든 연락하는 사람들이 모두 자신이 좋아서가 아니라, 돈에 관심을 두고 만나고 싶어 하는 것으로 오해하기 때문이다. 실제로 우리 주위를 잘 살펴보면, 그런 사람들이 적잖이 있음을 알게 된다. 잘 먹고 노는 일에도 싫증을 느끼고 외톨이까지 되면, 사람들은 대체로 좀 더 자극적인 쾌락을 추구하게 된다. 실제로 미국의 로또 당첨자들 가운데는 이혼을 한 뒤 술과 여자, 심지어 마약에까지 빠져 상당수가 패가망신했다는 기사를 읽은 적이 있다.

그래서 일확천금은 절대 행복을 가져다주지 않는다는 게 나의 소신이다. 언제 어떻게 쓰느냐에 따라서 약이 되기도 하고 독이 되기도 하는 돈, 바로 돈의 두 얼굴이라고 생각한다.

나는 자식들에게도 어느 물건 하나라도 절대 그냥 주지 않는다. 반드시 자신들의 연구나 노동, 노력이 있은 연후에야 그 대가를 받도록 하고 있다. 자식에게 세상에 거저 얻어지는 게 없다는 이치를 철저히 가르치지 않으면, 자식을 망치는 지름길이 되기 때문이다.

2. 밑바닥에서 배운 나눔 정신

사업 초창기에 알거지처럼 처절하게 무너졌을 때, 뼛속 깊이 느끼고 마음에 한 다짐이 하나 있다.

'내가 만약 다시 일어선다면, 나보다 어려운 사람에게 반드시 나눔을 실천하겠다.'

그 당시 예상치 못한 사기 사건으로 말미암아 말 그대로 배를 곯아야 했다. 허기진 배를 움켜쥐고 살아보겠다고 동분서주하던 시절, 무엇보다 아쉬운 것이 당장 먹고사는 데 필요한 돈 몇 푼이었다. 배고플 때 빵 한 조각, 힘겨울 때 돈 한 푼의 나눔은 배부르고 따뜻할 때 주는 수백만 원의 돈보다 훨씬 값지고 고마운 일이다. 가뭄을 해갈하는 단비와도 같이 꼭 필요할 때 나누어 주기 때문이다. 목이 타는 자에게 주는 한 모금의 물처럼 많지 않더라도 생명을 살리는 일이며, 상대방에게는 평생의 은인이 될 수도 있다.

그렇게 어려움을 겪으며 깨달은 것이 있다. 나눔은 내가 많이 갖고 있을 때만 베푸는 자선이 아니라, 적게 갖고 있더라도 꼭 필요한 이웃을 도와야 하는 의무라는 사실이다. 돈을 홀랑 다 날리고 한 푼도 없을 때, '남이나 도와줄걸, 좋은 일에나 쓸걸.' 하고 뼈아프게 후회한 적도 있었기 때문이다.

돈을 많이 벌고 난 후의 나눔은 누구나 할 수 있다. 물론 이런 나눔도 중요하지만, 여유가 있을 때 타인에게 베푸는 시혜적 성격이 강하다. 그러나 어려운 가운데서의 나눔은 시혜가 아니다. 자신보다 더 어렵고 도움이 필요한 이웃을 챙기는 사랑이요, 공동체 정신이다. 그렇기에 돈의 액수나 물품의 많고 적음을 떠나 이런 나눔에는 인간의 따뜻한 정이 담겨 있으며, 그 가치도 훨씬 커진다. 이것이 진정한 나눔 정신이라고 생각한다.

사기 사건의 어두운 터널을 지나오면서 사람 못지않게 기업에도 나눔이 필요하다는 사실을 알았다. 사업 초창기에 돈 가뭄에 시달리는 기업은 사막 한가운데서 마실 물이 없어 목이 타들어 가는 나그네와 같다. 이런 기업에 초기 가동에 필요한 조그마한 융자나 지원은 목이 타는 나그네에게 주는 한 모금의 물과 같아서, 아사 직전에 놓인 기업을 살리는 생

김종진 저서(중국어 번역: 이창호) 출판 기념 (2011.3.18)

명수가 된다.

돈은 어느 순간 갑자기 흘러왔다가도 언제 다시 흘러나갈지 모른다. 인간은 그때를 알지 못하기에, 무엇이든 있을 때 나누어야 한다. 내가 갖게 된 나눔의 철학이다.

나눔에도 분명한 원칙이 있어야 한다. 꼭 나눔이 필요한 곳을 찾아서 실천해야 한다는 것이다. 아무런 기준이나 원칙 없이 달라는 대로 그냥 주는 행위는 나눔이 아니라 낭비일 수 있다.

먼저, 내가 어려움을 겪고 있을 때 도움을 준 사람들에게 반드시 은혜를 갚아야 하고, 당장 먹고 입기도 힘들게 사는 이웃을 살펴야 하며, 장차 나라의 기둥이 될 학생들이 공부할 수 있도록 최대한 힘을 보태자는 기준을 정하고 나눔을 생활화하려고 내 나름대로 노력하고 있다.

나의 멘토이기도 했던 현대중공업 김종진 전무가 펴낸 책 『굴삭기의 모든 것』에는 인상 깊은 구절이 있다.

'기술은 소유하고 있는 것이 아니다. 진정한 나눔은 기술까지도 공유하고 나누어 동반 성장하는 것이다.'

나 역시 이 문장의 의미에 공감한다. 금전만이 나눔의 대상은 아니다. 내가 축적한 기술과 사업 경험, 경영 노하우, 삶의 경험 등을 학생들과 후배 사업가들에게 최대한 나누어 줌으로써 그들이 좀 더 빨리 경쟁의 대열에 효율적으로 참여할 수 있도록 견인하는 목표도 갖고 있다.

옛날 경주 최 부자도 이웃들과 더불어 살면서 나눔을 인생의 소중한 가치로 체감했으리라. 건강이 허락하는 한 앞으로도 나는 이 길을 묵묵히 걸을 것이다. 이것은 가장 어려웠던 시절, '나와 내가 한 약속'을 지키는 길이기도 하다.

3. 똘망똘망한 눈망울 앞에서

별스럽다고 생각할지 모르겠지만, 나는 자라나는 학생들의 교육 문제에 관심이 매우 많다. 김천 직업훈련원에서 혹독하게 공부했던 기억과 현대중공업 시절 주경야독의 경험 때문이기도 하다. 그래서 학교에 후원할 때면 유난히 마음이 설레고 기분이 좋다. 일이 아무리 바빠도 학교에 후원 행사를 하는 날에는 시간을 쪼개어 직접 방문한다.

첫 번째 학교 후원은 2007년 6월 상해 자형(紫荊)중학교에 5만 위안을 장학금으로 전달한 것이었다. 이 중학교는 내가 사기를 당하고 나서 아들 정현이가 국제학교에서 전학 간 중국 로컬 학교이다. 그때 정현이가 어려움을 잘 극복하고 열심히 공부할 수 있도록 많은 도움을 준 데 대한 보답이었다.

〈제성유압〉은 중국 친구들의 도움과 성원으로 재기의 발판을 마련했고, 2006년에는 흑자로 전환했다. 아직 회사가 정상궤도에 오르기 전이었지만, 조금이라도 있을 때 나눠야 한다는 내 의지가 많이 작용했다. 크게 봐서는 나를 도와준 중국 친구들과 중국인 고객들에 대한 고마움의 표시이기도 했다.

2년 후인 2009년에는 상해 한국학교에 컴퓨터 70대와 특수 학급의 기자재 구매비로 26만 9천 위안을 후원했다. 상해에는 한국학교가 한 곳 있는데, 재학생들은 대부분 현지 한국인 자영업자들의 자녀들이었다. 외교관이나 대기업 상사 주재원들의 자녀들은 학비가 지원되었기 때문에 대부분 미국이나 영국계 외국인 학교에서 공부했다. 그런 학교는 학비가 비싼 만큼 시설도 훨씬 뛰어났다. 그런데 한국학교에 다니는 한국인 자녀들은 우리나라의 미래인데, 이들을 위한 교육시설이 다른 외국인 학교보다 열악해서야 되겠는가?

그날 한국학교 컴퓨터실을 방문했을 때였다. 아이들의 눈망울을 바라보고 있는데 그렇게 똘망똘망할 수가 없었다. 이국이라 그랬는지 몰라도, 차세대의 우리나라의 희망인 양 유달리 반짝거렸다. '기부하러 왔다고 하지만 오히려 내가 이 아이들에게 에너지를 얻고 가는구나.' 하는 생각이 정도였다.

저자 후원 상하이 한국학교 인조 잔디 운동장 준공식 (2009)

나는 학생이나 젊은이들이 모이는 곳에서 이야기 나누기를 좋아한다. 그때 나의 이야기를 초롱초롱한 눈망울로 귀를 쫑긋 세우고 듣던 아이들의 해맑은 얼굴이 아직도 눈앞에 선하다. 제대로 들었는지는 몰라도, 그 학생들 중 한 명이라도 나로 인해 좋은 자극을 받아 인생의 방향이 바뀌게 되었을지 어찌 알겠는가?

이듬해 5월에는 형편이 어려운 상해 한국학교 학생들의 등록금과 점심값 등으로 31만 5천 위안을 기부했다. 돌아오는 길에 낡은 운동장의 인조 잔디가 보여 한 달 뒤에 32만 위안을 추가로 지원했다. 덕분에 학생들이 더 자유롭게 운동을 할 수 있게 되었다. 9월에는 외국계 학교인 상해 장녕국제학교(SCIS)에도 문화예술기금을 지원하여 학생들의 다양한 꿈과 끼를 살리는 데 도움을 주었다.

한국학교 후원 행사 때 선생님들을 만나면 한국인 자녀들의 국사 교육에 대해 많이 물어봤다. 상해에서 초중고 12년을 보내는 한국 학생의 경우에는 대한민국의 역사를 배울 기회가 별로 없다기에 우리 자녀들이 무엇보다 조국의 역사를 제대로 배웠으면 하는 바람에서다.

타국에서 사업을 하면서 나는 무엇보다 애국심이 중요하다는 사실을 뼈저리게 실감했다. 그래야 자신의 정체성을 굳건하게 세울 수 있기 때문이다. 그래서 기회가 있으면 일부러라도 대한민국의 역사를 알고 올바른 역사관과 한국인으로서의 긍지를 갖추는 일이 국제 사회의 일원으로 살아가는 데 중요하다는 말을 학생들에게 자주 해주었다.

2012년에는 강소성 소주한인회에서 한국국제학교를 건축한다기에 100만 위안을 기탁했다. 학생들이 건강하게 자라서 다음 세대를 잘 이끌어가기를 바라며. 학교에 후원할 때면 돈을 벌 때보다 기분이 훨씬 더 좋아진다. 진심이다.

4. 중국의 이웃과 아픔을 나누며

2008년 중국 서남부 사천성 일대에 리히터 규모 8.0의 초대형 지진 사태가 일어났다. 사망자만 7만 명에 이르렀다. 수업이 진행 중이던 학교 건물도 많이 무너져 교사들과 어린 학생들의 피해가 특히 컸다. 너무나 가슴이 아팠다.

전 세계도 경악했다. 각국에서 구조대와 구호품을 보냈으나, 워낙 피해 지역이 넓어 턱없이 부족했다. TV를 켜면 하루 내내 구조작업이 방송되고 있었지만, 갈수록 희생자 숫자만 늘어나고 있었다.

외국인인 나도 일이 손에 잡히지 않았다. 공장일이 우선이 아니었다. 일단 공장장을 불러 우리 직원 중에 사천성 출신이 있는지와 피해 주민과 친인척 관계에 있는 사람이 있는지를 파악하도록 했다. 우리 직원 중에는 없다는 보고가 올라왔다.

나를 도와준 거래처의 중국 친구들에게도 전화를 돌렸다. 직접 피해를 입은 친구는 없었다. 그렇지만 중장비 공장을 운영하는 친구들은 기계장비를 지진 현장에 한시라도 바삐 보내느라 정신이 없었다. 무너져 내린 건물 더미에서 구조작업을 하려면 다른 장비보다 굴삭기나 굴착기 등의 중장비가 무엇보다 긴요했다. 내가 중국에서 사업을 하면서 회사를 일으킬 수 있었던 것은 중국이라는 나라가 있었고 중국 친구들이 도와주었기에 가능하지 않았던가. 팔짱만 끼고 가만히 있을 수는 없었다. 빨리 중국인 이웃들과 아픔을 나눌 수 있는 방법을 찾아야 했다.

그때 중국관영중앙텔레비전(CCTV)에서는 이재민을 돕기 위한 대대적인 성금 모금 방송을 하고 있었다. 구호 성금으로 5만 위안을 즉각 전달했다. 그 당시 〈제성유압〉의 규모로서는 적지 않은 돈이었지만, 지진 피해 지역의 참담한 실정을 보면서 최대한 아픔을 함께 나누는 게 인간의 도리라고 생각했다. 아무런 이해관계가 없는 전 세계 사람들도 성금

일본 대지진 쓰나미 피해 돕기 성금 전달[주 상하이 일본영사관] (2011.3.24)

을 내고 있는데, 중국의 고객들 덕분에 벌어들인 이익으로 아픔을 위로
하는 건 너무나 당연했다.

기부는 기업의 홍보를 위해 하는 것이 결코 아니다. 이윤을 많이 남기
면서 나눌 줄 모르는 기업은 절대 성공할 수 없다는 게 나의 지론이다.
기부하게 되면 소유한 돈은 줄어들지 모르나 나중에 더 큰 사랑을 가득
안고 돌아와 보답한다. 그러므로 기부는 장부상으로도 절대로 손해 보
는 장사가 아니다.

2009년 일본에 쓰나미 사태가 와서 온 세계가 온정의 손길을 보낼 때
도 동참했다. 한국과 일본이 과거 역사의 앙금 때문에 서로 안 좋은 감정
이 남아 있을지 몰라도, 일본 주민도 우리의 이웃이므로 인간 대 인간으

로서 이재민들의 아픔을 외면할 수는 없었다. 쓰나미가 할퀴고 간 아픈 흔적들은 같은 시대를 사는 인간으로서 깊은 연민을 불러일으켰다.

전 세계를 무대로 꿈을 꾸고 있는 기업인으로서, 역사나 국경을 초월하여 고통받는 사람들에게 조금이라도 도움이 된다면 언제든지 기꺼이 손을 내밀어야 한다고 생각한다.

5. 위안부 할머니를 위한 의무

몇 년 전 무한에 거주하는 위안부 출신 박차순 할머니의 집을 수리하기 위해 한국과 일본, 중국에서 뜻있는 사람들이 모였다. '위안부 할머니 돕기 겹겹 프로젝트'였다. 매우 의미 있는 행사였고, 우리 후예들의 의무이기도 했기에 천만 원을 후원했다. 우리 시대의 민족적 아픔을 온몸으로 안고 살아왔던 분들에게 부담스러워하지 않는 선에서 도움을 드리고 싶었다.

박차순 할머니를 뵙고 집에 돌아오던 길, 몇 번이나 눈시울이 촉촉해졌는지 모른다. 내가 낸 돈에 비할 수 없는 마음의 선물을 받은 날이었다. 앙상한 손목에서 전해지는 할머니의 따뜻한 마음이 자꾸만 고향을 생각나게 했다. 돌아가신 부모님이 너무 그리웠고, 타국에서 외롭게 살아가는 분들에게 더 도와드리지 못하는 현실이 못내 아쉬웠다. 우리의 작은 정성이 그분들의 굴곡진 삶에 얼마만큼이나마 위로가 될 수 있을까 하는 안타까운 마음이었다. 고맙다며 손을 놓지 못하는 할머니의 손길

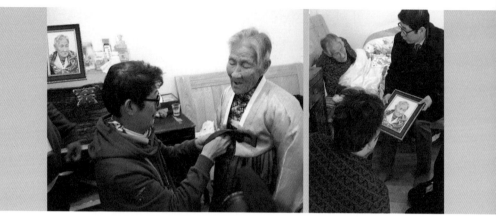

위안부 박차순 할머니 색동이불, 한복, 영정사진 전달 (2015.10, 12)

이 긴 여운으로 남아 애틋한 마음이 오랫동안 가시지 않았다.

위안부 할머니들은 일본 군국주의와 폭력에 희생당한 우리 모두의 어머니이다. 그분들의 얼굴에 깊게 팬 주름과 가슴속 아픔은 바로 우리가 꼭 기억해야 할 상처다. 우리는 그분들 앞에서 부끄러워할 줄 알아야 하고, 죄송해하는 마음을 가져야 한다고 생각한다. 왜냐하면 식민지 조국이 연약했던 그분들을 지켜주지 못했기 때문이다. 위안부 할머니들 가운데는 해방 후에도 고국 땅에 돌아오지 못하고 아직도 머나먼 타지에 계신 분들이 많다. 대부분 중국과 동남아시아 등지에서 어려운 형편으로 살아가고 있다. 돌아갈 곳도 없거니와, 돌아갈 수 있다고 해도 사람들의 시선이 두렵기 때문이라고 한다.

한 분 한 분 찾아서 이제 조국과 동포들의 도움이 닿을 수 있도록 정부 차원에서도 심혈을 기울여야 할 것이다. 몇 번이고 되새기고 곱씹으며 반성하는 것만이 아픈 역사를 반복하지 않는 길이다.

위안부 할머니를 뵙고 착잡한 생각을 하고 나니, 조국이 있다는 것이 나에게 얼마나 감사한 일인 줄 몰랐다. 1960년대부터 70년대까지, 내가 학교 다닐 적에는 국기 하강식이라는 게 있었다. 해가 질 무렵 애국가가 울려 퍼지면 학교와 관공서에서 국기를 내리는 의식이었다.

그러면 모두 하던 일을 멈추고 서서 '국기에 대한 경례'를 했다. 지금은 사라졌지만, 나는 그런 의식이 애국심 고양이나 애국정신 함양에 많은 영향을 미쳤다고 생각한다. 한국을 떠나기 전까지만 해도 내가 이렇게 애국심이 큰 사람인 줄 미처 깨닫지 못했다.

중경에는 대한민국 임시정부의 터가 있고, 상해에도 임시정부가 있지만 광시장족자치주의 유주(柳州)에도 임시정부 청사가 있다. 나는 가끔 유주의 임시정부에 들르곤 했다. 비록 건물은 낡아서 보잘것없지만 삶을 살아가면서 마음을 다잡을 필요가 있을 때 방문하기에는 더할 나위 없이 좋은 장소이다.

그곳에서 조국이 어떻게 일제강점기를 견디며 이겨냈는지를 생각한다. 그렇게 수많은 독립투사의 뜻을 기리며 묵념도 올리고, 애국선열들의 얼을 가슴에 안고 돌아온다. 그러면 애국가를 들으며 가슴에 손을 얹고 '국기에 대한 경례'를 할 때처럼 마음이 경건해지고, 대한민국 기업인으로서 막중한 책임감 같은 것도 뜨겁게 올라온다.

6. 어르신에 대한 보답

어르신들을 볼 때마다 유난히 애틋한 마음이 많이 든다. 아마 부모님에게 제대로 효도하지 못하고 못 갚은 빚이 많기 때문일 것이다. 학교를 방문할 때는 학생들의 활기찬 에너지 덕분에 기운이 절로 나지만, 노인회를 방문할 때는 어르신들의 쇠약한 모습, 열악한 환경 때문인지 마음이 무거워진다. 마치 물먹은 솜처럼 기분이 축축 가라앉는다.

나는 이제껏 가정과 사회를 위해 뼈 빠지게 고생한 분들에게, 그간의 고생을 격려하고 늘 감사하는 마음을 가져야 한다고 생각한다. 상해에서 형편이 어려운 어르신들의 주거 환경을 개선하고, 그분들의 활동공간인 노인회 사무실의 임차료를 지원한 것도 그런 생각 때문이었다. 명절이 되면 어르신들께 음식 대접을 하기도 했다.

봉화군 장애인생활이동지원센터 업무용 차량 1대 지원 (2018.11.13)

상하이 대한노인회 선물 증정과 점심 식사 대접 (2011.12.31)

상하이 대한노인회 한가위 맞이 사랑의 경로잔치 (2014.8.27)

그분들이 천천히 음식을 드시는 모습을 보고 있으면, 어르신들의 은혜에 조금이나마 보답하는 마음이 들었다. 작은 일에도 참으로 고마워하는 그분들이 멀리 떨어져 있는 친척보다 가깝게 느껴질 때가 많았다.

2007년에는 상해 구정 경로원을 시작으로 상해 구정 진(鎭)정부 산하고아원과 양로원을 방문하여 30만 위안 내외의 기부를 하였다. 2009년에는 상해 서산 진정부 산하 고아원, 독거노인, 장애인을 위해 29만 위안을 지원했고, 상해 한국노인회 사무실 임차료를 지원했다. 2010년부터는 상해 서산 진정부 산하 고아원, 독거노인, 장애인 등에게 30만 위안내외를 지원하기도 했다.

대한노인회를 처음 찾아갔을 때는 20명 정도의 어르신들이 계셨다. 그분들을 보는 순간, 부모님 생각이 울컥 밀려왔다. 나의 아버지는 1997년에, 어머니는 2005년에 돌아가셨다. 일하다가도 문득 어머니가 미친 듯이 보고 싶을 때도 있었다. 좋은 일보다 힘든 일이 생기면 어머니가 더 보고 싶었다.

어느 날은 곧바로 비행기를 타고 고향으로 가서 막걸리와 포, 꽃을 들고 산소를 찾았다. 절을 올린 뒤 혼자서 안부를 묻고 가슴에 묻었던 힘든 이야기를 하고 있노라면, 나도 모르게 눈물이 쏟아졌다. 산소에서 응석을 부리듯 하고 나면 거짓말같이 마음이 가벼워졌다.

자식들이 영원히 기댈 수 있는 부모님, 의지할 부모가 살아계시는 건축복이다.

7. 고향 봉화의 후배들을 위하여

'수구초심(首丘初心)'이라는 말이 가슴에 와닿을 때가 있다. 여우도 죽을 때면 머리를 자신이 태어난 언덕 쪽으로 향한다는 뜻인데 고향을 그리워하는 사람의 보편적인 마음을 나타낼 때 흔히 쓰는 표현이다. 실제로 고향과 조국을 떠나 이국 타향에서 일하다 보면, 어느 순간 고향에 대한 그리움이 파도처럼 밀려올 때가 있다. 그럴 때면 주로 어린 시절 막 뛰어놀던 또래들과 사춘기 때인 중고등학교 친구들이 아련히 떠오른다.

봉화중·고등학교는 내가 꿈 많던 청소년기를 보낸 요람이었다. 그렇지만 고등학교 2학년 때 누나의 편지를 받기까지는 꿈이라는 게 없었다. 그저 형들이나 누나의 뒤를 따라 공장에 취직하거나 농사를 짓는 기계적 과정과도 같은 미래만 막연하게 짐작하고 있을 뿐이었다. 봉화고등학교

모교 봉화중고등학교에 1억 1천만 원 장학금 전달 (2010.10.18)

선생님들의 배려가 없었다면 내가 어떻게 김천 직업훈련원에 다닐 수 있었겠는가?

30여 년이 훌쩍 지난 시점에 모교에 와서 보니 시설이나 건물은 현대식으로 개조되었지만, 전체적인 분위기는 내가 다닐 때와 크게 바뀌지 않았다. 교무실에서는 나를 졸업시키기 위해 애쓰셨던 선생님의 모습이 떠올랐다. 친구들과 저녁 늦게까지 전등을 켜고 공부하던 교실을 둘러보았다. 아련한 그 시절이 눈앞에 선연했다. 쾌적한 교실에서 공부하고 있는 후배들을 보니 그 속에 소년 이창호가 앉아 있는 듯한 착각도 들었다.

'저 후배들도 꿈을 꾸고 있겠지. 분명히 사업가의 꿈을 꾸고 있는 후배들도 있을 것이야. 꿈이 없다면 꿈을 꾸도록 하는 게 나의 의무이겠지'

장학금과 학교발전기금으로 1억 천만 원을 기부하는 날, 조금 들뜬 마음으로 교정에 들어섰다. 비록 나는 학창 시절에 공부와는 담을 쌓고 살았지만, 후배들에게는 열심히 공부할 수 있도록 힘을 불어넣고 싶었다. 자고로 젊은 시절엔 '롤 모델(role model)'이 있어야 하는 법이다. 내가 누군가의 롤 모델이 될 수 있다면 그것처럼 뿌듯한 일이 어디 있겠는가.

강당에 모인 후배들에게 한 장 한 장 장학 증서를 수여했다. 비록 종이 한 장이었지만, 그 안에 깊은 의미를 담아 건네주었다. 눈망울이 반짝거리는 새까만 후배들 앞에서 공부를 뒤늦게 알았던 나의 학창 시절을 이야기했다. 학교에 형광등이 없어서 교장 선생님께 건의하여 처음 형광등을 달았던 이야기, 직접 교복을 빨아 입고 도시락 두 개를 싸 들고 다니며 공부했던 이야기들을. 후배들은 꽤 흥미진진하게 열심히 귀 기울여주었다. 이들 가운데는 말하지는 못하겠지만, 분명히 가슴속에 고심이나 고민을 안고 있는 학생들이 있을 것이다. 나는 현재의 어려움이 좌절을 위해 주어진 것이 아니라고, 건너뛰어 이겨내야 하는 장애물이라고 힘주어 말해주었다.

모교 재학생뿐만 아니라 졸업생 가운데 대학에 합격했지만 집안 형편이 어려운 학생들에게도 지원책을 마련했다. 9개 대학을 선정하여 4년간 전액 장학금을 지원하기로 약속했다. 우수 학생에게는 장학금과 생활비를 따로 지원하였다. 그들이 누구인지는 비록 알지 못하고 그들도 내가 누구인지를 기억해주지 않더라도, 현실의 어려움에 좌절하지 않고 힘과 용기를 얻어 미래의 꿈을 향해 정진하기를 바랄 뿐이었다.

8. 다시 만난 친구들과 선생님

봉화는 참 좁은 동네이다. 모교인 봉화중학교와 고등학교에 장학금을 냈다는 소식이 알려지면서 자연스럽게 몇몇 친구들이 모였다. 추억이 어린 옛날이야기로 웃음꽃을 피웠다. 어느덧 흰머리가 하얗게 덮고 얼굴에는 주름이 늘었지만, 오가는 술잔 속에 우리는 모두 예전의 까까머리 학생으로 돌아가 있었다.

"창호야, 우리 동기가 모교에 장학금을 내니까 진짜 자랑스럽다."

우리는 모인 김에 전국에 흩어져 있는 동창들을 찾은 다음 회비를 모아 총동창회를 주최하기로 의견을 모았다. 그렇게 하여 서울·충청권, 대구·경북권, 부산·울산·경남권, 봉화권으로 동창 모임이 만들어졌다.

'7578동기회'로 이름을 정했다. 봉화중학교 입학 연도인 75년과 봉화고
등학교 입학 연도인 78년을 조합한 명칭이다.

나는 한국과 중국을 오고 가는 와중에서도 틈을 내어 각 지역의 동창
회 첫 모임에는 반드시 참석했다.

"야, 이창호! 학교 다닐 때 기억도 안 나는데, 성공했구나."

친구들은 고등학교 때 나의 무명 시절을 떠올려 주었다. 맞다. 나는 학
교 다닐 적에 두각을 나타낸 적이 없었다. 공부나 운동을 썩 잘한 것도
아니고, 연애를 잘한 것도 아닌, 그저 키만 크고 숫기 없는 평범한 학생
일 뿐이었다. 그래도 우리는 격의 없고 스스럼없는 영원한 친구들이었다.

그러던 어느 날, 동기들끼리 예전의 은사님을 찾아보자는 얘기가 나왔다.

"친구들아, 고3 때 우리 담임 선생님을 찾아보자."

"포항에 계신다고 들었는데?"

"학교를 그만두고 학원을 차렸다고 들었어."

모두 힘을 합쳐 전화와 인터넷으로 담임 선생님을 찾았지만, 포항에서
미궁에 빠졌다. 오랜 수소문 끝에 선생님이 서울에 계신다는 사실을 확
인했다.

그날은 몹시도 무더운 여름이었다. 선생님을 찾으러 가는 길에 마치
소설 속의 한 장면처럼 이상한 기분이 들었다. 들뜬 기대감보다는 앞이
흐릿한 뿌연 안개 속으로 걸어가는 것 같았다.

후텁지근한 여름의 좁은 골목길에서 주소가 알려준 건물 앞에 섰다.
조그마한 보호시설 같았다. 몇십 년 동안 기다렸던 기대가 와르르 무너

봉화고 3학년 봄 소풍[박원현 선생님과 함께] (1980.5)

지는 느낌이었다. 함께 간 친구도 나와 같은 마음인지, '이건 아닌데?' 하
는 눈빛을 보냈다. 문을 두드리니 누군가가 나왔다.

"박원현 선생님을 만나 뵙고자 왔습니다."

조금 있다가 실망스러운 답변이 돌아왔다.

"지금 본인이 아무도 만나고 싶지 않다고 합니다."

결국 연락처가 있는 명함을 남기고 발길을 돌렸다. 돌아오는 발걸음도
마음도 모두 무거웠다. 사업 정보를 주고받는 파트너들과의 저녁 약속도
취소해 버렸다. 마음속에서 울음이 터져 아무것도 할 수 없었다.

등산복으로 갈아입고 혼자 북한산 자락으로 성큼성큼 올라갔다. 어디
서든 울적한 마음을 토해내고 싶었다. 아무도 없는 북한산 깊은 산속에
접어들자 그제야 눈물이 왈칵 쏟아졌다. 부모님이 돌아가셨을 때처럼 저

절로 터지는 울음이었다. 얼마나 애타게 기다렸던 순간이었는데….

김천 직업훈련원 시절 나는 힘들고 좌절할 때마다 선생님을 생각하며 힘을 얻었다. 그때마다 선생님은 내 등을 두드려 주면서,

"내가 볼 때 창호 너는 무엇이든 성취할 힘이 금맥처럼 있어. 반드시 잘 해낼 수 있을 거야."

라며 격려해 주셨던 말씀이 얼마나 힘이 되었는지 모른다. 그랬던 하늘 같은 선생님이 제자들을 피할 정도로 영락하게 사시는 모습에 너무 눈물이 났고, 진작에 찾아뵙고 보살펴 드리지 못한 게 죄송스러웠다. 산속에서 회한의 감정을 풀고 나니 날이 어둑어둑해지고 있었다.

다음 날, 전화가 왔다. 선생님이 나만 왔으면 좋겠다고 알려온 것이다. 반가움보다 알 수 없는 두려움이 앞섰다. 선생님에게서 듣게 될 아픈 사연에 대한 두려움이었다. 그러나 두려움도 선생님에 대한 그리움을 이길 수는 없었다.

선생님을 뵙자 오랜 세월의 흔적이 느껴졌지만, 자그마하고 깡마른 체구는 여전했다. 예전의 위엄 있고 인자하던 모습 대신 쑥스러운 낭패감이 얼굴에 맴돌고 있었다.

"선생님!"

하고 외치며 곧바로 달려가 선생님을 힘주어 안았다. 30년 세월이 앙상하게 뼈 사이를 매섭게 훑고 지나갔다.

"창호 군, 면목이 없네."

"선생님, 별말씀을요. 오랫동안 너무 뵙고 싶었습니다. 힘들 때마다 선생님께서 등을 두드리며 해주시던 말씀을 붙잡고 여기까지 왔습니다."

그날 시간이 가는 줄도 모르고 선생님의 인생 반 토막을 아프게 전해 들었다. 힘들었던 선생님의 인생역정은 눈물을 꾹꾹 참아야 할 정도였다.

선생님과 한나절을 보내고 난 뒤 친구들에게 전화를 돌려 선생님의 아픈 사연을 전했다. 우리 제자들이 힘을 모아 선생님의 생활을 원상으로 회복시켜 드리자고 의기투합했다. 가장 먼저 선생님을 시설에서 원룸으로 모셔 놓은 후, 한 달간 지낼 수 있도록 모든 조치를 했다. 함께 간 친구는 부도난 사업과 불어난 빚을 변호사를 통하여 정리하는 일을 맡아 했다. 그 일이 족히 서너 달은 걸렸다.

일을 정리하다 보니, 가족 간에 뒤엉킨 실타래도 풀어야 했다. 금전적인 문제보다 풀기가 더 어려운 건 역시 복잡 미묘한 인간관계이다. 내가 사업으로 중국에 오가는 동안 친구들은 동기들이 십시일반으로 모은 정성으로 일이 잘 진행되도록 부지런히 뛰어다녔다.

선생님은 태풍에 훌쩍 뽑힌 나무처럼 메말라가다가 다시 뿌리를 내려 삶의 생기를 되찾으셨다. 이제는 어떤 태풍에도 흔들리지 않으실 것 같은 모습이다. 하늘보다 높고 바다보다 깊었던 스승님의 은혜, 쓰러지고 넘어지던 나에게 힘과 용기를 주셨던 그 은혜에 티끌만큼이나마 보답할 수 있었던 게 그렇게 고맙고 다행스러울 수 없었다.

이듬해는 선생님을 모교동창회에 모셨는데, 선생님은 내 손을 꼭 잡고 한동안 놓지 않았다. 별다른 말씀은 없으셨지만, 제자를 아끼시는 선생님의 마음은 고등학교 그 시절같이 묵직하고 따뜻하게 전해져 왔다.

9. 1만 5천 리 임시정부 대장정

중국에 있으면서 한시라도 나 자신이 한국인이라는 사실을 잊은 적이 없다. 외국에서 오래 사업을 하다 보면 대한민국, 나의 조국이 얼마나 듬직한 배경이 되는지 모른다. 뿌리와 역사를 잊으면 자신의 정체성은 물론이고 삶의 방향과 의미마저 퇴색해진다. 한국학교의 후원 행사 때마다 올바른 역사 교육을 부탁하고, 학생들에게 역사의 중요성을 이야기한 것도 똑같은 이유이다.

지난 2015년 10월, 전 세계에서 모인 한국인 학생들과 함께 오른 1만 5천 리 임시정부 대장정의 길도 우리의 역사와 우리의 뿌리를 찾고 대한국인의 정체성을 다지기 위한 행사였다.

그해 초 정부에서 중국 지역 '민주평통' 일을 맡아 달라는 연락이 왔다. 대한민국을 배경으로 사업을 일구었기에 나라의 은혜에 보답하는 좋은 기회라고 생각하고 흔쾌히 받아들였다. 대통령으로부터 민주평통 중국지역회의 부의장으로 임명되었다. 민주평통 15기, 16기 상해협의회 회장직도 맡았다. 이 일을 맡은 뒤 무엇을 할까 고민하던 차에 떠오른 아이디어가 독립운동에 몸을 던졌던 우리 선조들의 발자취를 더듬어 보자는 것이었다. 그리하여 추진한 행사가 중국 내 임시정부의 이동 경로를 답사하는 '임정 대장정'이었다.

대장정의 출발일은 10월 26일, 안중근 의사가 이토 히로부미를 저격한 날로 잡았다. 대장정 출정식 장소도 안중근 의사가 순국한 뤼순 감옥이 있는 대련으로 정했다. 대련을 출발하여 단동, 중경, 기강, 유주, 광주, 무한, 진강, 장사, 가흥을 거쳐 상해에 이르는 8박 9일 동안의 긴 여정이었다.

출정식 하루 전날 한국 출발팀과 함께 대련 집결지에 도착했다. 먼저 온 참가자들이 숙소 입구에 줄을 서서 통일 구호를 외치며 마치 독립군을 맞이하듯이 우레와 같은 박수로 환영해 주었다.

'함께하자 통일 준비! 앞당기자 통일 대박!'

그때의 감격을 아직도 잊지 못한다. 세계 각국에서 모인 참가자 33명이 만났다. 살아 온 지역과 배경도 다르고 사용하는 언어도 다른 학생들이었지만, 끈끈한 피로 얽힌 한민족 의식은 뜨거웠다.

대장정은 순풍에 돛단 듯 쑥쑥 나아갔다. 다음 날 새벽 5시, 버스로 5시간을 달려 단동 압록강 변으로 갔다. 거기서는 그저 강 넘어 황량한 북녘땅을 바라보는 것 말고는 할 수 있는 일이 없었다. 미국에서 태어나고 자라 우리말이 서툰 학생들도 가고 싶어도 갈 수 없는 그 얼어붙은 땅을 바라보며 분단의 현실을 피부로 느끼는 것 같았다. 저녁에는 피곤할 법도 한데 다음날 일정과 방문지 자료를 찾고 공부하는 학생들의 모습이 보였다.

이어지는 일정은 대한민국임시정부가 광복을 맞이했던 임정 청사인 중경 임정 청사를 시작으로 역코스로 기강, 유주, 광주, 장사, 진장, 항주를 거쳐 상해 임시정부 청사에 이르도록 짰다. 어느 한 곳도 기억나지 않은 데가 없었지만, 특히 유주 임시정부기념관을 방문한 순간은 잊을 수

광복 70주년 세계한인청소년 통일 염원 임정 대장정 (2015.10.28, 중경 임시정부 청사)

가 없다. 중경에서 계림으로 비행기를 타고 간 뒤 버스로 3시간 정도 이동해야 하는 곳이었다.

계림과 유주는 수려한 산림과 깊은 계곡으로 그림 같은 풍경을 자랑하지만, 산이 깊을수록 길은 험한 법! 스태프들은 고속도로 옆 숲에 임시 화장실을 만들어 여학생들이 용변을 해결할 수 있게 해 주었고, 덥고 습한 비위생적 환경에 노출된 참가자들에게 생수로 손을 씻게 하고 비타민을 먹였다. 그런 역정 가운데서도 참가자 단 한 명도 빠짐없이 독립운동가에게 전할 종이학을 접고 편지를 썼다.

밤 9시가 넘어서야 겨우 유주 임시정부 청사에 도착했다. 그런데 이게 웬일인가? 우리가 알지도 못하는 중국인 환영인파가 청사 앞을 가득 메우고 있었다. 마치 독립투사를 환영하듯 길을 내어 주며 꽃과 박수로 우리를 맞아주었다. 한국인들이 광복 70주년을 맞아 그곳 임시정부 청사를 방문한다는 소식을 들은 마을 주민들이 네 시간 동안 우리를 기다리고 있었던 것이다. 평일 5시면 문을 닫고 퇴근하는 관장도 밤 9시까지 우리의 안전을 걱정하며 기다렸다고 했다. 그날 밤 일행들은 모두 감동의 눈물을 흘렸다.

다음 날은 새벽 기차로 광주로 이동했다. 일정이 길어지면서 배탈 증세와 감기 증세를 보이는 참가자들이 생겨나 서양 의대를 졸업한 학생과 한의대 연구생이 임시 진료소를 마련하기도 했다. 광주에서는 민주평통 광주지역회의 자문위원 부인들이 손수 만든 도시락을 먹었다. 한민족의 따뜻한 마음이 느껴졌다.

위안소 방문과 '일본군 위안부' 할머니 방문 일정이 잡혀 있는 무한에서는 두 분 가운데 한 분이 방문을 원치 않았다. 그때 우리를 맞아준 박차순 할머니의 얼굴을 보자 나는 눈물이 핑 돌았다. 2년 전 여름 할머니의 허술한 집을 수리해 드렸는데 집은 잘 보존되어 있었다.

학생들과 할머니께 큰절을 올린 뒤 할머니의 고향인 전주 흥남문 근처에서 채취한 흙과 한국에서 지은 한복, 결혼 때 준비하는 비단이불을 건네 드렸다. 할머니는 고향을 떠올리며,

2015년 10월 전세계 청소년 33명 선발 1만 5천리 임시정부 대장정 행사

"전! 라! 북! 도!"

라고 또박또박 말씀하셨고, 학생들과 함께 '아리랑'을 합창했다. 모두
가 가슴속에서 뜨거운 눈물을 흘렸다.

항주를 거쳐 상해 대한민국임시정부 청사에 도착한 뒤 해단식이 시작
되었다. 나는 참가자 33명의 이름을 한 명 한 명 불렀다. 각자 사는 지역
에 독립투사를 파견하는 심정으로 그들의 이름을 불렀다. 그리고 약속했
다. 통일대한민국에서 다시 한번 한 명 한 명의 이름을 부르겠노라고!

에필로그

꿈은 영원하다

- 현재는 선물이다.(Present is present.) -

애니메이션 영화 「쿵푸 팬더」에 나오는 대사이다.

"Yesterday is history. Tomorrow is a mystery. Today is a gift. That's why we call it the present. (어제는 역사다. 내일은 미스터리다. 오늘은 선물이다. 그것이 우리가 현재를 선물이라는 뜻의 'present'로 부르는 이유이다.)"

과거는 이미 지나가 역사가 되었고, 미래는 아직 오지 않아 미스터리와 같이 아무것도 알 수 없다. 내게 주어진 시간, 내가 무엇을 할 수 있는 건 현재뿐이다. 현재는 열심히 뛰고 사랑하며 최선을 다할 수 있는 시간적 영역이다. 그렇기에 '현재(present)'는 우리에게 '선물(present)'과 같다는 의미로, 소중한 현재를 낭비하지 말고 가치 있게 잘 활용하면서 살아가자는 메시지다.

「쿵푸 팬더」 영화에서는 미래를 '미스터리(mystery)'라고 정의했지만, 나에게는 미래가 꿈과 희망이었다. 지금도 마찬가지다. 꿈이 없는 미래는 현재를 낭비하게 만들며 무의미하게 규정할 뿐이다. 미래의 꿈과 희망이 있을 때, 꿈과 희망을 이루기 위해 도전하고 땀 흘리며 노력하는 현재의 삶은 충실해진다.

지금까지 꿈을 향해 열심히 뛰어다니다 보니, 어느새 탄력이 생겨 이제는 뛰는 생활에 익숙해졌다. 아니 뛰지 않으면 병에 걸릴 것 같다. 하나의 일을 마치면 좀 더 큰일을 하고 싶었고, 더 큰 일을 이루고 나니 또 좀 더 큰 나눔의 삶에 도전하고 싶어졌다. 나눔의 삶이 꿈과 희망이 된 것이다. 미래의 꿈을 안고 현재에 최선을 다하며 살아온 삶의 연장선이다.

돌아보면 나는 맨땅에서 맨주먹으로, 오로지 기술과 몸뚱이 하나로 시작했다. 사업가로 성공하겠다는 가느다란 꿈 하나만 북극성인 양 쳐다보고 노를 저었다. 초창기부터 거세었던 시련의 폭풍우는 나를 더 강인하게 성장시키는 자양분이었다. 중간중간에도 수없이 넘어지고 부딪쳤으나, 그 모든 쓰라린 경험이 결국 어떤 비바람도 견뎌내는 힘과 용기가 되었다. 기억하고 싶지 않은 실수가 훗날 올바른 이정표를 찾는 등댓불이 되어 주기도 했다. 좋은 약은 입에 쓴 것처럼, 그때그때의 '현재'를 열심히 살았던 삶에서 달지 않다고 버릴 것은 하나도 없었다.

이 책을 쓰면서 여러 가지 시행착오나 실수, 부끄러운 경험도 빠뜨리지 않고 낱낱이 드러내고자 했다. 사업의 길을 걷는 후배들에게 반면교사의 교훈이 될 수도 있을 것이고, 누구나 겉으로는 멀쩡하고 번드르르해 보여도, 안을 들여다보면 예외 없이 수많은 상처가 있고 아픈 면이 있다는 사실을 알려 줄 수도 있을 것이라 생각했기 때문이다. 훈장을 주렁주렁 단 백전노장의 노병일수록 전장의 상처를 많이 안고 있듯이 말이다. 실수도 숨기려 하지 말고, 실패도 두려워하지 말고, 그저 선물로 주어진 현재를 부지런히 뛰는 것이 중요하다는 사실을 전하고 싶었다.

이 글을 마무리하는 시점에 꼭 상기하고 싶은 게 하나 더 있다. 실수나 착오도 많았지만, 나는 무슨 일을 하든지 간에 절대로 대충하는 법이 없었다는 점이다. 내가 가장 싫어하는 말이 '대충'이었다. 제품 개발이나 생산 과정에서 '대충'이라는 말은 불량으로 이어지고, 불량은 어마어마한 배상을 넘어 기업의 존망과 직결된다. 임직원들에게도 틈나는 대로 우리 몸속에 있는 '대충'이라는 벌레를 잡아야 한다고 누누이 강조했다.

'실패하는 사람의 몸속에 벌레가 살고 있고, 게으른 사람과 포기하는 사람의 몸속에도 벌레가 살고 있다.'라는 말을 들어본 적이 있는가? 사람들의 몸속에는 아주 고약한 벌레 한 마리가 살고 있다. 이 벌레 때문에 꿈과 목표가 모두 실패로 돌아간다. 회충, 요충, 기생충, 십이지장충 같은 벌레는 약으로 잡을 수 있지만, 이 벌레는 약으로도 잡을 수 없다. 이 무시무시한 벌레가 바로 '대충'이다.

기업이나 가정이나 개인이 성공하지 못하는 이유는 모든 것을 '대충' 생각하고, 일 년 사업과 일상 업무를 '대충' 계획하기 때문이다. 또 업무의 효율을 위해 '대충' 노력하고, '대충' 일하다 어려움이 생기면 포기하기 때문에 결국 실패하는 것이다. 우리는 이 '대충'이라는 벌레를 잡아야 한다.

이 '대충'을 잡는 약은 다름 아닌 '현장'에 있다. 어떤 일이든지 반드시 직접 현장에 가서 확인하고 정확한 사실과 과학적 자료를 근거로 일을 처리하면 '대충'의 피해를 줄일 수 있다.

더 힘주어 말하고 싶었던 부분은 '사업가 정신'이다. 6.25 전쟁이 끝난 이후 이어진 이른바 '베이비 붐(Baby boom) 세대'인 우리 또래는 혹독한 가난 속에서 배고픔을 경험하며 자랐다. '배고픔'이라는 지독한 아픔은 겪어본 자만이 안다. 그런 가운데 대한민국이 산업화로 중진국으로 도약했고, 이제는 선진국으로 진입하는 역사적 과정을 고스란히 목도하고 경험하고 있다. 필리핀의 원조까지 받던 아시아의 최빈국에서 세계 10대 경제 강국으로 성장한 대한민국 역사의 중심에는 우리 기업인들이 있었다.

모두가 코웃음 치는 가운데서도 묵묵히 뜨거운 도크에서 배를 만들고, 펄펄 끓는 용광로에서 철을 뽑아내고, 자욱한 먼지 속에서 옷과 가발과 신발을 만들고, 열사의 나라에서 건설 공사를 하고, 고속도로를 닦으며 경제를 키웠다. 바로 우리 기업인들이 어떤 난관에도 굴하지 않는 의지와 꿈을 이루겠다는 도전 정신으로 암담한 현실을 개척했기에 가능했다. 바로 '사업가 정신', '기업인 정신'이다. 경제가 국력이라면, 기업가 정신은 곧 국력의 정신이기도 하다.

나 자신도 온몸으로 기계와 기술을 배우고 익힌 엔지니어로서, 대한민국의 제조업 발전에 어느 정도 이바지했다고 자부하고 싶다. 아직도 기계

이예지(딸), 박복례(아내), 이정현(아들), 김주해(며느리), 그리고 쌍둥이 손자 한결, 은결

를 사랑하는 엔지니어의 자긍심으로 산다. 뛰어난 젊은이들이 쉽고 편한 일만 찾기보다는, 장기적인 관점에서 산업의 뼈대인 제조업에 더 많은 관심을 기울이고 미래를 설계하여 우리나라 경제 발전, 국력 신장에 도움이 되는 일을 고민했으면 하는 바람도 있다.

기술을 익히는 것은 평생 무슨 일이든지 할 수 있다는 것을 의미한다. 진정한 성취감은 사업가 정신으로 밑바닥에서부터 시작했을 때 그 맛의 정수를 알 수 있다. 사업가 후배들에게 사업가 정신을 전수하고 고양하는 건 앞으로 나의 몫이고 꿈이기도 하다.

이 책은 나 개인의 인생 여정을 들려주는 이야기가 아니다. 사업가 후배들을 위한 반성과 성찰의 지침서요, 기업가로서의 꿈과 희망, 도전 정신을 키워 주는 자극제가 됐으면 하는 간절한 바람이 담겨 있다. 그런 점에서 이 책의 목표는 나 이창호의 꿈이기도 하다. 꿈이 없는 현재는 죽은 현재이고, 꿈을 향해 달릴 때라야만 현재는 아름답게 빛난다.

이제 내 삶의 마라톤에서 반환점을 막 돌았다. 아직 뛰어야 할 거리는 많이 남아 있고, 앞으로 더 이루어야 할 꿈도 많다. 나의 꿈은 현재진행형이다. 나는 아름답고 영원한 꿈을 꾸며 살고 있다.

지면을 빌어 언제나 변함없이 곁에서 지켜 준 아내 박복례와 아들 정현, 며느리 김주해, 딸 예지, 쌍둥이 손자 한결과 은결, 동고동락한 제성의 가족들, 〈제성유압〉 제품을 사랑해 준 고객들, 그리고 가까이에서 항상 성원하고 격려해 주신 모든 분께 고개 숙여 진심 어린 감사의 말씀을 올린다.

저자 **이창호** 拜

꿈꾸는 엔지니어